飛天の舞

朝日出版社

飛天の舞

朝日出版社

目次

Ⅰ　——飛天の舞

日高高校の古川先生から、望郷のことなどを語るようにというお言葉をいただき、はたと困った。残念ながら、生まれついての散文的人間である私には、どのように頑張ってみても片言隻句の類は生み出せないし、人さまに明かして参考にしていただくような光景や言葉を持ち合わせていない。

ただ、そんな私にも心に深く刻まれ、折にふれて脳裏に浮かぶいくつかの風景はある。日高高校に通っていたころの私は、いったい何を考えていたのだろう。

あの頃、私の散歩コースは、高校の正門前から小川沿いに天理教の教会前に出たり、煙樹ケ浜の松林を通りぬけた浜辺に海を見に行ったりするくらいであった。水平線のかなたまでつづく海を眺めていると、寄せては返す波とともにすべての雑念が運び去られるような気がして、どれほど激しく騒いでいた心も、帰るころには春の海のような凪が感じられるのであった。

もう一つの風景は奈良である。春霞のたなびく空の下、枯れ枯れとした水田の向こうに、裳裾をつけた三重塔を遠望したときの第一印象――それは風景と芸術との見事な融合と呼ぶほかなかった。境内に入ったあと、塔のすぐ間近に立ち、ゆっくりと目を起こして行き、最後に九輪の頂に水煙を認めた刹那、私の感動はほとんど筆舌に尽くしがたいものとなった。歴史学部の私たちは、池上先生と古川先生に連れられて薬師寺に来ていた。

当時私の心象はおおむね暗く、馬酔木の咲き乱れている古寺の境内の透明さを、必ずしも共有していたとはいえない。嬉々としてはしゃぐ友人達の後から文庫本の万葉集をポケットに、奈良界隈の埃だらけの道をゆっくりと歩いていた。それでも、私なりの幾つかの詩的印象が消えることはなかった。中でも薬師寺東塔の水煙の印象は今もなお、鮮やかである。

とはいうものの、果たして私はあの境内から眺めただけで、四枚の透かし彫りのそれぞれにうるわしい天人たちを認め得たのだろうか。私の眼はそれほど良かっただろうか。そのあたりの記憶は何とも心許ない。あるいは複製写真などで既に知識があり、九輪の頂にはその実物があると思うことで見た気になってしまったのか。

それから何年か経って、久方ぶりに薬師寺を訪れ、昔ながらに水煙を見上げて感動した。しかしこのときは、寺の中に水煙の模造品が置いてあり、手を触れられる距離で詳さに見ることができた。したがって、この新しい印象が古い記憶と混じり合って、三十何年かの昔、塔の頂にまざまざと天人たちの舞を見たと信じているのかもしれない。水煙に遊ぶ天人たちは、四枚の透かし彫りの銅板のそれぞれに、笛を吹く者、籠を持つ者、花を捧げる者と三体の飛天（空中を舞う天女）が描かれている。そのうち私がもっとも詩的幻想にいざなわれたのは、楽人であるところの飛天である。頭布をかぶった童が、眼を閉じて一心に笛を吹いている。私はその確かな造型に心打たれたばかりでなく、雲の間に音楽を奏しているというその主題にも、ひどく感動した。おそらく初めて見た時にも、造型的な面では正確にわからなかったとしても、天上の音楽という主題が私のロマンチスムをこころよく刺激したのであろう。それが、著名な芸術家によって〈凍れる音楽〉と讃えられる塔であることを知ったのは、ずっと後のことである。私はその時、雲間に鳴り響く音楽とともに自分の心の中にそれと呼応する流麗な調べを聴いていた。

今思い返してみると、その頃の、必ずしも透明でなかった私の心象を見抜いておられたのは、お二人の先生方であったかもしれない。自らの才能にも将来にも希望が持てず、恵まれた境遇にある友人たちの中で私はつねに孤独だった。先生方のお勧めで大学進学を許されたのは、二月も半ば、願書締め切りの直前であったと思う。思いがけないことであった。それは私にとって一つの岐路となった。

あのとき雲間に奏されていた笛の音は、いったいどこに消えてしまったのであろうか。あれから三十有余年、私は、全速力でとは言えないが、ただひたすら走り続けてきた。そしていつのまにか、ルネッサンス芸術のパトロンヌと呼ばれたイザベッラ・デステのNEC SPE NEC METU（夢もなく，怖れもなく）をモットーとする合理主義精神を体現しようとしている。けれども、私が虚空に消えた文化といったものについて深く考えるようになったのは、確かに、薬師寺東塔の雲間に舞う飛天が永遠の時間の中で永遠の音楽を奏でているのを知ったあのときからである。

春になれば、久々に薬師寺の飛天に会ってこようと思う。そうすれば合理主義精神という厚い衣に覆われてしまった私の心にも、あの妙なる調べがふたたび鳴り響いてくれるかもしれない。

（1988・6）

――カミーユ・クローデル

カミーユ・クローデル展を観た。女性彫刻家カミーユ・クローデルの名前はこれまでまったく知られていなかったわけではない。彼女が今世紀を代表する詩人・劇作家のひとり、ポール・クローデルの四つ年上の姉であること、ロダンのすぐれた内弟子としてその制作に協力したこと、ロダンが彼女をモデルとして〈物思い〉その他かずかずの作品を制作したばかりでなく、カミーユとの烈しい恋愛関係におちいったこと、その恋は不幸な結果に終わり、精神に異常を来たした彼女が後半生を病院で過ごし、悲惨のうちに生涯を閉じたことなどが断片的に知られていた。

しかし、それらのことも、時とともに人々の記憶から薄れ、強烈な個性に貫かれた彼女の作品やその悲劇的な生涯の全体が改めて問い直され、その名が一般の人々の注目をひくようになったのは、ごく最近のことである。「カミーユ・クローデル回顧展」が初めてパリ・ロダン美術館で開催されたのは、実に、一九五一年一一月一六日であった。

カミーユ・クローデルは、一八六四年一二月八日、フランス北東部、シャンパーニュ地方の北、ピカルディー地方エーヌ県のフェール＝アン＝タルドノワで生まれた。数年後、一家は、程近いヴィルヌーヴ＝アン・フェールに移る。この地方は、広い畑と森に恵まれていたものの、シャンパーニュ風の陽気さはなく、ゆるやかに曲がりくねるマルヌ川の間で快適な光を浴びて眠る葡萄畑のやさしさとも無縁の場所であった。ポールはヴィルヌーヴについて、こう語っている。

ヴィルヌーヴはよく雨が降り、降るときは情容赦もなく激しく降ります。情熱的といいたいくらいです。またおそろしく風が吹き、鐘楼の風見鶏を絶え間なくぐるぐるまわし、われわれのささやかな住まいの風見をぎしぎしときしませます。樽からあふれる雨樋の音と混じり合ったあの鋭い音が今も耳元に響くのです。

……………

あの広大な風景のすべてに、ある潜在的な悲劇があらわれていました。…

この風景には脅迫と予言と沈思と嗚咽があふれていました。

ヴィルヌーヴの、シャンパーニュとは異なる独特の自然は、カミーユと弟のポールに決定的な影響を及ぼしたといえるかもしれない。カミーユの場合、この自然はより強く、より直接的にその奥深い部分を染め上げている。

彼女はごく幼い頃から強い本能に促されたように独力で彫刻を試み始めている。粘土をこね、石を刻むことは、あの自然を支える大地に直接触れることであり、みずからの根源に触れることであった。ヴィルヌーヴの村の西に〈Hotte du Diable（悪魔を従えた家畜の群れ）〉と呼ばれる丘がある。そこは、まるで暗黒の闇が白昼に流れ出てきたかのような幻覚にさそわれる地である。カミーユは、この「ジュアン」と呼ばれる奇怪な岩場を愛し、この奇岩の形から作品の想を得たという。

ぬめぬめとした面の、屹立する奇岩、それは、太古の彫刻か遠い記憶の痕跡を思わせる。白砂の海にのたうちまわる無機質な奇岩の純粋さと冷たさ、それこそがカミーユ・クローデルの美的世界といえる。この世の光景とも思えないような不可視の世界からは、冷ややかな寂寥が立ち上ってくる。姉と弟は終日、夢中になってこの丘で遊んだと伝えられる。

この地方の悲劇的ともいえる相貌をみせる風土が、ふたりのこどもの精神形成に大きくかかわったことは確かだろう。ポールの初期の劇作品を読めば、このような自然に育まれた悲劇的な自然感覚がいかに深く刻まれているかがわかるような気がする。

カミーユがロダンの内弟子となったのは、おそらく一八八四年のことであろう。ロダンの終生の大作〈地獄の門〉の上部、地獄に堕ちた人々の首が並ぶ帯状装飾のなかに、カミーユの首が置かれている。その視線の先には〈考える人〉が位置していて〈地獄の門〉全体の要となっている。モデルとなったのはそれだけではない。〈ダナイード〉(一八八五)や〈物思い〉(一八八六)、〈曙〉(一八八五)も明らかにカミーユの顔の見事な理想化である。

ロダンとカミーユの関係は、彫刻家と助手、あるいはモデルという形に留まり得ず、激しい恋愛関係に進む。しかし、絶対的で専制的な愛を求めるカミーユと、二十年来ともに暮した内縁の妻を持ち、「パンの神」と評され、すでに独特の様式を確立していたロダンの立ち位置は大きくかけ離れていた。ロダンと旅行した折、たびたび滞在したトゥールーズの宿から彼女が送った手紙が残されている。

何もすることがありませんので、またお手紙を書きます。(中略)あなたがここにいらっしゃると思おうとして、何も着ないで寝ています。でも、目を覚ますと、もう変わってしまっているんです。

何よりもお願いしたいことだけど、もうこれ以上私をだまさないでくださいね。

カミーユのように誇高い女性が、全身で媚びているような手紙を書いているのを見ると、いいようのない痛ましさを感じる。このような手紙を書けば書くほど、彼女の心は深く鋭い傷を負い、そのような自分に強い自己嫌悪の念を覚えたに違いない。

二度目の「カミーユ・クローデル回顧展」が開かれたのを機に、一九八四年三月二三日付「ヘラルド・トリビューン」国際版が、展覧会の盛況を伝えるとともに、次のような論説を掲載している。


このカミーユ展は、ふたたび次の二点に関する論議を巻き起こした。すなわちロダンが芸術上、どの程度のものを彼女に負っていたか、そしてロダンとカミーユの家族が彼女をどのように扱ったか、である。…演出家アンヌ・デルベによれば、カミーユは、時代に先駆けた女性解放の闘士であり、カミーユを利用し彼女を怖れたロダンと、彼女によって名誉を傷つけられたクローデル家、この双方の犠牲となった女性である。これに対して、ポール・クローデルの孫にあたるレーヌ＝マリー・パリスはじめ複数の精神科医や文芸批評家の共著による伝記は、クローデル家の態度を擁護するものとなっている。

またロダン美術館にもロダンをかばおうとする傾向が見られる。これまで同館では、ロダン自身が集めたカミーユ・クローデルの作品のために特別展示室が設けられたことはなかった。今回の展示も、彼女の精神がいくつかの段階を経て変化していく過程を追う形で構成されているが、彼女とロダンとの関わりあいについては最小限に留められている。もっともロダンの署名入りの作品のいくつかが、実はカミーユの手で作られた可能性があることは認めているけれども。

霊感の源泉としての、モデルとしての、助手としてのカミーユを得て、ロダンの彫刻は、感覚的な面での深さを手にした。例えば〈接吻〉は、〈奔放〉と呼ばれる、カミーユの初期の作品に驚くほどの類似を見せている。他にも、ロダンの記念碑的な作品を部分的に制作しているという。…むろん、多忙な師匠たちの作品で弟子たちが手伝うことは珍しくないが、時としてその帰属について混乱がおきるものである。…確かなことは、カミーユとの離別後、ロダンの作品の質が低下の一途を辿っているということである。

カミーユの弟、ポール・クローデルは、三人の〈悲劇的女性〉として、ラシーヌの悲劇『フェードル』の女主人公フェードル、アイスキュロスの『アガメムノーン』に登場するトロイアの王女カッサンドラー、そして姉のカミーユを挙げている。

クローデルによれば、それらは「すべて霊感を受けた者」であり、「霊感を受けた者」とは、「われわれを取り囲む両義的で怪しい力の、共犯者であると同時に生贄」ともなるような存在であって、その存在そのものが、すべての人間の心につきつけてくる問いに他ならない。おそらく西洋世界が「悲劇」という概念によって捉えた人間存在、「悲劇的人間」というものを、これ以上見事に定義づけたものはない。悲劇の英雄たちは、己を超えた両義的な力を共犯者として偉大な生をいき、遂にはその力そのものによって「運命」の生贄に捧げられるのである。

ポール・クローデルは、近代社会における「悲劇的人間」の姿を、ポー、ボードレール、ネルヴァル、アルトーといった「呪われた詩人たち」に読み取る。それは「近代性」をもつ文学や芸術における「狂気」の侵入を示すものであり、文学や芸術が自らを「狂気の言語」の代弁者として示すことである。その意味で、カミーユ・クローデルも、まさしく「悲劇的人間」と名付けることができる。

クローデルの詩の言語における「狂気」との近親性と、姉の彫刻家が内に秘めた「狂気」が果たした役割の大きさを、最初に鋭く指摘したのはモーリス・ブランショであった。芸術と狂気は複雑にからみあい、悲劇を織り上げる。

ポール・クローデルにとって、カミーユはどのような存在であったろうか。早熟で美貌の姉は気性も烈しく、弟に対しても圧政者として振舞う。晩年のポール・クローデルはしばしばそのことを語っているが、二人が「芸術家」という使命において共犯意識で結ばれていただけに、この劇は深刻で屈折したものとなった。芸術家として、また女としての姉の開花は、弟の目には文字どおり目覚ましかった。二十才のカミーユが刻んだ〈若いローマ人〉とも呼ばれる〈十六才のポール・クローデル〉は、むしろ、姉のカミーユに似ていて、姉は弟を自分の年下の「男性的分身」としているかのようである。

弟は、芸術家としても女としても「眩惑者」である姉の後から、不器用に、狂ったように従いていく。詩人として、信仰の人として、外交官として、三重の実存的問題をかかえながら。聖職者としての挫折、「禁じられた恋」の破局が弟に与えた試練を、姉は〈三十七才のポール・クローデル〉のブロンズ像に如実に刻んでいる。

同じ時期、弟は姉への讃辞として『彫刻家カミーユ・クローデル』を書き、当時の新しい文芸雑誌『西洋』に載せた。詩人クローデルにとっては、『真昼に分かつ』において、嵐の海に諭えられ「女戦士」と呼ばれるイゼ、『詩神讃歌』におけるバッコス神に憑かれ狂喜乱舞するバッコスの巫女である恋愛詩のミューズ・エトラーのような「神霊に憑かれた女」こそ、カミーユ像を要約するものであったろう。彼は『彫刻家カミーユ・クローデル』のなかでロダンの「鈍重で物質的な塊」と対比しつつ、「霊感の息吹に満たされた生気溢れる造形」としての姉を語っている。ロダンの大理石やブロンズが塊として閉ざされたものであるのに対し、カミーユの彫刻は、つねに外から侵入してくる力に開かれ、それを抱きとめ、自らの運動の活力として存在する。カミーユの彫刻とは、彼女の内なる魂の劇的表現に他ならなかった。

そこには一人の天才が狂気の淵へと追いつめられていく悲劇の物語がある。〈全的な信頼〉の、恋と天才に身をゆだねる女から〈ワルツ〉の陶酔と熱狂を経て、〈波〉の破滅の予感へ。さらに、運命の分かれ目に立つ〈分別ざかり〉の寓意的群像、〈物思い〉の思いつめた孤独な女といったすべての作品に、カミーユの姿は映し出されている。

中でも、ペルセウスが鏡としての楯に見る「狂気」の顔に他ならないメドゥーサの首、このメドゥーサの首こそカミーユ自身の顔であることを、弟の劇詩人は心に強く刻んでいたであろう。ポール・クローデルの悲劇的分身としてのカミーユ・クローデル。それは弟の詩や戯曲の底からつねに立ち還る影であり、「闇」の領分なのである。

カミーユの眩いばかりの才能とその不幸な生涯を思うとき、痛ましいとしか、いいようのないものを感じる。彼女は、助手として、愛人としての、ロダンの付属品としてのアイデンティティに満足できず、独立した一人の彫刻家として存在することを求めた。女を男の付属品としか考えない当時の常識に、彼女の自我は深く傷ついていた。

彼女の愛の純度に疑念を抱き、打算的な要素を指摘する説もある。ロダンの援助を目的とする愛の不純さである。しかし、十九世紀末における女流芸術家の社会的条件の厳しさ、有力な芸術家の支持なしで社会的に名を成すことの困難さを顧みたとしても、打算がその動機のすべてとはいえない。精神に異常をきたしたカミーユに取りついて離れなかったのは、ロダンの手先によって殺されるという偏執観念であったが、このような偏執観念は、深い心の傷によってしか生まれえないという。人は打算による行為でこれほどの傷を負うことはないのである。

前掲「ヘラルド・トリビューン」の記事によれば、カミーユを精神病院から解放できたのは家族であったが、病院の厳しい拘束を訴えるカミーユのたびたびの手紙にも、母親は決して心を動かさなかったという。カミーユが思春期を過ごしたシャンパーニュ地方の村ヴィルヌーブで彼女を静養させるように勧める医師の言葉さえも拒否した。

また、ポール・クローデルも、折にふれ姉を見舞いはしたが、彼女をその境遇から救い出すことに決して手を貸さなかった。今や著名な作家であり、カトリックの尖兵でもあるポールであったが、自らの姉に対する振舞いについて、公に罪の意識を表明することはなかった。その作品は、カミーユを巡る、より暗いテーマを反映するものとなり、初期作品において支配的であった禁じられた愛のテーマは、やがて、ある人々は他の人々が成功するために滅びなければならないという信念に、席を譲り渡していく。

もしカミーユが理解者に恵まれていたなら、パラノイアにはならなかったであろう。悲劇も起こらなかっただろう。しかし、現在ならば当然すぎるくらい当然のこの希求も、当時はまったく認められず、カミーユは孤立し、その孤立の中で迫害の妄想を紡ぎ出すに至る。こうした内面の劇を感情と情念のうねりによって告白したカミーユの彫刻は、〈神〉たるロダンの作品をはるかに超える美的感動を呼びさますのである。

（1988・12）

――メーデイア

近頃新聞を賑わしている子殺しの記事を見るたびに、メーデイアを思い出す。

メーデイアは、ギリシアの三大悲劇詩人のひとり、エウリーピデースの名作『メーデイア』のヒロインである。コリントスに住むイアーソーンとメーデイア夫妻はもともと夷狄《いてき》の人で、それぞれの故国を棄ててきた。子供が二人いる。ところが、イアーソーンはメーデイアと子供たちを裏切って国王クレオーンの娘を娶り、王家と縁組みする。この時代の婚姻法は現代のように整っていなかったとはいえ、この国に来るまでに、メーデイアは親兄弟を犠牲にしてイアーソーンの命を救い、彼が英雄としての名声を得る手助けをしてきた。並々ならぬ愛と献身である。

メーデイアはみじめな境遇を嘆く。

命があり心があるものすべてのなかで
わたくしたち女こそ、いちばん惨めな生き物です。
とにかくまずわたくしたちは大金を積んで夫を買い取らねばなりません。
その上身を粉にして仕えなければなりません。
……………
そこでいいのに当たるか悪いのにあたるか、これが大問題です。
離縁なんて女には評判の悪いことですし、
しかも女の方から相手を拒むことはできません。(『メーデイア』)

メーデイアは胸の内に燃える怒りの焔を抑えきれない。怒りは憎しみに、憎しみが復讐の念に変わるのにそれほど時間はかからなかった。メーデイアは猛毒を塗り込めた冠と薄絹の衣裳を贈ってクレオーン父娘を毒殺し、さらにはイアーソーンとの間の二人の子供を自らの手で刃にかけて殺害する。理由はただ一つ、自分を棄てた夫、イアーソーンを苦しめるためである。

メーデイアに恐るべき殺人をさせた原動力は何であったか。メーデイアの心を冒し滾《たぎ》らせた嫉妬と憎悪、それに復讐の情念である。彼女はこの激情を統御することができず、極端な行動に駆り立てられた。メーデイアも子供を愛していないわけではない。彼女の心は、子どもへの愛と復讐の願いのあいだで激しい葛藤を繰り返す。

思えばあのときあのギリシア男の甘言に乗せられて
親の家を捨てて出てきたのが、そもそもの間違いだった。
あの男には、神様にも助けていただいて、きっとこの償いをしてもらいます。
そうですとも、今後あの男はわたくしとの間にできた子供らを生きた姿で見ることはありますまいし、
さりとてあの新婚の花嫁に子供を産んでもらうわけにもゆかないのです。

ああ、どうしよう。この子らの生き生きした眼を見ていると決心も鈍ってしまう。
とてもできない。さっき考えたことはもうやめよう。
この子らをひどい目に会わせて父親を苦しめる、
でもその結果、私自身がさらにその二倍の苦しみを味わわねばならぬという、
そんな法がどこにあろう。
とんでもないこと、あの計画はやめにしよう。（同）

それに対するイアーソーンの言い分はこうである。「おまえはいやに恩着せがましい言い方をするが、あの航海のとき私を助けてくれたのは、神も人間も入れてただ一人キュプリス（ヴィーナスのこと）さまだけだった」「おまえに逃れられぬ恋の矢を射かけて、無理やり私を救う

よう仕向けたのはエロスさまだった」「王家と縁結びしたことはどれほど賢明な処置だったか、これはおまえと子供たちのために良かれと思ってしたこと」「いやまったく、この世に女などいらぬ。子宝はどこかほかから得るべきなのだ。そうすれば男は何の災いにも会わずに済むのだが。」この最後の台詞はエウリーピデースをミゾジニー（女性蔑視）と見なす有力な典拠のひとつである。

メーデイアを怖れるクレオーン（「そなたは生れつき利発で、さまざまな悪業に長けている」）は、彼女に追放命令を下す。メーデイアが次にやる仕事は子供たちをできるだけ早く殺してこの場を立ち退くこと。ぐずぐずして他人の手に渡り、もっと残酷なやり方で殺されぬようにすることである。

人の身で、一度も子供を産んだことのない人は
子を持つ親よりはるかに幸せ。

いや、どうしたというのだ、この私が敵に嘲笑されるままでいてよいのか。
何の仕返しもせずに放っておいて。
思い切ってやるべきだ。私としたことが何という臆病者、
意気地のないことを考えたりして。

……………
いいえ、だめ、黄泉の国に棲む復讐の神々にかけても
わが子が敵の手に渡り、慰み物にされるというようなことがあってなるものか。
どっちみちこの子らは死なねばならぬ。
それが運命とあれば、生みの親のこの私が殺してやる。(同)

彼女は遂に自分の臆病さを恥じ、苦しみに耐えかね、母としての誇りを守るために子供たちを殺すことを決意する。メーデイアも、理性が激情によって征服されるところに人間最大の禍があることを認識している。にもかかわらず、彼女の理性は激情の前に力のすべてを失ってしまう。それは、人間の心がそのような矛盾のなかにあり、子供を愛しながらも最後には彼らの命を奪うことさえできるという、人間の心の深淵を暗示している。人間は自ら己が心を覗き見ることもでき、自分と対話することもできる。しかし、人間の思惑や自己認識だけではどうにもならない部分がある。それが人間の情念というものだ、と作者は語っているように思える。

子供を失って嘆き悲しむイアーソーン、子供の命を奪って夫を苦しめることで勝ち誇るメーデイア。はたして何れが被害者なのであろうか。この問いは恐らく的外れな問いというべきであろう。一方が加害者であるとき、必ず他方が被害者であるといった単純な見方で人間を判断する限り、私たちはメーデイアと同じ愚かさに陥るだろう。人間の二面性を知ること、「天使

でもなく野獣でもない」中間者としての限界に思いを致すこと——エウリーピデースは『メーデイア』のなかでそのことを強調したがっているようだ。

ところで、この結末では、メーデイアよりもイアーソーンの方が哀れに見える。しかし、メーデイアは何も失わなかっただろうか。彼女は自らの誇り、二人の子の母であるという誇りを守るために全てを失ったともいえる。

（1990・2）

II

——ヨーロッパ一人旅

久しぶりに訪れたパリは、やはり強烈なヨーロッパの匂いがした。雑多なにおいが複雑に閉じ込められ、さまざまな人種の肌の匂いと香料がまじりあって、古い石の建物やメトロにしみついている。

はじめてのパリは短期の海外研修で、一か月の研修の後、ユーレイルパスを使って慌ただしくいくつかの国をまわった。仕事のためとはいえ、その頃はまだ、女性が単独で外国旅行をするのは珍しく、家族や友人は誰一人賛同してくれなかった。彼らにとって、一家の主婦が家族を置いて（しかも幼い娘たちを家族に預けて）一人きりで旅をするなど狂気の沙汰である。それでも、娘たちが留守番できるほどに成長し、母もまだ元気な間でなければと思った。それから何年もたった今でも、その話が出ると、外国の女性の感覚ですね、といわれる。

ヘップバーンの〈旅愁〉、といっても果たして何人の人に通じるだろう。昔そんな映画があった。それに倣ったわけではないが、これまでしたことのない三週間の一人旅を思い立った。

はじめての国々を旅し、資料探しや本屋巡りをして、その後、パリ大学のシテ（大学都市）に一ヶ月ほど滞在するという計画は、長い間私の胸の中で秘かに温められていた願望であった。一九九一年の夏である。

しかし、その前後から、ヨーロッパは治安が悪くなり（今思えば当時の危険度など比較にもならないが）、大の男がさまざまな被害にあったという情報が飛び交っていた。だれか道連れはいないかと当ってみたが、なかなか私のわがままな計画につきあってもらえそうな人はいない。仕方なく一人で出発することにした。

七月も終わりに近いある朝、娘の運転する車に送られ伊丹空港を出発、成田空港経由で、その日の夕方五時半には、パリのシャルル・ドゴール空港に着く。夏は十時ごろまで明るく三時頃の感じである。タクシーの老運転手と話しているうちにもう街の中心に来ていた。「ほらパリだ」と老運転手は肩をそびやかす。私も「そう、パリに着いたって気がするわ」と調子を合せると、彼は得意気に笑った。

ホテルに荷物を置き、汗を流してから近くのレストランに行く。一人旅の最大の難点は食事である。フルコースでなくても、一皿の量が多く、メニューを見て注文した料理が口に合わない時は、万事休す、である。料理もワインも大半を残し、おいしいけれどもお腹が一杯だ、などと言い訳しながら店を出るときの気持ちは複雑だ。今も世界のどこかに飢餓に苦しむ子供たちがいるというのに。

七月二十八日、朝からシテに滞在中のOさんに電話する。旅行中、荷物を預かってもらうためである。出発前からの懸案が一つ片づきほっとする。そこへ、東大のH先生から電話をいただき、荷物をシテまで運んでくださるとのこと。ちなみに、それまで先生にはお目にかかったこともなかったのに、ホテルまで私の荷物を取りに来てくださったのである。それ以来ずっとお世話になりっぱなしである。恐縮しつつ、ご好意に甘えることにした。旅の荷物を少なくするため、二、三枚の着替えとどうしても欠かせない品をリュックに詰める。この日から最小限の荷物しか持たない生活が始まった。午後、ホテルのすぐそばのオルセー美術館に行く。駅舎であったというだけに広い。広すぎて、印象派の絵画などは以前の、それだけを収めていたオランジュリーの方がずっと見やすかったと思う。そばのカフェで食事をとる。昨日の食事に懲りて、ニース風サラダと水だけ注文したが、これがまた牛馬の餌のようにすごい。

七月二十九日　いよいよ、ヴェネツィアに出発の日。まるで武者修業に出る心境である。馴れない服装に緊張していたのか、ベッドカバーに足を取られて転ぶ。向う脛をしたたかに打った。その日の私の身支度は、はき古したジーンズにTシャツ、黒い帽子に紐靴、赤いリュック。昼食をいっしょにとる約束をしていたので、Oさんをシテに訪ね、さらに荷物を少なくする。シテの台所で昼食。その間に、エール・フランスのリコンファームがやっとできた。この不便さ、これも日本では経験できない焦立たしさである。何度かけても宇宙のどこかから聞こえてくるような金属音がするだけで一向につながらない電話。予約しているのに、どうして再確認しなければならないのか。日本のようにすぐに電話がつながれば良いのだが、ようやくつながったと思ってもなかなか通話するところまで行かないのだ。ともかく、四時二十分発のヴェニス行の予約が確認でき、空港行きのバスに乗る。

ところが、四時二十分が五時になっても、飛行機は飛び立たない。乗客たちは焦った風もなくのんびりと新聞など読んでいる。結局ヴェニスのマルコポーロ空港に着いたのは、一時間以上遅れの七時過ぎであった。ガイドブックに夜遅くまで開いていると書かれていた両替所は、完全に閉まっていて、手許には一リラもない。

空港での野宿を覚悟しかけたとき、若い警官と空港バスのガイドらしい女性が、回送バスに乗るようにいってくれた。お金がないというと、「ノーチェ・プロブレム」と言う。どうやらバスの運転手に話をつけてくれたらしい。おぼえたばかりのイタリー語で「グラツィエ」と感謝の意を表し、バスに乗る。しかし、バスが着いたのは、私が予約したホテルの対岸にあり、そこからホテルに行くには、さらにヴァポレット（水上バス）に乗らなければならない。その小銭さえないのだ。運転手が教えてくれた橋への道を急ぐ。しかし、ホテルにはなかなか行きつけないばかりか、町の中心からどんどん離れて行くような気がする。買物帰りの主婦に道を聞いても、フランス語はもちろん、英語もほとんど通じない。何とか方向だけ教えてもらって、ようやくホテルに辿り着いたのは、八時をとうに過ぎていた。この日はよくよく運の悪い日であったのか、旅行社で作らせたバウチャーをフロントで見せると、この会社はお金の払いが悪いから別途現金で払ってほしいという。止むを得ずカードで支払う。

思えば、この日は旅の初日だというのに朝からのごたごた続きで疲れきっていた。荷物を受け取り部屋まで運んでくれようとしているボーイがいることに漸く気づく。エレヴェーターの中で話しかけると、フランス語の返事が返ってきた。若いモロッコ人のボーイであった。慰めるような優しい目をしている。部屋に着くころには暗い気持ちから立ち直り、一日の疲労と憂鬱感は消えていた。

（1991・12）

＊

ヴェネツィアの朝はホテルの裏の教会から聞こえる鐘の音で始まった。鎧戸のすきまから光がさしこんでいる。窓を開けると、天井から吊るされたヴェネツィアン・グラスのシャンデリアが、淡く透明な水色のきらめきをみせた。

明るい空には鳩が飛びかい、窓から光がふりそそいで、昨夜来の憂鬱な気分が少しうすらぐ。早速、自宅に電話を入れ、旅行社への連絡を頼む。サロンに出て、宿泊客たちの後についていくと食堂に出た。中央のテーブルには、色とりどりの果物がウェディング・ケーキのように高く盛られ、そのまわりにパンやケーキ、ヨーグルトなどが並ぶ。ヴァイキング形式の朝食をひときわ賑やかに食べているのはフランス人のグループで、食いしん坊のフランス人らしく、話題は食事のことらしい。少し離れたところでつつましく食事をしている二人は、日本人の母娘である。スーツとワンピースといういかにも型通りの服装は、大体ドイツ人か日本人だ。懐かしさの入り混じった、ある種のうっとうしさからとっさに目を反らせ、そのような自分に自嘲的な気持ちをいだきつつ、コーヒーとヨーグルト、オレンジを取ってくる。ヴィヴァルディの音楽が流れ、若いボーイがミルクやコーヒーを運んできた。私のようにひとりきりで食事をしている者は他にだれもいない。これまでも、旅の間中ずっと、ひとり旅の人には出会わなかった。

ヴィヴァルディの音楽を伴奏に、英語やスペイン語、イタリア語、そのほか私に理解できない、さまざまな言葉がとびかうなかに座っていると、故郷を遠く離れた国にたった一人で滞在しているのだという思いが湧いてくる。しかし、不思議に孤独感や寂寥感はない。これこそ自分が長年求めていた世界であり、自分にふさわしい〈場〉なのだと、居心地の良さが体中に満ちてくる。

自分はいったい何者なのか。今、自分がしていることに何の意味があるのか……といった問いかけが、日本にいるときよりもより長く持続して、カフェテラスで休むときも道を歩きながらも頭の中を駆け巡る。このようなことを考えるのも、久々に日本を離れ、ヨーロッパという場所で自由な時間を過ごせることの恩恵である。

二人の男の子を連れた日本人らしい家族が入ってきた。食事を済ませると、私の目を気にする風もなく、用意した袋のなかにせっせと食糧を詰め込んでいる。嫌な気分で早々に食堂を後にする。

フロントで、昨日のボーイに日本の旅行社に電話したことを伝え、クーポンを切ったロンドンの旅行社に連絡してくれるように交渉する。昨夜はやたらと嫌味な奴に思えたごきぶり頭のボーイは、もうすでに連絡をとるように手配したと、少し訛りのあるフランス語で、なかなか親切な対応である。

貴重品を預けたあと、ヴェネツィアン・グラスのムラーノに行きたいというと、もう一組の日本人がいるからいっしょに船に乗れという。ロビーで待っていると、程なくやってきたのは、さっきの泥棒一家である。高木家の人々との出会いであった。

しかし、意外にも高木一家の人々は結構気持ちのいい人たちで、例の行動は子供連れの旅行者にとってなかなか合理的なことだとわかった。商社マンのご主人と自宅で英語塾をしている奥さん、中学一年と四年生の男の子で川崎から来たという。そんなことを話しているうちにボートはもうムラーノ島に着いた。

ムラーノ島はヴェネツィアとマルコ・ポーロ空港の間に浮かぶ小さな島である。ホテルの係員の案内でいくつかある工房のひとつに入る。昔のままの工法で、設備もほとんど変わらないという。作品の出来不出来はひとえに技術次第である。徒弟制度のなかで親方から難しい技術を学ぶ苦労と後継者不足はいずこも同じらしい。何百度という熱い炉の前で汗だくになってクリスタルを焼いているマエストロの技を教わるには、二十年もかかるそうだ。

仕事場を見学した後、ヴェネツィアン・クリスタルの名を持つ工房のグラスや花瓶などを見る。ヴィスコンティの映画を思わせる、極度に洗練された、文化の爛熟の果ての病める美とでもいえるようなその見事さに見とれる。

その間に高木夫妻は赤のワイン・グラスのセットを買っている。私はこれからの長い旅を思い、買わないことにしていたが、主人はなかなかの商売上手で、私のフランス語を〈Parfaitement（完璧）〉などとおだててとうとう中型の花瓶を買わせてしまった。

工房を出て運河沿いを歩く。歩きながら高木一家はホテルから持ってきたパンや果物をかじっている。イタリアだけでなくヨーロッパでは、日本のように手軽に食事をとることがむずかしく、子供連れの旅行者には不経済なことも多い。高木夫人は私にも食料を分けてくれたので、橋のそばのスタンドでコーヒーを買って昼食にした。

そこからヴァポレットでサン・マルコ広場に行く。百十八もの小さな島々の集合体であるヴェネツィアは、もともとイタリア本土にあった都市国家であったが、五世紀後半、異民族の侵入により、沿岸の島々に移り住むようになったという。


（1992・6）

＊

ヴェネツィアは、ラグーナ（潟）の上に築かれた小さな島々の集合体である。海水につければ石のように硬化する「とねりこ」や「かし」の樹の性質を利用して、幾百万本とも知れぬ杭が海底に打ち込まれ、それが魚の隠れ家、あるいは海の「森」となってこの街の基層をつくっている。その上にユーゴスラヴィア産のイストリアの石が積まれ、煉瓦や大理石が重ねられて建物が出現した。ひとたび潟に落ちれば足を取られて海底の藻屑となる。その危険を征服してその上に都市を造り上げたヴェネツィアの才覚が、複雑で分かりにくい水路を外に向かって拓き、漁業と塩売りだけをなりわい（生業）としていた最初の移住民の「水鳥の巣」を、強大な政治、経済と文化の都市に変えたのである。

サン・マルコ広場は海洋王国として栄えた時代を偲ばせる。船着場のある海に面した部分には、はるばるコンスタンチノープルから運んだ白大理石の二つの円柱が立ち、円柱の上には、ヴェネツィアの守護神、翼を持つライオンと聖テオドール像が乗っている。私はようやく旅の解放感と興奮を覚えはじめていた。ヴェネツィア共和国の太守の館であったパラッツィオ・ドゥカーレに入る。整然とした列柱をはじめ、この建物に見られる造形美はヴェネツィア随一といわれる。かつて、ヴェネツィアの新任の太守がその象徴であるベレー帽を被る儀式が行なわれた部屋には、軍神マルスと海神ネプチューンの像やヴェネツィア派の画家たちが競って描いた天井画などがある。しかし、裁判所でもあったこの建物には暗い歴史も秘められている。地下には陰鬱な独房が並び、囚人たち（主として政治犯）は裁判が終わると、二つの建物を隔てる川にかかった〈溜め息の橋（Ponte dei Sospiri）〉を渡って、対岸の牢獄へと引かれていったという。

石造りの橋の中程には小さな三角形の窓があり、そこから港の賑わいを眺めると、現世への訣別の橋を渡る彼らの溜め息が聞こえてくるようだ。地下の牢には囚人たちを繋いでいた鎖止めのあとが、設備や装飾らしきものは何一つない裸の土間にただわびしく残っている。生涯、解き放たれることもなく、一日中港の喧騒を耳にしつつ、家族を思い無念さに耐えて長い囚われの日々を過ごしたのであろうか。

夕暮れ、サン・マルコ広場から左手につづくスキアヴォーニの岸に佇み海を眺める。空と海の間に立ちこめた霧が、パラッツィオ・ドゥカーレの白と淡い薔薇色の壁を包んでいる。昼から夜へと移り変わる微妙な時のあわいにさしかかると、海岸の街灯には一斉に灯りが燈る。その瞬間、それまでまるでモネの絵のように、〈夢〉と〈現実〉の境が融和していたかに見えていた世界が逆にはっきりと際立ってくる。私は不思議な現実感にとらわれていた。

翌朝、ヴァポレットの乗り場で知合ったYさん、Mさんとアカデミア美術館にいく。Yさんは石巻市の小学校の先生、Mさんは栄養大学の先生である。私にとってヴェネツィア訪問の目的の一つは、数年前、翻訳した『黄金伝説』の挿し絵として選んだ、ヴィットーレ・カルパッチョの代表作『聖ウルスラ伝』を見ることだ。それに、たまたま泊まった宿は、彼の師と同じ名前を持つホテルであった。カルパッチョはちょうど十五世紀から十六世紀にかけて、いわばヴェネツィアの最盛期を生きた画家である。ベッリーニ工房から出たカルパッチョは、大規模な説話表現を継承し、全盛期のヴェネツィアの活況を今に伝える華麗な風俗絵巻を描いている。ブリタニア(ブルターニュ)の王女ウルスラは、異教徒のイングランド王と婚約するに際し、父親にこう言った。「イングランド王とお父さまで十人の乙女を選りすぐって、私の道連れにつけ、私と乙女たちにそれぞれ侍女を千人ずつ与えてください、そして私が純潔を捧げるまでに三年間の猶予を認めてください、その間にイングランドの王子は洗礼を受け、キリスト教の教義を三年間勉強してくださらなくてはなりません、これが私の条件です」(ヤコブス・デ・ウォラギネ『黄金伝説』第四巻)。

こうして、ウルスラと一万一千人の乙女たちはローマに巡礼に行くことになったが、この巡礼の帰途、ケルンでフン族に全員が殺害されたという伝説である。九点の連作のうち、《イングランド使節の到着》では、画面は三つの部分に分かれ、中央の場面ではイングランド使節がブリタニア王に謁見している。右の場面はウルスラの寝室で、彼女は父王に向かって、指を折って結婚の条件を数え上げている。左の場面は物語とは関係のない人物たちである。中景は犬や小人など、物語に関係のない現実的なモチーフで埋められている。カルパッチョの特質は、物語に関係のない細部を絵の隅々まで生き生きと表現して、見る者を喜ばせることにあった（宮下規久朗『ヴェネツィア』）。もともとヴェネツィア絵画は久しくビザンティン文化の影響下にあり、モザイク壁画に見られる色彩感覚と、空と水と〈光の反映〉との調和を独自のものとしてきたが、フィレンツェやローマに比べれば、立体的で彫塑的な感覚は希薄であったという。

ところが、フランドルから伝わってきた油絵の技法によって、ビザンティン的な色彩がにわかに生彩を帯びてきた。塗りを重ね、「ぼかし」の効果を与え、しっとりとした輝きと厚みや濃淡のある中間色のうるおいを出すことによって、明確な構図と禁欲的な線に支えられたフィレンツェのテンペラ画法を凌駕した。カルパッチョがこの都市の華やかな群像を描いた中にも、すでに感覚的なイメージ表現があらわれている。たとえば、『聖女ウルスラの夢』に描かれた彼女の顔を間近に眺めるときに気づくやわらかい輪郭に、優しく閉じた眼、枕と頭の間の指先の美しい線、あるいは『婚約者の対面と巡礼への出発』に見られる、緋色の衣をまとい、ビザンティン風の豪奢な髪飾りをつけ、青みをおびた運河の水面に重なって見える若く気品のある女性の横顔などがそれである。

大運河を離れて曲がりくねった路地に入る。狭く影の多い石畳の路地を歩いていくと、靴音が響きさわやかな風が吹き渡る。仰ぎ見る空は、一点の雲もない細長い青の空間である。すれ違う人の顔さえ定かに見えない通路を抜けると、急に思いがけなく光に溢れた明るい広場に出る。井戸があり、そのまわりの石畳を押し広げるように雑草が生え、古い教会の前に大きな黒猫が眠っている。路地の角にある〈仮面〉を並べた店を覗き込んだり、赤いサルヴィアの花の群れ咲く窓辺に吊された黄色い鳥籠を見上げたりしながら、迷路のような道を辿る。

〈水〉はあらゆる意味でヴェネツィアを象徴している。この都市は〈水〉の中に生まれ、〈水〉によって生き、〈水〉のように柔軟自在に貿易と政治を結びつけてきた。ヴェネツィア人の巧みな貿易術は〈水〉そのものである。ここヴェネツィアは、歩くか、ゴンドラやヴァポレッタを利用する以外に交通の手立てはない。しかし、どんな細い通りを歩いていても、他の都市とは比較にならないくらいの思いがけない驚きや喜びに出会うのである。

（1992・12）

*

この街を特徴づけるもう一つの要素は、迷宮的構造である。このラビリント（迷宮）が、ここを訪れる人間に、夢みる力や想像する力を与えそれを倍加させてくれる。ヴェネツィアの成り立ちが〈商業〉の町であったことを思えば、この町からこのような力を与えられるということに何となく違和感を覚える。

ヴェネツィアの中心部の裏手に入り込んだ一角を歩いていると、〈殺し屋の道（カッレ・デリ・アッサシーニ〉という恐ろしい名前の道に出た。いかにも刺客が潜んでいそうな、見通しのきかない狭い場所である。昔ヴェネツィアでは夜間を狙って殺し屋が暗躍した。正体を隠すのに偽の髭がよく用いられたため、一一二八年、政府はこうした付け髭を禁じる一方、夜間の照明に気を配るようになったという。「外からは見通せず、よそ者にはおよそ理解不能な迷宮の空間は、…期待を秘めた不安感や緊張感を与える」とともに、何か「ぬくもりのある不思議な懐かしさをも感じさせる」（陣内秀信『ヴェネツィア』）。そして、わくわく、ぞくぞくしながら迷宮を巡る体験をさせてくれる。映画『ヴェニスに死す』の、老年期にさしかかった作曲家（トーマス・マンの原作では作家）が、療養のためにやってきたヴェネツィアのホテルで見かけた美少年を追って、迷宮にも似た狭い道を歩き回る場面を思い出す。マーラーの音楽が見事に融和していた。

一方、ここを住みかにする人々にとっては、身体感覚にぴったり馴染む安心感のある生活領域なのだろう。「そもそも迷宮という発想は、よそ者から出たものなのだ。」（陣内）

しかし、このラビリントこそ、権謀術策を重ねて歴史を作ってきたヴェネツィアの歴史を語るものである。遠い中世から、政治の陰謀は路地の陰に隠れ、その祝祭は演劇的空間として広場の光のなかに出現し、大運河をページェントやパレードと化し、官能の〈悦楽〉は、暗い運河のゴンドラから船着場の白い大理石の階段を駈けのぼり、豪奢な館で、ジョルジョーネやティツィアーノの絵となって燃え上る。この街では、政治のリアリズムは〈生きる歓び〉と表裏一体であった。〈死〉はこの街とへだてられ、青い海のなか、濃緑の糸杉の並ぶサン・ミケーレの島に閉じこめられている。

ラグーナの水上に成立し、天然の要塞であったヴェネツィアには、城塞による内と外の区分はなかった。とはいえ、ラグーナに浮かぶ別の島に、市民生活にとって都合の悪い施設を追い出す傾向も見られた。

近代化の政策としてサン・ミケーレ島に共同墓地がつくられたのは、ナポレオン占領下である。ムラーノ島のガラス工芸も、もとはといえば、火災を恐れ、この島にガラス工場を移転させたことに始まる。また、サン・ラザロ島には、癩病患者を収容する病院が置かれていたという。ラグーナの島々は、都市周辺に広がる〈異界〉としての性格を帯びていたのである。

サン・マルコの対岸に浮かぶサン・ジョルジョ・マッジョーレ島に渡り、教会の鐘楼に昇る。黒い僧服の神父がエレベーター・ボーイをつとめていた。鐘楼に吹きつける風が強く、身体全体が帽子ごと吹き飛ばされそうで、思わず足を踏張る格好になる。マリン・ブルーのラグーナの水面の向こうに、南からの光を受けて輝く華麗な建築が連なり、眩いばかりの水の都が広がる。サン・マルコ広場を飾る建物や、左手にそびえたつ白い優美な大ドームを戴くサルーテ教会。大きく弧を描く大運河は、太陽の位置によって影の部分が移動し、水辺の表情に変化があらわれる。

しかし何といっても、ヴェネツィアの風景でもっとも魅力的なのは、夕暮の景色である。水面と空が七色に染まる日没のドラマはこの世のものとは思えない。

ヴァポレットで知合ったYさんたちとの約束を思い出し、サン・マルコ広場に引き返す。Mさんだけが先に来て待っていた。まもなく現れたYさんと三人でレストランを探す。最初に入った店で、食事ができるかと聞くと、七時半からだという。時計を見るとまだ一時間もある。ウインドー・ショッピングをすることにして、趣のある細い小道を歩いていくと、〈ボッテガ・ベネタ〉の前に出た。日本では、高級皮革品の店ということしか知らなかったが、「ボッテガ」は「店」、「ベネタ」は「ヴェネツィアの」という意味だとわかった。店内に日本人女性の売り子がいて、Mさんは特価セールのバッグを半額で買ってご機嫌である。そのうち時間になったので、〈オステリア〉（居酒屋ふうの店）に入る。三人とも連日のフルコースにうんざりしていたので、めいめい好きなものを注文し、イタリアワインを飲むことにした。私は烏賊墨のスパゲッティに蟹のサラダ、彼女たちはピッツァに小エビのフライ。私たちは大いに飲み食い、語りあった。私たちを見かけた人々の誰ひとりとして、昨日出会ったばかりのグループとは思わなかったにちがいない。不思議なことに何を話したかはすっかり忘れているのに、そのとき共有した充実感だけは強く印象づけられているのである。

ふと、Sさんが、ヴェネツィアはカイロ郊外のイスラム都市の遺蹟に似ている、といった。

実際、ヴェネツィアは西欧の都市というよりは、どう見てもオリエンタルな性格をもった都市である。建物の装飾がビザンツやイスラムの様式をもつというだけではない。街の仕組みそのものに、どこかオリエンタルな要素が感じられる。ヴェネツィアに惹かれるのはその所為かもしれない。

（1993・6）

＊

八月一日、午後の列車でフィレンツェに向かうため、午前中に見残したところを訪ねることにする。サン・トマでヴァポレットを降り、いくつかの運河をわたると、サンタ・マリア・グロリオーサ・デイ・フラーリ教会の正面に出た。石造りのゴシック様式の教会で、市の栄光を担った人々の墓所でもある。正面玄関の門扉の彫刻を見て聖堂に入る。バジリカ式の祭壇には、ティツィアーノの傑作『被昇天の聖母』があり、教会の記録には、「教会のアーチの下、この世にて比類なく低く、また比類なく高い輝きを秘めしパイプ・オルガンの響きにも似て…栄光に満てる聖母マリアよ」と記されている。

両手をひらき、天使の群れに支えられるようにして昇天する聖母マリア、その眼差しはすでに天国に向けられ、見る者を同じ方へと誘う。金色の光のなかで神は身を傾けてそれを待ちうけ、下方には驚き騒ぐ使徒たち。パウロ、ヨハネ、ペテロらはおのおの異なった姿勢で、聖母が昇天していく姿を眺めている。聖母マリアと使徒アンデレの衣の赤に、天上の燃えるような金色が、動きと光の輝かしい効果を引き出している。

フィレンツェのフラ・アンジェリコが、たとえ修道士であったにせよ、つねに〈聖なるもの〉の表現に明け暮れていたのに対し、ティツィアーノが〈聖なるもの〉にも〈世俗的なもの〉にも注文に応じて、描きわけたということが、この都市の性格をうかがわせる。ティツィアーノの〈寓意画〉としての『聖愛と俗愛』がそのことを語っている。また、ティツィアーノの『海から上がるヴィーナス』(スコットランド国立美術館)と、ボッティチェルリの『ヴィーナスの誕生』を比べてみると、前者からは、豊満な官能と人間的な感覚のとらえ方や、いかにもヴエネツィア的でロココ的な印象を受けるのに対して、後者のほうはむしろ、より古代的に見える。

カルパッチョが『聖女ウルスラの夢』で示した女性の地上的な魅力を倍加して描いたジョルジョーネの『若い女の肖像』が、欲望と快楽のヴェネツィアの一方の〈寓意〉であるとすれば、サンタ・マリア・グロリオーサ・デイ・フラーリ教会の『被昇天の聖母』は、〈悲しみ〉と〈哀れみ〉の、あるいは〈赦し〉の〈母〉の〈寓意〉として、ともに分かちがたく結びついているように思われる。

この教会を出て右に入ったところに、サンロッコ学校がある。ここは十五世紀前半のルネッサンス様式の建築で、内部の壁画や天井のティントレットの傑作五十六枚によって、ヴェネツィアの美術史に欠かせぬ記念碑的建物となっている。サン・マルコ広場やリアルト橋で多く見かけた日本人も、ここにはあまり来ないらしく、薄暗い奥から、ヤポネーゼ、ヤポネーゼという囁きが聞こえてくる。ティントレットがここで絵を描いたのは一五六四年から八八年で、五十歳をこえた老成期にあたる。聖書の物語から選ばれたテーマで描かれた『受胎告知』『マグダラのマリア』などの連作をたどっていくと、ティントレットがこの作品によって、肉体の力強さと光の陰影のおりなす独特の画風を確立したことがわかる。またここは、画工たちの学校でもあった。片隅の椅子に腰をおろし、デッサンをしていた美術学校の学生だというイタリア人と、片言のイタリア語でしばらく話した。

駅で両替を済ませ、特急の座席の予約をして、預けておいた荷物を取りにホテルに戻る。出発の時刻にはまだ早く、葉書を一枚書いて、ボーイに投函を頼む。まだ時間は早い。もう一枚書いた。切手代を払おうとすると、さっきは受け取ったのに、これは自分のプレゼントだという。少し心配であったが、どうしても受け取らないのでそのまま出発した。(帰国してから宛先に確かめると、確かに届いていた)。ちょうど、モロッコ人のボーイがやってきた。「日本にいらっしゃい」というと、はにかんだ微笑を浮かべる。つやつやしたセピア色の肌と深く澄んだ瞳の若いモロッコ人の表情は、笑っているときでさえ、哀しげであった。

十三時二十分、フィレンツェ行きの列車はサンタ・ルチア駅を出発。コンパートメントは、四十歳ぐらいの商社マン風の男性と二人きりである。左手に見えていたアドリア海はやがて低い灌木の茂る田園風景のなかに消え、列車はパドヴァ、ボローニャを経て、一路フィレンツェへと走り続ける。

（1993・12）

＊

十六時三十五分、フィレンツェ・サンタマリア・ノヴェッラ駅に到着。ヴェネツィアから三時間十五分の旅であった。

歴史学者アントネッティによれば、「フィレンツェ」という名前は、「植民耕地（カストゥルム）」が「花遊び祝日（ルーディ・フロラレス）」（四月三十日〜五月三日）の期間につくられたこと、あるいはこの区域が「花咲く野（アルヴァ・フロレンティア）」の中心にあったということに由来するという。「植民耕地」というのは、かつてローマの退役兵のためにつくられたもので、ほぼ今のレプッブリカ広場を中心とする東西五百メートル、南北四百メートルの区域であり、それがフィレンツェの原型である。

いずれにしても、「花」がこの町の「記号」であったことに変わりはない。たしかに春、フィレンツェの郊外、フィエゾレの丘にのぼり、フィレンツェを遠望すると、淡い春霞のなかに街全体が、花の大聖堂やいくつもの塔を中心に、空に向かってゆたかに開く豪奢な大輪の花のように見える。

フィレンツェに魅せられた芸術家はきわめて多い。アンドレ・ジイドは、『地の糧』の中で、このフィエゾレの丘に立ち、はるかに降りそそぐ陽光とまわりの花々に囲まれたこの街を眺め、「幸福」のきわみを感じたと云っているし、またアルベール・カミュも、この丘にある聖フランチェスコ会の修道院の中庭に佇み、「赤い花々と太陽の下で、黄と黒の蜜蜂の飛びかう」(『結婚』)フィレンツェですごした日々が「幸福」の時間であったと語っている。とりわけ、プラハからこの地にやってきて、『フィレンツェ便り』を書いたライナー・マリア・リルケは、ボッティチェルリやフラ・アンジェリコに惹かれ、自然と信仰、〈古代〉とキリスト教の絶妙な均衡をもつこの街を愛し、霧のプラハにはない〈光〉あふれる春を体験した。リルケがここを訪れた時期が、彼にとってまさに青春のさなかであり、季節はまさに春であったということは、若く無名であったリルケにとって、意味深いことであったにちがいない。「われわれは、われわれの時間が短く区切られていることを知っている。故にわれわれは、その限界の内部に、一つの無限を創造しなくてはならない」(『フィレンツェ便り』)。それはまるで自己の〈再生〉を求めてイタリアに向かったゲーテにも似ている。

予約していたホテルは駅のすぐ前で、早速チェックインを済ませ、簡単にシャワーを浴びて町に出る。この前来たときに通いつめたレストラン〈オッテルロ〉を探すと、これもすぐに見つかったので、少し早いけれど夕食をとることにした。客はだれもいず、貸切りの状態である。

スパゲッティ・ポモドロとオッソ・ブッコに赤ワイン。しかし、期待はみごとに外れ、以前の味はどこにもない。経営者が変わったのか、一人で食べるせいなのか。いつものことながら、量も格別に多い気がした。後悔先に立たず。大半を残して席を立つ。

外はもう夕暮。フィレンツェの街は、歩いてもほぼ主要なところは見ることができるくらい周密にできている。それに十八年前の滞在で大体のところは見ているので、今度はぜひともアッシジに行きたいと思っていた。しかし、駅で調べた時刻表によると、列車の連絡が極度に悪く、日帰りは無理だということがわかった。アッシジ行きのバスの時刻を調べるべく、バス・ターミナルに向かう。ところが、バスもアッシジ行きは決まった曜日にしか出ていないという。ふとシエナという文字が目にとまった。シエナは確か中世の小都市国家である。急にその街に行くことを思い立ち、バスの時刻をメモして宿に帰る。

部屋に帰ると、鏡の前の小箪笥の上に大きな果物籠が届いていた。旅行社からのメッセージがあり、ヴェネツィアのホテルでの不手際を詫びる言葉が添えられている。

八月二日、バスでシエナへ。フィレンツェから六十八キロ。トスカナ地方の中心部に位置し、十二世紀から十四世紀にかけて中世イタリアで最も栄えた都市国家のひとつであったシエナは、今も中世の雰囲気を漂わせている。この町は、カンポ広場を中心に三つの丘にまたがってひろがり、扇状にゆるやかなスロープをなす広場は周囲の建物とも見事に調和している。北ヨーロッパのような大きな規模をもつ君主国家とは異なり、大小さまざまな都市国家が群立していたイタリアでは、諸都市国家は、その一つ一つが自己完結的に〈世界〉という認識を持ち、おのおの誇るべきものを持たなければならなかった。シエナにとって、それは広場（カンポ）である。最も美しい豊かな泉と、それを囲む美しく高貴な家々や仕事場つき店舗、イタリアの広場のうちで最も美しい広場なのである。驚いたことに、シエナの広場のかたわらに立つ市庁舎の塔は、司教座より高く設計されている。市民の「自由」を象徴的に示しているのだという。

（1994・6）

＊

カンポ広場の中央にププリコ宮がある。これは十二〜三世紀のゴシック様式の建物で、広場の礼拝堂は十四世紀にペストを免れた人々が感謝の意をこめて建てたものという。昼食にと考えていた果物を忘れてきたことを思い出す。広場の前の小さな食堂に入る。スパゲッティーとグラスワインを注文した。ちょびひげの親爺と無愛想な女房だけのタベルナ。奥に家族。つれのグループがテーブルを囲んでいる。ひどく不味い。

ドゥオーモに向かう。正面の三つのアーチはロマネスク様式で正面上部はゴシック様式。中央尖塔の下には薔薇窓がある。それを囲むように、三十六人の司教や預言者の像が立ち並び、四隅には四人の福音伝道者。ドゥオーモの東側にある鐘楼は、柱に至るまで、すべて白と黒の大理石で横縞模様に石組みされていて、むしろ近代的な印象を与える。アーチ型の天井は、青地に金の星形が鏤められ、床には新・旧聖書を題材にしたモザイク風の美しい絵が描かれている。

帰りのバスの時間が気がかりでつい急ぎ足になる。まだ見たいものがたくさんあるのに、急ぐときに限って無駄な時間を費やしてしまう。狭い町だと思い油断していると、なかなか目的地に行き着けない。通りがかりの人に片言のイタリア語で道をたずねたら、反対方向に歩いてきていた。

サンピエトロ通りの国立美術館に行く途中、突然〈ミケランジェロからパスカルまで〉という文字が目に飛び込んできた。ルネッサンス以降のマエストロ達の〈動力〉展とでもいおうか、特別な催しがあると知って、覗いてみる。喧嘩する二頭の牛が逆方向に曳き合うのを見たことがミケランジェロの創意を刺戟したらしい。二頭の牛が互いに曳き合う力を動力源にすることを思いついたという。実際に材木や石を使って作った模型が展示されている。石臼を挽くのに水力や風力を用いたことはよく知られているが、喧嘩する牛から思いついたというのが面白い。羊皮紙に手書きされた実に細密な設計図はミケランジェロのもので、そこにはあの壮麗なカテドラルの円天井の繊細な美しさに通底するものがある。同様の設計図を丹念に綴じ込んだノートが何冊もあり、途方もない天才の根気強い仕事ぶりに感嘆するばかりである。

次の部屋には、装飾物を一切取り払った土間に模型や設計図が所狭しと陳列されている。予期せざる収穫に気を良くしたものの、バスの時間までにもう一つ見ておきたいものを思い出し、〈ピナコテーク・ナツィオナーレ〉（国立美術館）へと急ぐ。

サンピエトロ通沿いの国立美術館に入る。ここは十四、五世紀に建てられたゴシック様式のフォンシニョーリ宮の中にある。シモーネ・マルティーニ、アンブロージオ・ロレンツェッティなどの作品がずらりと並ぶ礼拝堂のような部屋にひとり佇むと、まるで中世の僧院にいるようでちょっぴり厳粛な気分になる。

帰りのバスはイタリア娘やアメリカの若者たちでたいへんな賑わいだ。途中で降りる娘たちがこぼれんばかりの笑顔で愛嬌をふりまくと、運転手はバスを降りてバスの横腹から荷物を出してやる。すると娘たちもキスや握手の大盤振る舞いで運転手を喜ばせるのである。

宿に帰ったと思うと、飯塚さんたちから食事の誘いがあり、サン・ジョヴァンニ洗礼堂の前で待ち合わせることにする。洗礼堂は、花の大聖堂のすぐそばだ。ホテルから二十分足らずの場所である。パンザーニ通りからチェッレターニ通りに出、右に折れて少し歩いたところ、と大体の見当をつけて行ったが、街は黄昏とともにだんだん暗くなり、すぐわかると思った八角形の建物がなかなか見つからない。焦れば焦るほどすぐそばに見えるはずのジオットーの鐘楼も見えず、ワンピースの背中がじっとり汗ばんでくる。ようやく着いたときは三人の姿はどこにもなく、知った顔ひとつない薄暗闇の雑踏のなかで、食事への期待感が急速に煩わしさへと変わっていく。歩いているうちに〈サヴァティーニ〉の本店の前に出た。白い制服姿のボーイが立っている。普段なら折角のチャンスとばかり入ってみるのだが、賑やかな晩餐への期待が急速にしぼみ、初めての店など入る気になれない。通りでサンドウィッチを買ってホテルに帰る。今夜はとりわけ侘しい夕食。

八月三日、旅行社からもらった果物をナップザックに入れ宿を出る。駅から近くのサンタ・マリア・ノヴェッラ教会に立ち寄る。人気のない教会の中庭には、影深い柱廊と赤い薔薇、遠い雑踏とは別世界の静けさがある。朝の光のなかでは、昨夜入りこんだ町並みの迷路はまるで嘘のようだ。パンザーニ通から大聖堂の前まではすぐだった。この広場からプロコンソロ通を下ると、もうウフィツィ美術館だ。まだ九時前だというのに、すでに長蛇の列である。壮麗なルネサンス様式の建物は、かの有名なメディチ家の事務所として使用されていた。事務所といっても、コシモ・ディ・メディチの命を受けて建てられた宮殿である。世界の超一級品が収められたこの美術館は何度目だろう。〈プリマヴェッラ〉や〈ヴィーナス〉が見たくてまた来てしまった。

（1994・12）

＊

美術館のなかをまわっていると肩を叩く人がいる。振り向くと飯塚さんたちだった。ひとしきり昨夜の不首尾について話す。二人が明日にはローマに向かうというので、夕食をいっしょにとることにした。彼女たちの友達で、語学研修にきている真鍋さんが案内してくれるという。真鍋さんは高校の社会科の先生。旅の気安さで、誰彼なく友達になってしまう。いささか調子が良すぎると思いつつ、「ガイド・ブックでは見つからない小さな食堂」につられて、ひとときのくつろぎを得るのである。

彼らと別れ、一人でサン・マルコ修道院への道をたどる。サン・ロレンツォ霊廟のそばを通り、プッチイ通りからカプール通りに出て、まっすぐ行くとサン・マルコ修道院である。はじめてこの街を訪れて以来、私はこのフラ・アンジェリコの『受胎告知』に魅了されてきた。何年前であったろうか。私は、仕事の疲れと人間関係の煩わしさを投げ棄てるように旅に出た。スイスを経由してザルツブルグからウイーンに着いた頃から体調を崩し、美術館を見たあと、たえずカフェで休息をとらなければならなかった。ひとり旅の途中で病む心細さに少しばかり参っていた。霧が目の前を淡く濃く流れ、すべてが遠く感じられた。そのとき、広場の向こうに黄色い壁のサン・マルコ修道院が見えた。外から見たところ、修道院という感じはまったくなかった。フラ・アンジェリコの『受胎告知』は、入り口から回廊を通り階段を上がった真正面に、まさに突然あらわれたのである。美しい草花の庭で向き合った大天使ガブリエルと処女マリアの姿に惹きつけられた。そのとき、ただ、天使とマリアだけが、僧院の一角に佇む私の目に映るすべてであった。

フラ・アンジェリコとは、「天使のような僧」という意味だそうである。しかし、この絵が私を惹きつけるのは、何にもまして聖母マリアの敬虔な高貴さであり、〈人〉でありながら、〈聖なるもの〉として神の呼び声に対応する〈非人格的なもの〉が存在するように思えるからだ。それは、ミサ曲の〈天使〉的な響きにも似ていて、廊下沿いに連なるすべての僧室の壁に描かれたフレスコ画に見られるものである。なかでも、イエスが〈Noli me tangere〉（われに触れるな）とマグダレーナ（マグダラのマリア）を制する構図に、一際つよい感銘を受けた。〈聖なるもの〉は、すべての僧室に満ちていた。

この修道院の二階で意外なものをみつけた。やはりドミニコ会修道士であったサヴォナローラのいた部屋である。僧室の奥のその一室は、フラ・アンジェリコ美術館とも呼ばれるこの静かで清らかな雰囲気のサン・マルコ修道院には、いかにもそぐわないと思われた。簡単な机や椅子があるだけの質素な部屋ではあるが、一四九五年から九八年の間、フィレンツェを支配した異様な禁欲主義と「黙示録」的なはげしい焔が燃え広がったのは、まさに、このただ仄暗いだけの部屋からなのであった。私は何とも名状しがたい思いにとらわれてその場に立ちすくんでいた。異端者や背徳者を追放し、異教や快楽にかかわると見られる書物や絵画を焼き、「虚飾の火刑」をおこなって、フィレンツェとキリスト教世界が天罰によって変容するという予言によってフィレンツェ中に集団的憑依状態を生み出し、その悪しき中心であるメディチ家の滅亡を企てたカリスマ的アジテーター。

しかし、花の大聖堂でその狂おしいまでの説教に聴き入っていた人々のなかには、繊細で優雅な線の美しさと現世の歓びを描いたボッティチェルリもいたし、メディチ家のロレンツォさえも死の床でサヴォナローラに告解を求めていたという。

やがてサヴォナローラは、聖フランチェスコ会の修道士のしかけた「神明裁判」における試練台を躊躇ったために、群衆によって火刑に処せられる。フィレンツェが全都市をあげて、卓越した学者や芸術家までもがまきこまれた熱狂的憑依状態は、いったい何だったのだろう。ヨーロッパの裡で、いかにフィレンツェがルネッサンスにおいて先進的であったとしても、その根底には、容易に非合理的衝動と神秘主義にひきつけられる心性が息づいていたのであろうか。

その夜は、ヴェネツィアで一緒だった松沢、山戸さんと、昼に出会ったばかりの真鍋さんに案内されて、ヴェッキオ橋を越えたところにあるタベルナに行った。そこは日本人どころか旅行客はひとりも入っていない、地元の人たちの行きつけの店のようだった。オレンジがかった照明の下で、すでにバンケットを楽しんでいる陽気なフィレンツェっ子たちは、大きなステーキにぱくついている。私たちもそれを食べることにした。注文は何と一キロ以上でないと受けないという。それに生ハムとミネストローネ。地の赤ワイン。出てくるまで心配だったステーキは、意外にもとてもあっさりしていて最高の味であった。自家製の生ハムも独特の風味があり、一同大いに満足したのである。

（1995・6）

＊

八月五日、ミラノに出発する日である。昨日のうちに特急の発車時刻は見ておいたので、ぎりぎりにホテルをチェックアウトして駅に行く。これが失敗だった。特急が出るホームに行くと、手持ちの切符では乗れないという。急いで切符売場に行き、長い行列の最後尾に並ぶ。発車時刻は迫っているし、大きな荷物を持ったまま、苛立ちを押さえながら待っていたが、例によって仕事がのろくなかなか前に進まない。漸く順番が来たと思うと、どの列車も予約が一杯で空席はないとのこと。切符を買ったときの駅員の話では、予約の必要はないということだったので、そのことを説明しようとするが、話が込み入ってくると、私のフランス語入りのイタリア語では埒が明かない。困っていると、フィレンツェ大学の女子学生が通訳を引き受けてくれた。聞けば、フランス文学科の学生だという。しかし、彼女の懸命の努力にもかかわらず、駅員の答えはノーであった。

仕方なく重い荷物をかついで改札を通る。こうなれば、どれにでも乗れる列車に乗るつもりである。もう一度確かめてみようと、特急の停まっているホームに行き、覗いてみると、何と中はがら空きである。早速乗り込んでやってきた車掌に交渉すると、何のことはない。ちゃんと席は取れたのである。これはいったいどういうことなのか。狐につままれた気持ちでミラノまでの三時間を、いささかの不安のうちに過ごした。同じコンパートメントにいるのは、初老の重役風の男性。

ミラノ中央駅に着く。ここはイタリア経済を支える近代都市としての顔と、ミラノ公国時代に一大栄華を極めた都市国家としての面影をともにそなえる街である。予約しておいたホテルは駅前と聞いていたのに、辺りを見回してもそれらしいものはない。やせこけて垢だらけのジプシー娘が、今にも私のリュックに手を掛けようとしていた。急いでその手を振りはらい、近くにいた老人に道を聞く。私のホテルは、駅前は駅前でも中央駅ではなく、もう一つ先のポルタ・ガリバルディ駅の前であった。どうやら降りる駅を間違えたらしい。タクシーに乗ろうとして歩きだした私に、その老人は何やらしきりに話しかけ、電車に乗れと言う。自分も同じ電車に乗るから降りる駅を教えてあげるというのである。チケットはどこで買うのかと聞くと、切符を差し出し、遠慮する私にフランス語で C'est l'hosptalité（おもてなし）と言った。フィレンツェ駅でのどさくさやさっきのジプシー娘の振る舞いに嫌な思いをしただけに、異国の老人の親切が心に沁み、ほんとうに嬉しかった。その後の経験から、どの国でも英語やフランス語を理解する層というものがあることを知った。その老紳士は立派なフランス語を話せる教養人だったのであろう。丁重に礼を言って市電を降りる。ホテル・エグゼクティブは目の前だった。

特急を一本乗り過ごしたので、しばらく疲れを休めるともう夕方である。どこか見物しようにも時間が遅すぎる。朝からの疲れで遠くに行く気にもなれず、ホテルのまわりを散歩して中のレストランで食事をすることにした。ガリバルディ駅のまわりはビルがまばらに建っているだけで、ただ殺風景なばかりである。街の中央部までいけば、ドゥオモやスカラ座のある賑やかな一郭に出るのだが、その日の私にはとてもその元気がなかった。八日目にして、ようやく一人旅の疲労が出てきたのか、食欲もなく、翌日のタクシーを頼んで早々に部屋に引き上げる。ミラノの夜はどこにも出かけず、ホテルの一室にこもりきりで過ごした。

翌朝、頼んでいたタクシーが早く着いたので、空港に行く前にドゥオモに寄ってもらう。年老いた運転手はなかなか親切で、荷物は大丈夫だからゆっくり見てくるようにと言ってくれたが、情けないことに、一人旅をしていると警戒心が強くなり、大聖堂の青銅の扉にほどこされた浮き彫りやステンドグラスを見るのもそこそこに、そそくさと車にもどる。それでも、片言で話しているうちに、何となく運転手の人柄がわかり、だんだん緊張がほぐれてきて、次のスフォルツェスコ城では、いくらかくつろいだ気持ちになり、落ち着いてまわることができた。

ここは、十五世紀中頃にミラノ大公スフォルツァによって建てられた、典型的な近代的城塞である。有名なカテリーナ・スフォルツァはミラノ大公の孫娘にあたる。時の法王アレッサンドロ六世の子として教会勢力を背景に、フランス王ルイ十二世の全面的な後援を得て、旭日昇天の勢いにあった当時のヴァレンティーノ公爵チェーザレ・ボルジアの前に、ただひとり立ち向い、ミラノ公国の最後を守ろうとしたのが、このフォルリの伯爵夫人カテリーナ・スフォルツァであった。城塞の中には今も四つの小塔の中心に大塔がある。彼女はそこに籠り最後の絶望的な防衛を続けたが、味方の裏切りにあい、あえなく捕虜になった。蛇と綿の花をかたどったスフォルツァ家の紋章は、この時、フランス王家の百合の花の紋章に変わったのである。

日本の社会では、自立心の強い女性に対する評価はひどく厳しいが、この時代は、大胆で勇敢な女、美しく残忍な女は、男たちの目には征服欲をそそる魅力的な女と映っていたらしい。カテリーナも「イタリアの女傑」と呼ばれていた。これは決して軽蔑を含んだものではなく、賛嘆の言葉であり、カテリーナの人気は絶大なものであったという。

（1995・12）

＊

ミラノ・リナーテ空港からアリタリアAZ496便でアテネのエリニコン空港に着いたのは、現地時間で十五時五十五分だった。この現地時間のためにのちに大恐慌をきたすことになるが、この時点ではまだわからない。

旅装を解き、いつものようにシャワーを浴びて町に出る。まずはシンタグマ広場。大理石が敷き詰められた広場は中央に噴水があり、そのまわりを糸杉やオレンジ、月桂樹などの植込が囲んでいる。ここは、B.C.三三五年にアリストテレスが学園リューケオンを設け、二代目の学頭テオプラトスが隣接した場所に新たに造ったムーサイ（学芸の女神）の苑の跡である。

広場の東側、アマリアス大通りには白と淡黄色の対比が美しい国会議事堂がある。一八三六年、ドイツのバイエルン宮廷建築家ガルトナーが、初代ギリシア国王オソン一世の王宮として建築したものという。

国会議事堂正面の下、シンタグマ広場に面した壁面には、大きな横長の碑が彫られている。トルコ帝国の支配に対する独立戦争で戦死したり行方不明になったりした戦士たちに捧げられ、死の床に横たわる古代の歩兵の姿が浮き彫りにされている。無名戦士の碑の前には、中世以来の伝統的な衣装をまとった儀仗兵が左右に二人ずつ立ち、三十分ごとに互いの持ち場を交代する儀式が見られる。

南側に抜けると、国立庭園があった。十九世紀の中期、初代ギリシア国王オソン一世の妃アマリアの設計で、古代からあった庭園を西欧風の庭園にした王宮付属庭園で市民に開放されている。園内はさまざまな樹木が生い茂り、小鳥たちが遊ぶ緑豊かな別天地で、アマリアス大通りの騒音さえ聞こえない。ベンチで新聞を読んだりおしゃべりをしたり、散策を楽しむ市民たちの姿も多い。抜けるように青かった空も夕暮れとともに薄暗くなり、ホテル・ティターニアへともどる。あまり空腹を感じないが、食事をすませて帰ろうと、小さなタヴェルナに入った。オムレッツとテーブルワインを注文すると、予想には程遠い代物が出てきて度肝を抜かれる。これがオムレッツであろうか。発音が悪くてボーイが聞き違えたのだろうか。一瞬私の頭は混乱する。出されたオムレッツはまるでピザのように固く分厚い。おまけにパサパサしている。オムレツという言葉から日本人が想像する、ふわふわのとろけるような半熟の卵とはあまりにかけ離れた皿の上の物体に、ほうほうの体でその場を逃げ出しホテルへ帰る。今日もまた、食事は楽しみとは程遠く難行苦行にひとしい。(後にスペインやギリシアのオムレッツは固いと知った。)

フロントで、明日のエピダウロス・ツアーを申し込む。夜、バスタブに浸かっていると、〈欧州エクスプレス〉社のミス・ポピーより電話があり、ヴェネツィアのホテルでのトラブルの償いをしたいという。明後日のエーゲ海クルーズの予約を頼み、明日の夕食の約束をした。

八月七日朝六時、ゆうゆうとシャワーを浴びているところにフロントから電話があり、ツアーには行かないのかという。時計を見れば私の時計はまだ六時。驚いてそのことを告げると、七時だという。はっとしてナイト・テーブルを見ると、時計の針は七時を指していた。イタリアとギリシアでは一時間の時間差があったのだ。ヨーロッパの国の中でもサマー・タイムを設けているところとそうでないところがあることをすっかり忘れていた。

その朝の周章狼狽ぶりはこの旅のハイライトといえるほどのものだった。小心者の私はいつも時間には余裕をもって行動する方なのに、この時ほど泡を食ったことはない。行くのはやめようか。でも払い込んだツアーの費用は返してくれるのだろうか。あまり長くない時間内にそんなことをあれこれ考えていると、再びフロントから電話で、各ホテルの客を集めたのちに、もう一度バスがこのホテルまで私を拾いにきてくれるが、それでいいかという。礼を言って申し出を受けることにした。バスが来るのは約一時間後。余裕綽綽である。

さまざまな人種の人間を乗せ、バスはギリシア市内を通り抜け、たばこや夾竹桃の木のあいだを走っていく。育ち切らない低い松の木がぽつぽつと生えていて、その間にオレンジや桃の木が見える。青い空の下、白っぽい屋根と緑の松、乾燥しきった空気、底抜けに明るく暑いギリシアの夏。同じバスに乗っている日本人といえば一組の夫婦だけで、みんな異国の人々である。さっき一時降車したときに話したアメリカ人の家族以外は国籍すらわからない人々の中で、祖国を遠く離れ、この古い歴史を持つ地の果てのような国をどこに向かって旅しているのか。

アメリカ人家族は総勢六人、若い夫婦に生後六ヵ月ぐらいの赤ん坊を含むこども四人で、よくもまあ乳飲み子を連れてこんなところを旅するものだと呆れる。それでも、彼らは一向に苦にしていないと見え、至極リラックスしている様子だ。赤ん坊も私があやすと、愛想よくにこにこと笑い返してくる。さすがアメリカの赤ん坊である。

（1996・6）

＊

バスはアスクレピオスの神殿へ。この神殿は建築家テオドロスによってB.C.三八〇〜三七八年に建てられた。アスクレピオスは、B.C.六世紀頃エピダウロスで信仰された医療の神である。初期の治療法は、アスクレピオス神殿に供物をして犠牲《いけにえ》を捧げ、身を清めた後、アバトンという治療棟で眠ると、夢の中に神が現れて治療するという一種の催眠療法であった。後には医術を身につけた神官が実際に治療を行った。今アスクレピオスの像があったとされる場所には、土台だけが残っている。そこから円形劇場に向かう。舞台にあたるオルケストラの部分が一般には半円形であるのに対し、まさしく円形をなしているのが特徴で、古代ギリシアの建築の中で、当時の姿を完璧に残している数少ない建造物の一つである。毎年夏になると、フェスティヴァルが開かれギリシア古典劇が上演される。その日の観光はそれで終わり、焼きものなどを売っている観光センターのようなところに連れていかれる。

私はアルテミスの神殿にも行くものと思っていたので、騙された気分である。アルテミス神殿は、B.C.四世紀に建てられたドリス様式の神殿で、太陽神アポロンの双子の妹アルテミスが、祀られていたところ。観光客と見ればものを売りつけようとする商人根性に、こんなところでお目にかかるとは思っていなかった。文化遺産を見せるよりも商売といったところか。やはり自由な旅をしなければとひとり呟く。

翌日は、エーゲ海めぐり。迎えのバスに乗ってピレウス港へ。港には豪華なクルーズ船が待っている。一日クルーズなので、港から一番近いサロニコス湾のイドラ島、ポロス島、エギナ島しか周れない。見渡すかぎりコバルト・ブルーの海がひろがり、緑の島がぽつぽつと見える。限りなく広がる青い海と白い波頭。ふりそそぐ太陽をいっぱいに浴びながらの航海は、船旅の優雅さとそれを語りかける相手のない寂しさを、ふと思い出させてくれる。最初に寄港した島はエギナ島、「ピレウスの目障り」と古代アテネ人に呼ばれ、サロニコス湾の真ん中に位置する山だけが目立つ島である。西側の平野にはブドウやピスタチオの木が生い茂り、青いドームのある白い壁の教会や古い家並みがつづく。

この島最大の見どころはアフェア神殿である。この神殿には女神のアフェアが祀られているが、他の神殿と異なるところは、柱が大理石でなく石灰岩で、白く塗ってあり、糸杉の木を芯にしているのが特徴である。アフェアは、美しいニンフであったが、クレタ王ミノスに愛され、束縛の苦しみに耐えかねてエーゲ海に身を投げた。

しかし、アフェアはエギナ島の漁師に助けられ、その漁師からも慕われる。自由を求めるアフェアは、森へ逃れ、ついにその姿を消してしまった。こうしてギリシア語で〈見えない〉を意味するアフェアは、見えない光の女神としてエギナの人々から崇められるようになったという。逃げても逃げても追いかけられる恐怖、せめて女神になって逃れたいという気持ち、わからなくもない。

ポロス島は、ギリシア語で〈狭い通過点〉という意味である。ペロポネソス半島のガラタスとはわずか四百メートルの近さだ。鏡のような静かな海面、松の木に覆われたゆるやかな丘、緑の中に点在する赤い屋根が広がる。

船がペロポネソス半島側の小さな入江に入ったと思うと、港であった。ここで昼食をとる。港の周辺には、獲れ立ての魚介類が味わえるタベルナが並んでいて、私たちはそのなかの一軒に入った。ギリシア風サラダとミネラル・ウォーターを注文する。暑くてあまり食欲がない。ひたすらに青い海と白い壁、乾燥しきった空気、丘にはいつくばった緑の松が目に痛い。大皿に盛られたサラダには、日本のものよりかなり大ぶりのピーマンと大きく切ったチーズが二片、オリーブ油で光っている。何もかもが大きい。ミネラル・ウォーターまで二リットルもの大きなサイズだ。それだけで圧倒されてしまう。

そこから約一時間でイドラ島に着く。ここは、イドラ港の入り口を守る大砲が栄光の歴史を語るように、十八世紀から十九世紀に海上交易で栄えたところである。曲がりくねった迷路のような石段、どこまでも続く白い路地、港に面した丘陵に並ぶ色とりどりの家々。まるで絵のような風景をもつこの小さな島は、旅行者ばかりか芸術家たちの心をもとらえて離さない。ミリの丘には当時建てられた船長たちの邸宅が集まっている。海賊の来襲に備えて、どの邸宅も城砦をもち、壁には銃眼がある。飾り気のない外見からは想像もつかないが、内部には目を見張らせるものがある。

船着場のある湾沿いには、アート・ギャラリーや金・銀細工に革製品、民芸品の店が並び、アテネより安価で洗練されたデザインのものが多い。白壁と青で統一された〈ルーラキ〉の主人はエジプト人とギリシア人の混血だとか、すらりとした筋肉質の精悍な体つきでなかなか立派な面立ちをした学者風の初老紳士である。きれいなフランス語を話すので冷やかしているうちに、娘たちのペンダントと、自分のものを買わされてしまった。娘たちには銀製を、私のためにはゴールドのものを勧め、ギリシアではフクロウが幸運を呼ぶとかで、小さなブルーのフクロウの眼をつけてくれた。言葉を交わすことの魔力をここでも感じさせられる。長い一人旅で、沈黙を強いられる数日間の孤独からであろうか、思いがけない浪費をしてしまった。不思議な雰囲気をたたえた壁面には、素朴な風合いと洗練された色彩の手織の布がかかっていた。イドラ島と〈ルーラキ〉。ルーラキの意味を聴くのを忘れた。イドラに行く機会があれば、またあの店に寄るのもいい。

そこを出て大聖堂へ。バジリカ建築の聖堂内には船長たちが航海を終えるたびに奉納したシャンデリアや寄進者の碑が残され、篤い信仰がしのばれる。

（1997・6）

＊

ギリシアをあとにハンガリーへと出発。タクシーで空港に向かう途中、時間があるのでアクロポリスに寄ってもらう。入り口の手前で運転手を待たせて、斜面を駆け上る。パルテノン神殿だけでも見ておきたい。こういう観光は無意味だと分かっていながら、つい欲張ってしまう。神殿を一周しただけで、気がせくままタクシーを降りたところに戻る。案の定、タクシーは影も形もない。探し回っていると、どこからともなくさっきのタクシーがあらわれた。駐車の規制があるのだろう。人を信じるということは、なかなかむずかしい。無事、空港に着きほっとする。ハンガリー入国の際のビザは不要。ただしパスポートの残存有効期間が六か月以上あることが条件だ。

出発前に、日本からヨーロッパの各地を周遊してパリに戻るチケットを買った。アテネからブダペストに行くには、どこかの空港を経由しなければならないが、ヨーロッパの各都市からはブダペストへの直行便が出ている。直行便とは、経由地があっても飛行機を乗り換えずに目的地に着けるものを指すのだという。今回はウイーン経由になっているが、ウイーン空港では外には出ない。そんなこととは露知らず、そろそろウイーンに着く頃だと思うのに、飛行機は相変わらず上空を飛び続け、着陸降下の気配もないことに苛立っていた。スチュワデスに聞いて、ようやく事情が分かり、納得。ギリシアでの時間差ゆえの失敗がトラウマになっていた。

空港からホテルまでタクシーに乗る。ホテルは、ペスト地区のエリーザベト広場のそばにあり、窓からはドナウ川越しに鎖橋やブダ地区の王宮などが見える。ホテルの部屋はまずまずの広さで快適そうに見えたが、猛烈に暑く、エアコンディッショナーはまったく作動しない。フロントに行き部屋を変えてくれるように頼んだが、明日から学会が開かれるので余分な部屋の空きはないという。何か月も前に予約したのにどういうことか。ハンガリーでは、他の東欧諸国とともに一九八九年、社会主義体制から脱皮を図り、一九九〇年以来、民主フォーラム主導による保守・中道連立内閣のもと、ハンガリー人は、ホテルの宿泊やコンサートのチケットの料金は低価格に優遇されている。対する外国人は、その何倍もの料金を払わなければならない。にもかかわらずエアコンも効かないとは…窓口の男は何を言っても部屋がないと言い張るばかり。こちらが強く出ると、学会が終わる明後日なら何とかできるから待ってくれという。三泊の予定なので、最後の一泊だけである。二泊は我慢してくれと頼まれて、これから探すのも面倒であり、どのホテルも混んでいるかも知れないと思い、諦めることにした。

フロントでの交渉を見ていた女性が話しかけてきた。チューリッヒ在住のその女性は、明日から開催される騎馬大会に出場するためにやって来たという。そういえば、ハンガリー人の祖先は、ウラル山脈の中南部にいた遊牧騎馬民族マジャール人である。五世紀頃から西に向かって移動を始め、八九六年にはハンガリー大平原一帯を征服した。大平原での騎馬大会は、伝統的行事なのだろう。誘われて昼食を共にする。近くの中華料理店で食事をして仕事のことや家族の話をしたあと、そこから近い国会議事堂を見学した。議会がないときはガイドつきで一般観光客も入ることができる。ドナウ川のほとりに立つ議事堂は、ネオ・ゴシック様式の美しい建物で、ブダペストでも人気がある。評判通りなかなか豪華で内装もデザイン性に優れたものであった。特にブダ側から見る姿は、ブダペスト観光のハイライトだとか。外壁にはハンガリー歴代の統治者など歴史上の人物が並んでいる。

騎馬女性とは議事堂を出たところで別れ、対岸のブダ地区に向かった。くさり橋を渡る。橋の両端に置かれたライオンの像が通行人をにらんでいる。ハンガリーで最も美しいといわれ歴史的にも最も古い橋であるが、現存する橋は、第二次世界大戦で破壊されたのち、一九四九年にもとの姿に復元されたもの。南側の白いモダンな吊り橋はハプスブルク帝国の王妃の名をとったエリーザベト橋で、やはり大戦で爆撃を受け六四年に再建された。また、その南の自由橋は、最初は建設当時のハプスブルク皇帝フランツ・ヨーゼフの名がつけられていた。橋はそれぞれ、ドナウとともに歩む歴史の生き証人である。

橋を渡ったところにドナウ川に沿って単線の線路があり、玩具のような電車が走っている。ドナウ西岸にそびえる王宮の丘は、標高一六七メートルの細長い丘で、ブダペスト観光の中心である。モンゴルの侵攻によってエステルゴムから逃れてきたベーラ四世が、この丘に王宮を築いたのは一二四二年。現在のゴシックとバロック様式の宮殿が完成するまでに、王宮は様々な歴史的事件を潜り抜けてきた。十五世紀にはマーチャーシュ王がルネッサンス様式の華麗な宮殿を増築したが、十六世紀から百五十年続いたオスマン・トルコの占領でほぼ崩壊し、十八世紀後半には、マリア・テレジアの命により新築されたバロック様式の大宮殿は火災で消失。さらに、再建されたネオ・バロック様式の宮殿は第二次世界大戦による被害を受けたという。

王宮を出てマーチャーシュ教会へ。十三世紀前半、ブダ城と同じくベーラ四世の命によって建てられ、十五世紀にはマーチャーシュ王が教会のシンボルとして尖塔を増築した。この尖塔も、一五四一年から一六八六年までトルコに侵略され、モスクに改築されていた。現在の形はゴシック様式であるが、石の塔の細かな装飾、モザイクの屋根や内部のフレスコ画、美しいステンドグラスなどが残っている。

教会前の広場が賑わっていた。中に入ると、広い内陣は群衆で埋まり、日曜日のミサが行われている最中だった。空いた席に腰を下ろし、讃美歌のメロディーに耳を傾けていると、まもなくミサは終わった。一斉に立ち上がった人々が左右前後の人々と抱き合って頬をくっつけている。私もいつのまにか隣にいた信者たちに手を取られ、その輪の中にいた。不思議な感覚である。外国に来ると、たいていの場合、握手ぐらいはしても、それ以上になると、私は当惑し、そこから逃げ出したくなって、急いでその場をやり過ごすのだ。そして、日本人に生まれたことに感謝する。にもかかわらず、その日はそれまで出会ったこともない人々と自然に溶け合い、群衆の輪の中にいることにあまり違和感はなかったのである。

すぐそばに中世の城壁のような、白い塔と蝸牛のような螺旋形の回廊が見える。「漁夫の砦」である。教会を建築したF．シュレクによって建てられた砦。マーチャーシュ教会の北東に位置し、ドナウ川の眺めが素晴らしい。中世に、漁師のギルドがこの付近の城壁を守っていたことが名前の由来とか。ただ、砦といっても実際の戦争に使われたことはない。

エリーザベト橋を渡りペスト地区に入る。ドナウ東岸のペスト（ペシュト）地区は、丘や山の多いブダ側に比べて平坦な地域で、ブダペストの商業地区として市民生活の中枢を担っている。ブダ側の高級住宅街に対して庶民的な街といえる。マルギット橋から自由橋までのドナウ川沿いの地域が旧市街で、昔からブダペストの政治経済の中心地として栄えてきた。

ドナウ川に沿って川岸を北上し、くさり橋のあたりで右折すると、聖イシュトヴァーン・バジリカが見えてきた。ネオ・ルネッサンス様式の大聖堂である。モザイク画や壁画、彫刻など、内部の装飾がいい。ハンガリーの初代国王イシュトヴァーンは十世紀末、マジャール族の諸部族を統一し、キリスト教を導入して国教とし、封建制度の基礎を確立して国王の座に就いた。

以後ハンガリーは西欧世界の東端に位置するカトリック封建国として歩み始める。正面入り口の上部には、イシュトヴァーンの胸像、聖堂内の宝物館には、イシュヴァーンの右手のミイラが安置されている。

バジリカを出て南に向かって歩くと、ホテルの近くに帰ってきていた。エリーザベト広場がある。道が交差したところに不思議な建物があった。教会のように見えるが、集会所のような雰囲気でもある。中は数人の人々がいるだけで、よく見られる教会よりも静かで、内部の造りはプロテスタントのそれよりも一層シンプルである。物珍しげな私の様子を見て近づいてきた初老の男性が、「ここはシナゴーグ（ユダヤ教会）です」と言った。シナゴーグとの初めての出会いであった。シナゴーグって？　それまで聞いたことも見たこともなかった。以来、他の街でもシナゴーグを見かけると立ち寄るようになった。このシナゴーグは、八五九年に建てられたもので、ヨーロッパ最大、世界でも二番目の大きさだという。ハンガリーは、第二次世界大戦中にナチスドイツに占領され、多くのハンガリー系ユダヤ人がブダペストでも虐殺された。シナゴーグ内にあるユダヤ博物館には、ユダヤ教の歴史や宗教美術、ナチスの反ユダヤ政策で犠牲になった人々の資料などが展示されている。

シナゴーグを出て右へヴェッセレニュイ通りを進み、大通りに出たところで左折して西北に向う。リスト音楽院がある筈である。ハンガリーを代表する音響の良い音楽ホールとして、またアール・ヌーヴォー建築の代表作としても広く知られている。ぜひ訪ねてみたいと思っていた。音楽院の美しい建物はすぐ目の前にあった。正面入口の上には初代総長のリストの像が、大ホールの正面ロビーには、バルトークの胸像がある。リスト音楽院から真西の方向にオペラハウスがある。音楽院の開校と同じ年に建築が始まり、八四年に出来上がったネオ・ルネッサンス様式のオペラハウス。内部の天井画や絵画も豪華で美しい。ヨーロッパ有数のオペラハウスの一つ。この入口にも作曲家フランツ・リストの彫像が立っている。

ホテルに戻るとフロントに騎馬女性のメッセージがあった。折角なので夕食の誘いを受けることにする。指定されたのは、ドナウ川沿いの、土地の人たちで賑わう小ぎれいなレストランで、彼女は先に来ていた。その友人で、はっきりした目鼻立ちのスリムで背の高い女性も来ていた。彼女のバースデイだとか、ハンガリーの民族衣裳を着けた三人の楽師がバイオリンとアコーディオンでハンガリアン・ダンスなどを何曲か弾いた。よく知られた曲で、みんな一緒に歌ったり踊ったりした。子供の頃、人見知りだった自分が、初めて会ったばかりの外国人とこんな風にしていることが何とも不思議だ。騎馬女性の開放的で明るい性格のせいだろう。陽気な彼女の明るい誘いに、ついふらふらと出てきてしまった私は、その場の空気に溶け込め切れず、それでも盛り上がっている雰囲気をこわしたくなくて、しばらくの間食事につきあい、ようやく引き上げることに成功した。

翌朝、次の目的地チェコに向かう。緑の丘陵と豊かな森、歴史に培われた数多くの文化遺産、素朴で逞しい人々。

プラハ・ルズイニェ空港に到着したときの印象は強烈であった。飛行機を降りて出口に向かったときのことである。他の空港では少くとも部分的には向こう側が見えている。壁があるとしても、閉鎖感はほとんどない。現在はどうか知らないが、このとき（一九九〇年頃）のプラハ空港の出口には途方もなく高い板壁が天井まで張りめぐらされ、その上、男女が別々の部屋に分けられ、それぞれの部屋で身体検査が行われていた。女性の部屋では婦人警官が検査をした。それほど厳しい検査ではなかったが、話に聞くソ連の空港も、かくやと思われるほどの異様な光景であった。小さな戸口から外に出されたとき、まるで地獄から解放されたかのようにほっとしたというのが実感である。出口には、友人が紹介してくれたチェコ人女性、ズデンカさんとその友達のヨシカが迎えてくれていた。

チェコへの興味は、何と言ってもプラハであり、カレル橋やカフカである。以前から行きたいと思っていたが、チェコ語はできないし何となく不安であったところ、たまたま、友人が、東大でロシア語の非常勤講師をしていた女性を紹介してくれるという。すぐに今回の旅のコースに組み入れだ。ズデンカさんは、カレル大学ロシア語科を出て日本の言語学者と結婚され、日本語も堪能で、梅干しや味噌も自分で作る。今度の旅にどうしてもプラハを加えたいと思った。

この国は近年まで社会主義国家チェコ・スロヴァキアとして知られてきたが、チェコとスロヴァキアが同じ国であった時代は意外に短い。ヨーロッパ大陸の中央に位置するチェコは、千年以上の歴史をもち、王朝の興亡、世界大戦、民主主義への移行、スロヴァキアとの分裂など、ドラマティックな運命に翻弄されてきた。チェコにはボヘミア王国が誕生、十三世紀には貿易や銀鉱山の開発により経済力を得て、その支配地域は北海から北イタリアにまで及んだが、十四世紀には王位継承者が途絶え、ボヘミアはドイツ帝国に編入された。やがてドイツの諸侯に推されてカレル四世が神聖ローマ帝国の皇帝になると、プラハは中央ヨーロッパの中心都市として繁栄するようになる。大学やカレル橋、フラチャニ城、新市街が建設され、現在のプラハの基礎はこの時期に形成されたという。

ズデンカさんの幼馴染のヨシカが運転するミニカーで、ズデンカさんのお宅に行く。彼女は早速、白いご飯と日本茶、梅干しなどで歓待してくれた。久々の日本食に私はただ感謝して味わうのみ。彼女は二人のお子さんをバイリンガルに育てるために、夏季休暇などを利用してプラハ・東京を往復していたとのこと。今はもう、お嬢さんはカレル大学の日本語学科、息子さんは同じく医学部にいる。今日からの私の宿舎はヨシカのビジネスホテル。

ズデンカさんの案内で旧市街を訪ねる。十世紀頃にできた、プラハ最古の街。カレル橋から共和国広場にかけてのヴルタヴァ川東岸を占めている。プラハ城のある川の西岸を政治の場とすれば、旧市街は商業区域である。旧市街広場を中心に店やレストランが並ぶ道が放射状に延びている。旧市街広場中央には十五世紀の宗教改革運動の先駆者ヤン・フスの像が立っている。ルターより一世紀も早い。この動きに怖れを懐いたローマ教皇は、フスを異端者として処刑した。国内のフス派の民衆とローマ教皇が差し向けた十字軍の間で激しい戦闘が繰り返され、十六世紀に入ると、ローマ教会はオーストリアのハプスブルク家をボヘミア王として送り込む。以来、チェコはハプスブルク家によって統治されるようになった。ハプスブルク家の支配に反発したチェコ貴族や宗教改革の支持者たちと、ローマ教会やその支持者であるハプスブルク家の対立は、旧教徒と新教徒の対立としてヨーロッパ全土を巻き込んだ三十年戦争（一六一八～一六四八）に発展していく。この結末は新教徒やチェコ貴族の国外追放、チェコの徹底的なゲルマン化によって終わる。ヤン・フスらによる宗教改革運動の歴史は、ビロード革命の際のカレル大学学生の焼身自殺による抵抗運動の中にも生きている。現在では「イスラム国」を含む若者たちの自爆は珍しくないが、抵抗運動としての、カレル大学生の自死は、私にとって衝撃的なものであった。同じ世代の学生に教える立場にあって、彼らの呼びかけにどう答えるべきか、厳しく問いかけられているように思えた。

旧市街広場に立つゴシック式の建物は、旧市庁舎である。旧市庁舎の塔には十五世紀に作られた機械仕掛けの天文時計があり、観光客や子供たちの人気を集めている。天動説に基づいて作られ、定時になると時計の横の死神が鐘を鳴らす中、時計の上の二つの窓をキリストの十二使徒が渡っていく。

ティーン教会の二本の塔が遠くからでも目につく。外観は初期ゴシック様式であるが、中はバロック様式。スメタナの葬儀が行われたところ。

火薬塔は、旧市街と新市街の間にそびえるゴシック式の黒い塔。旧市街を取り巻いていた城壁の門の一つだという。王がプラハ城に移ったため初期の目的には用いられなくなり、一時は火薬倉庫として使われたそうである。取り残された不運な建物。年老いた武骨な家臣といった感じ。

火薬塔からナ・プリコペ通りを下ると、左にヴァーツラフ広場が続く。十四世紀にカレル四世が馬市場として開いた場所で、現在はデパートやホテル、レストランが立ち並ぶプラハの目抜き通りになっている。通りの南端にはボヘミアの守護聖人、聖ヴァーツラフの騎馬像が立つ。

この広場には数々の歴史が秘められている。チェコ・スロヴァキア共和国が誕生した一九一八年、独立賛成派のデモ隊が行進し、六八年には自由化に介入するソ連軍の戦車を食い止めようと一般市民が抵抗。そして、八九年のビロード革命では百万の市民が集結して自由を勝ち取った。その広場に今も人が溢れている。人々は一年前の熱い昂奮を思い描いているだろうか。

クレメンティヌムはドミニコ会の修道院として作られ、礼拝堂や学校、天文台まであった。今は国立図書館、礼拝堂ではコンサートが開かれている。窓が小さく、政治犯を収容する獄舎のようにも見える。

ヴルタヴァ川近くに来ていた。旧市街のパリ通りとカプロヴァ通りの間の一郭にユダヤ人街がある。十一世紀頃からユダヤ人が住みはじめたという、中央ヨーロッパでも最古のユダヤ人街である。十九世紀にプラハ市に入り、解体、整備された。五つものシナゴーグとユダヤ人墓地が残され、これらの施設は博物館として保存、公開されている。これほど多くのシナゴーグが遺された都市は他に類を見ないのではないだろうか。中でも、マイゼルシナゴーグにはボヘミアとモラヴィアのユダヤ人に関する展示があり、クラウスシナゴーグにはヘブライ語の写本が展示されている。

カレル橋のたもとに出た。プラハ城の南に広がる古い町並み、マラー・ストラナと旧市街を結ぶ橋。十九世紀になるまでは、ヴルタヴァ川にかかる唯一の石橋で、交通の要所とされていた。橋の両端には塔があり、欄干には、聖ヴァーツラフ、ピエタ像、聖ヨゼフ像など三十体の聖像が並ぶ。一つ一つ覗き込んでいると、途方もなく時間がかかりそうだ。橋幅は九・五メートルもあり、歩行者占有であるが、屋台やミュージシャンの演奏で通行が妨げられる。橋を渡り終えてプラハ城へ。プラハ城の起源は、九世紀後半に王子ポジヴォイが建てた、聖マリア教会である。荘厳な大尖塔が目を引くゴシック様式の教会は、聖ヴィート大聖堂。建設工事は、十四世紀、カレル四世の時代から二十世紀前半までかかったという。聖ヴァーツラフ礼拝堂の黄金色の壁には、半貴石がはめ込まれ、ステンドグラスはアルフォンス・ミュシャら、アール・ヌーヴォーのアーティストの作品である。聖イジー教会・聖イジー修道院の横を通り過ぎて左奥に位置する路地が黄金小路である。伝説では、ロドルフ二世（一五七六〜一六一一）が錬金術師を集めて黄金と不老長寿の薬を作らせた場所といわれるが、実際は兵士たちの住居だったとか。この建物の一つにカフカが住んでいたと伝えられる家がある。青い扉と青い壁の小さな家で、中に入ると絵葉書や土産物類が並べられていた。ひどく狭い。こんな狭い場所でカフカは本当に仕事をしていたのだろうか。それほど長くはなかった気がする。カフカが両親や兄弟とともに育ち暮らした家が市内にあると聞き、ズデンカさんに案内してもらった。市内にあり、今はカフカセンターになっている。

細い道を辿って、旧登城道を下る。傾斜はかなり急だ。そこからカレル橋の方に続く道を行く。

朝、ヨシカのノックで目を覚ます。パンとコーヒーにオムレツの朝食。彼はコックも兼ねる。ヨシカのオムレツはなかなかの美味。

その日は、ズデンカさんの家に立寄り、ヨシカの車でヴィシェフラドに行く。ヴィシェフラドは「高い城」を意味する。七世紀頃の城砦跡で、プラハの歴史はそこから始まったともいわれる。現在はヴルタヴァ川を一望する閑静な公園である。園内の墓地には、スメタナ、ドヴォルザーク、ミュシャなど、チェコが誇る芸術家たちの苔むした墓があった。

三人でチェコ料理の店に行く。〈ウ・フレク〉は一四九九年の創業以来、プラハのみならずチェコで一番有名なビアホール。かつては修道院であったところで、中世風のインテリアの部屋など六つの部屋と中庭がある。ビールはアルコール度数十三度の黒ビール、食事は代表的なチェコ料理、単なるビアホールというよりは、ほとんど観光名所となっている。私の希望で典型的なものを注文した。運ばれてきたのは、ローストポークにザワークラウトとクネドリーキ添え。クネドリーキはもっちりした歯触りのパンの一種、たっぷりかかった肉汁をつけて食べる。黒ビールの味は下戸にもわかるほどにきりっとして渋みのある味で、さすがビールで名高い国と頷く。水を頼むとグラスの縁が欠けていて、あやうく唇を切りそうになった。復興未だ遠し。ビロード革命からまだ一、二年なのだ。

ズデンカさんの案内で〈エルペット・カンパニー〉に行く。旧市庁舎の向かいにあるボヘミアグラスの店。ガーネットや琥珀のアクセサリーもある。外国に滞在中の私のために衣類を送ってくれた友人へのお礼に、小さなガーネットのブローチを買った。ズデンカさんのお土産案内はまだ続く。〈モーゼル〉は重厚な雰囲気で、高い品質を誇るボヘミアグラスやヘレンド、マイセンの陶磁器を扱っている。ズデンカさんは日本の大企業専属のガイドもしているので、私にはあまり縁のない高級店にも案内しようとする。折角の機会なので、自分用に、有名なブランドに似た玉葱模様のコーヒーカップとパン皿を買った。

プラハ出発の朝、ヨシカが空港まで車で送ってくれた。ズデンカさんは所用があるとかで、私が買ったのと同じ玉葱模様のマグカップを託してくれた。私はチェコ語が話せないし、ヨシカは英語が出来ない。ズデンカさんがいないと、二人とも言葉少なになる。空港で別れるときも、単純なお礼の言葉しか浮かばず、会話はすぐに途切れ沈黙がただよう。今度来るときはチェコ語を勉強して来よう。ヨシカに私の感謝の気持ちが伝わっていますように…そう祈りつつ機上の人となる。

パリ空港からパリ空港に帰るというクーポンは切れないということで、プラハからパリまではローザンヌ経由、ローザンヌからパリへは列車の旅である。ローザンヌはフランス語圏なので、これまでの言葉の不自由はなくなった。海のように大きなレマン湖が目の前に広がるホテルでぐっすり眠る。

アルプスとレマン湖を背景にローザンヌ大聖堂がそびえたつ。ゴシック建築のこの聖堂は、十二世紀から十三世紀にかけて建てられ、南壁にはめ込まれた薔薇窓のステンドグラスは陽光を浴びて一際美しく輝く。

湖のそばにウッシー城があり、湖に沿ってウッシー通りと呼ばれる散歩道が続いている。

バスで近郊にあるモントルーを訪ねた。バスは湖沿いの道を走って三十分ほどで駅前に着く。そこからシヨン城へは歩いて四十分。ここは、昔イタリアからアルプスを越えてくる商人たちから通行税を取り立てる場所であった。中は岩の洞窟状で岩壁には針金かナイフで刻んだ跡があり、イギリスの詩人バイロンが刻んだと伝えられる。「シヨン城の囚人」とは、サヴォワ公がスイス・フランス語圏を支配していた頃、幽閉されていた、ジュネーヴの宗教改革派のフランソワ・ボニバルを指す。

いよいよパリに戻るときが来た。ローザンヌ中央駅に行き、パリ行特急に乗る。ディジョンを経由してパリまで緑豊かな平原を走る。何も考えず風景を眺めているだけで楽しい。パリ、ガール・ド・リヨンに到着。ヨーロッパ三週間の旅はようやく終わった。シテでの研修生活が始まる。

（1997・12）

III

——パリの空から〈夏〉

パリの夏は例年になく暑かった。ロンドンは三百年来の異常気象だというが、パリもそれに近い。夏に観光客が溢れるのはいつに変わらぬことであるが、今年はカトリック青少年会議が開かれ、ローマ法王もサン・ジェルマン・ロクセロワ（聖バーテルミーの虐殺の際に合図の鐘が鳴った教会）やノートル・ダム寺院その他いくつかの場所で説教をするとあって、それに集まってくる若者たちの数はすごいのである。やはりカトリックの国かと再認識させられた。メトロも道路もいっそうの過密状態である。その上、私の住むゲスト・ハウスは大改修工事をすることになり、連日早朝から騒音をたてる。たまたまやってきた友人に誘われ、パリを抜け出し、国際サガ学会（神話学会）に行くことにした。北欧での学会に五日間出席した後、フィヨルドの源流まで行き、そこから小さな船で下流へ。フェリーに乗り換えソグネフィヨルドの支流ネーロイフィヨルドをたどる。さらにノルウェーからフィンランドの知人（正確には友人の知人）の家に三泊し、森と湖の風景を満喫して帰ってきたのに、まだ工事は終わっていない。そこへ、ロンドンで語学研修を受けていた学生たちのパリ案内をせよという知らせである。彼らが帰ってもまだ工事は終わらない。今度は私がロンドンへ陣中見舞いがてら劇場めぐりに出かけた。四日間で芝居を五本観る。こちらも負けず劣らずの超過密スケジュールである。

ロンドンから帰ってきた私を待っていたのは、二つの訃報であった。パリのゲスト・ハウスに届けられた『日高野』第三十二号は、林出賢三先生と大谷久子さんが亡くなられたことを報じていた。

林出先生には中学で理科を担当していただいた。とはいっても、林出先生は私のことなど、まったく覚えておられなかったに違いない。私は好きな科目しか勉強せず、苦手な理数科の時間はただ無為に時を過ごすだけであった。では、なぜ、林出先生の理科の授業のことが印象に残っているかといえば、先生の授業は、他の不得手な授業時間のように、先生の話をさも聞いているようなふりをして、窓の外を見たり途方もない空想に耽ったりすることが許されなかったからである。先生は、出席簿の順に、生徒たちに小さな質問を次々と浴びせかけ、答えられないと、その生徒が答えられるまで何度でも新しい質問をされる。よく聞いて正しく答えないことには、いつまでも解放してもらえない。生徒たちがかなりの緊張感をもって先生の授業を受けていたことは確かである。その効果がどのようなものであったかについては何ともいえないが、怠け者の生徒の私語や居眠り防止には大いに役立ったにちがいない。私自身についていえば、あいかわらず、理科の成績は良くならなかったし、科学的興味が旺盛になることもなく、今に至っている。

しかし、ふとした折に、あの時の授業の言い知れぬ緊迫感がよみがえり、先生の小柄なお体のなかに漲っていたエネルギーや、生徒のひとりひとりを見つめておられた澄んだ瞳を思い出す。考えてみれば、自分たちよりはるかに年上の大人だと思っていたけれど、先生は生徒たちよりも七才ばかりお年が上であっただけで、まだ大学を出られたばかりの青年であったのだ。あれから何十年…、予想もしなかった教師という仕事につき、あのころの先生と同じ立場になってみて、あのような熱意は、ひたすら、青年時代の熱く真摯な人間愛のなせる業だという思いを強くしている。ほんとうにあの頃の先生は若く、教育愛に燃えておられたように思う。それ以後、私は残念ながら先生にお会いする機会に恵まれなかった。

「大谷書店」の経営者の大谷久子さんは、お名前も知らなかったけれど、あの大柄なご体格とやさしい微笑みは、今も目の奥に残っている。私は、まだ高校生で、放課後、夕暮までの時間を図書館で過ごしたり、大谷書店で長時間の立ち読みをする以外に、これといった楽しみを持っていなかった。筑摩書房の日本文学全集や三笠書房の世界文学全集を買ったのも、大谷書店である。戦後の翻訳文学全盛時代を迎えていた。確か、スタンダールの『カストロの尼』も買ったと思う。スタンダールがどのような作家なのか、内容がどんなものなのかも知らず、ただ題名につられて買った。

母は教育についてはかなり頑固で、高等教育は女を不幸にするという強い信念を持っていた。私自身も級友たちが熱心に受験勉強の話をしていても、それほど興味はなかった。どうしても進学したいという気持ちもなく、将来にも希望を持てぬまま、今思えば汗顔の至りだが、学業はなげやりにして、文学少女気取りでほとんど毎日のように立ち読みに通っていた。

大谷さんのやさしい微笑は、そんな私にも公平に向けられ、私の連日の立ち読みにも嫌な顔をされたことはなかった。母との確執に疲れ、反抗的でさえあった私は、そのふっくらした、どこか与謝野晶子に似た面差しに、何やら安堵感を覚えていたに違いない。大谷さんの微笑は、たしかにあのころの私にとって、一種の救いであった。本を買う折にかわす必要最小限の会話以外に、大した言葉も交わさなかったが、大谷さんは、私にとって、おそらくそのような存在であったろう。

御坊の地を離れてから、一度もあの店に足を運ばなかったことが悔やまれる。いつかいつかと思っているうちに、あの懐かしい店が閉鎖されたと知って感慨無量である。

（1997・12）

——異郷の空〈冬〉

パリの冬は暗鬱な空の下で、霧に閉ざされている。北風が吹きぬけたと思うと、街路樹が霧のなかの裸木の列となり、まだ四時というのに夜の闇に没してしまった。パリの住民たちの時間感覚はこれに呼応している。病院で検査結果を聞きに来るように言われ、言葉通り夕刻に行くと、病院はもう閉まっていて、夕方とは、三時頃までだという。四時はもう夜なのだ。昨日まで黄葉が舞っていた街路樹も、闇の中に骸骨のような枝を突き出して立っている。バスやメトロは予告もなく突然のストをする。尖った受け答えをする郵便局の若い局員や、うつむいて急ぎ足に歩いていく娘たち。冬は内省の季節とでもいうように、道行く人々も、身を縮め、押し黙って、急ぎ足で通り過ぎていく。春から夏、リュクサンブール公園があんなに鬱蒼と繁り、あたりは緑の天蓋におおわれ、こどもたちの明るい笑い声が響きわたっていたというのに、今、公園はとりつく島もない厳しさに閉ざされている。

セミネールの時間に間があるとき、この公園のきびしく屹立した樹木の列のあいだを縫って歩くのが好きだ。木漏れ日がわずかに射す休日の午前など、こども連れの若夫婦や編み物をしている中年の女性、老若男女、さまざまな年齢層の人々がいる。冬のパリと孤独な老人の姿――珍しくもない風物詩のようだけれど、本当に、公園のベンチにはこんな寒い朝にも、身じろぎひとつせず、端正に座っている黒衣の老婆や、顔も上げず、雨傘の柄をしっかり握りしめている老人を見かける。

はたから見れば十分「孤独な老人」である自分の姿を意識することもある。人の気配に驚き舞い上る鳥たちの羽ばたきが、重い心を解き放ってくれそうな気がして、毎朝、モン・スーリ公園の水鳥たちに、固くなったパンをやりに行く。池を巡る道で小学生の群れと出会うこともある。一人歩きの私が珍しいのか、女の子の一人が顔を覗き込んで、“Ça va?（元気？）”という。“Merci, et vous（あなたは）?”と返すと、“Comme ci,comme ça（まあまあよ）.”と大げさに肩をすくめる。日本のこどもには見られない、大人びて陽気な反応が、こちらに伝染して、笑いがこみ上げてくる。

人の目は必ずしも的を射てはいない。独り歩きの老人がそれほど寂しさを感じているとは限らない。ことさらに孤独を感じなくなる〈とき〉がくるということだ。むしろ、満ち足りて心がしんと静まった感じといえばいいのか。「冬のパリは、目にとまる孤独な老人の姿があるごとに、人を暗い物思いに沈ませる」(『洛中生息』)という人もいるけれど、私はそうは思わない。冬枯れの木が人々の内面に落としている影が重ければ重いほど、春になっていっせいに芽吹く葉や花の萼からもたらされるものは大きい。すべての人々の心に、「途方もないざわめきを泡立たせ」、「思わず羽ばたきでもせずにはいられぬような」軽やかな興奮を、この同じ木がもたらすのである。

ノエルが間近になると、二つのデパートが並ぶアーブル・コーマルタン界隈には、葉っぱの形をしたワイン・カラーの飾りが、小さな豆電球といっしょに吊され、赤と白の照明が交互に入れかわる。クリスマスのころ、日本でよく聞く〈ジングル・ベル〉を聞くことはない。パリのブルジョワは、南仏やイタリアに太陽をもとめて遠出をするのが好みだとか。芝居やオペラがさかんに上演され、早くから席はcomplet(満席)になる。恒例の〈La Traviata(椿姫)〉と〈薔薇の騎士〉は買い損ない、クリスマス前に日本からやってくる娘のために、ニジンスキーのバレーの切符をとるのがやっとだった。

マザリーヌの図書館からの帰り、河岸の道からポン・デ・ザールを渡り、橋の中ほどで振り返るのが癖になっていた。丸いドームを頂き樹木を背景にひっそりと建つフランス学士院を中心とする風景。春から夏の賑わいが感じられる季節から、ドームが雪の帽子をかぶる冬の季節まで、いつもその位置で立ち止まる。ポン・デ・ザールから向こうは若者たちが群れ集い、学士院の方には静謐な空気が漂っている。橋の中ほどでセーヌ川の流れを眺めながら短い時間を過ごす。流離のなかの一刻の憩いであった。

マルセル・マルソーのパントマイムを見た帰り、シャンゼリゼの並木道に出て、娘と私はノエルのためのイリュミネーションに出会った。パリでこの冬に見た、いちばん豪華な飾燈であった。といえば、大きな樅の木につるされた金のモールや大小さまざまな銀の星、無数の赤や青や黄の点滅につれて、まばゆく光る日本のイリュミネーションを想像されるであろうが、それはただの白電球ばかりのイリュミネーションで、色彩といえば、白一色のクリスマス・ツリーにあしらったリボンの緑色だけである。一瞬の花火と見まがうほどに、並木のプラタナスの巨木にたくさんの電球が灯っていた。凱旋門からコンコルドまでの広い並木道に一直線に延びる銀色のイリュミネーションの列。これほど見事で心憎い飾燈を見たことはなかった。私たちは、しばらくそこに立ち尽くしていた。この豪華なイリュミネーションが、きびしい冬の重苦しさを剥ぎとり、パリの冬を耐え易くするのだ。

帰国の日が近づくにつれて、残された時間が惜しまれ、街に出る。サン・シュルピス寺院の横を通っていた。「教会」と縁の深い品物を売る店の窓に、ありとあらゆる寸法のキリスト磔刑像がある。はりつけられ、首を右肩にがっくり落とし、槍で突き刺された傷から血を流す痩せた男が林立する場所に出ていた。

二月に入って少し寒さが緩んだ日、ドビュッシーの生地に行ってみた。生家は、パリの西方二十三キロ、サン・ジェルマン・アン・レという町に今も残っている。パン通りというにぎやかな小路の三十八番地に観光案内所があり、その建物の表通りに面した二階の壁に、ドビュッシーの生家を記念する銘板が掲げられていた。陶器を売りひさいでドビュッシー一家が暮らしていた部屋は、その奥の狭い中庭にある古い木製の螺旋階段を上がったところにあり、当時の時代趣味のかすかな名残が感じられる。そこは今、ドビュッシーのミュゼになっていて、家族の写真や手書きの楽譜、手紙、机、ジャポニスムの影響を語る品々が並べられている。ドビュッシーの音楽を思わせるような筆跡。〈海〉は、カミーユ・クローデルから知らされた北斎の絵の影響によるという。

ルイ十四世によって宮廷がヴェルサイユに移されるまで歴代の王たちが居住した城の壕に沿って、見晴らしのいいテラスに行く。冬枯れのマロニエの森を透かして、眼下にセーヌ川が見える。幾度も蛇行するセーヌは、ここでは北向きに流れている。目を水平にしたまま、東方を望むと、夕暮の橙色の陽がモン・ヴァレリアンの丘に射し、その向うにパリの町がかすかに光っていた。

（1998・6）

――ピクニック

パリの大学都市には何度か滞在した。研究者用の部屋は中央館の三階で、エレヴェーターを中心に左右に九室ある。私の部屋は向かって右の端にあり、共用の台所兼食堂に通じる扉のそばにあった。人が出入りする度に、分厚く重々しい扉の開閉によるバタンという大きな音が、石造りの高い天井に響き渡り、慣れないうちは深夜など不気味で何事かと驚いたものだ。しかし、台所兼食堂に出入りする居住者たちに出会う機会も多く、様々な国からやって来た人々と知り合い、互いの国の文化や習慣を知ることは楽しかった。めいめい自分で買ってきた材料で食事を作り、それぞれ別種の料理を食べる間に、食材や料理法にとどまらず、暮らしや政治にまで話題は広がり、食べ物を分け合い、いつの間にか親しくなっていた。崩壊したばかりのロシアから来た経済学者、ブラジルの海洋学者、トリエステに住むブルガリアの化学者、フェレッラのローマ法の教授、奥様の弁護士さん、スペイン人の若い外科医ギエルモ…三週間ほど隣の部屋にいたギエルモは、風邪薬を上げたことから親しくなり、日本館の留学生たちと一緒に寿司パーティーをするというと、喜んで参加した。材料は、留学生のSさん達がマルシェで買ってきたマグロや野菜、私のところに送られてきたばかりの海苔など、デザートは羊羹。帰国前の三月、ギエルモの案内で、日本館にいたFさんとバルセロナへ二泊三日の旅をした。

ロシアの経済学者は大層な日本贔屓で日本を極度に理想化していた。ロシアが日本のような国になってくれればいいのだが…と何度か言っていたのは意外だったが、彼のようなロシア人は多いのかも知れない。ブルガリア人化学者は無骨な風貌に似合わずナイーブで、ブラジルの海洋学者は見るからに明るくおおらか、フェレッラのローマ法の先生はあまりイタリア人らしくない紳士、ご夫妻にはフェレッラのお宅に招待され、ご家族にも会った。末っ子のトマはかわいくて利発な坊やだったけれど、もう今頃は颯爽とした青年になっているだろう。先生には街を案内していただいた。私は不学にしてローマ法のことはあまり知らないが、猫に小判の超高級ガイドさんにフェレッラの街の隅々まで教えていただいた。

中でもハンガリー人のラズロ（László）は、物理学の交換教授として何度かパリを訪れていたので、ときどきシテに滞在する私と出会う機会が多かった。彼は学会で日本に来たこともあり、他のハンガリー人同様、日本に親しみを感じているらしかった。

しかし、私にとって最も印象的であったのは、ベルリンの壁の崩壊に関わった彼らのピクニック作戦である。ピクニックを装ってハンガリー・ウイーン間の国境を越えるという作戦。体の不自由な人も老人も子供も赤ん坊まで、みんなピクニックに行くふりをして国境越えを果たしたという。そのピクニックがベルリンの壁の崩壊のきっかけを作った。ピクニックを企画したのは彼ら研究者グループであった。ウイーンとハンガリーの国境にピクニック作戦を記念する広場があり、そこで毎年八月十九日に合唱祭が開かれ、日本の合唱団も参加する。日本から贈られた桜の木も植えられている。一年間の滞在を終えて帰国した翌年、ラズロは、彼の住むショプロンに私を招待しその場所に連れて行ってくれた。

トランスダービニアと呼ばれる、ハンガリーの西側のほぼ半分、バラトン湖周辺を除く広大な地域は、紀元前後からローマ帝国の統治下に置かれ、近世にはオーストリア・ハプスブルグ家の支配のもと、独自の宮廷文化が生まれた。ショプロンはその中心にある。その年の秋、ポール＝ロワイヤルでパスカルのコロックが開かれ、ついでにショプロンに行くことにした。八月の終わりに日本を出発し、シテのいつもの部屋に入る。

九月三日パリ発ウイーン行きの便に乗った。チェックが厳しく荷物はなかなか出て来ない。バスでSudbahnhof（ウイーン南駅）に行きSopronまでのチケットを買う。列車はすでにホームに停車しているのにドアが開かず、車掌に聞くと、前から三両目の車両だけが開いている。ながら空きだった車両に、発車間際にどやどやと労働者風の男たちが何人か乗ってきてカードを始める。ラズロとはまったくタイプを異にする男たち。前の席にはビジネスマン風の若者と後から中年の女性。乗り換えの必要もなくそのまま一時間余りでショプロン駅に着く。十八時十七分、ホームにはラズロが待っていた。久しぶりの再会である。ラズロが予約してくれたホテルは旧市街にあるPalatinus。ラズロは部屋まで荷物を運び、八時に奥さんと迎えに来ると言って帰っていった。

雨が少し降り出していたが散歩に出た。山羊の教会は、山羊が見つけた財宝で建立されたと伝えられるベネディクト派の教会である。迎えに来たラズロ夫妻とcave風のパブに行く。パブは洞窟をくりぬいた感じの空間で薄暗く思えたが、目が慣れるとちょうどよい照明である。奥さんは数学者のエヴァ。優しくて闊達な感じの人だ。彼らはグヤーシュ、私は肉団子の煮込み。

朝八時、ラズロが来てフェルトードのパレス（エステルハージの宮殿）のハイドン・コンサートのチケットを予約しておいたという。古都と呼ばれるショプロンはウイーンに近く、郊外には、ハイドンが宮廷音楽家として三十年間過ごしたエステルハージ宮殿がある。一七二〇年から六十年の歳月をかけて建てられ、二階の一角はハイドン博物館になっている。ラズロは、仕事があり送っていけないからと言ってバスの時刻を調べてくれた。帰りは、コンサートが八時半には終わるから八時四十三分のバスに乗れるけれど、電話をくれれば迎えに行くといったが、バスで帰るからと私は遠慮した。仕事のあるラズロに車で四十分もかかるところを迎えに来させることはできない。

九時出発。シナゴーグはまだ開いていないのでフォーラムに行く。ローマ時代の遺跡。そこを出て聖霊教会と聖ミハー教会、聖ヤコブ礼拝堂。ショプロンはトルコ軍の侵攻を免れたため、古都が多いトランスダヌービアの中でも中世以来のハンガリーを今に伝えている数少ない町である。ロマネスク様式の建物とゴシックの塔を持つ十二世紀の教会。中央広場に出た。石畳の広場を囲むように十五世紀以来の建物が連なり、中心には三位一体像がそびえている。後期ルネッサンス様式の魅力的な建物はシュトルノの家、マーチャーシュ王やリストが滞在したことで知られる。一千人の侍女とともに殉教した聖ウルスラの教会もあった。

バスターミナルを探して二十分も歩き、発車寸前のバスに乗り込む。どうやら予定のバスの一台前らしい。満員のバスの中は熱気がこもり、ものすごい暑さである。激しい揺れと暑さにうんざりする頃、席が空きようやく座れた。一時間近く走って着いたところは林に続く広い野原で、ツーリスムもなさそうだ。鄙びた田舎の闇夜を独りで帰るのかと思うと急に心配になってきた。ツーリスムらしき小さな小屋でチケットを買い、エステルハージ宮殿に向かう。稍小さなスペイン宮殿風の建物である。入口で靴カバーをつけて待っていると、係員が高校生グループと私たちを集めてエステルハージの説明を始めた。内容はマジャール語なのかまったく理解できない。演奏はすぐには始まらず、カフェで時間つぶしにビールと pommes frites（フライドポテト）を注文する。

七時をかなりまわった頃、ようやく演奏者たちが入ってきた。大広間には椅子とピアノ。やがてハイドンのミサ曲が始まった。目を閉じて聞いていると、甘やかなソプラノと優しく静かな旋律が流れ、何世紀も昔の宮殿にいるような錯覚に陥る。まるでタイムスリップをしたようだ。休憩に入った。時計を見る。八時半には終りそうもない。最終バスの時間が気になり、休憩後の演奏は断念し心を残して会場を出た。門が閉まっている。演奏中は門を閉めておくらしい。守衛を捜すのに時間を費やす。道路に出ると車が猛スピードで走っていた。脇道にも樹木が繁りその奥の森で啼く梟の声が、人気のない不気味な暗い森を横切る私の不安感を煽り立てる。ひたすらバス停へと急ぐ。暗くて何も見えず不安が頂点に達する頃、ようやくバス停の標識らしきものが見えた。ベンチに座っている二人連れにショプロン行きがあることを確認してほっとする。遠くで小さく光っていたヘッドライトがだんだん近づき、最終バスが到着した。途中から乗ってくる人も多い。ドライバーは真っ暗な田舎道をびゅんびゅん飛ばし、十時前にターミナルに到着。さすがに疲れてホテルまでタクシーを呼んでもらう。これ以上、見知らぬ土地で暗闇を彷徨うのは御免だ。深夜たった一人、梟の声に怯えながら鬱蒼と茂る暗い森を歩いたのは、最初で最後の経験で忘れがたい思い出となった。

翌朝九時にラズロが来た。昨日は何も問題がなかったかと心配そうに聞く。昨夜の顛末は何も話さなかった。今日はピクニックだという。車を教会前の広場に停めている。荷物を積みこみ、オーストリアとの国境へと向かう。いよいよ壁崩壊のきっかけとなった彼らの行動の場、〈ピクニック〉の現場に向かうのである。車はショプロン北の郊外から車一台しか通れず舗装もされていない道をゆっくり進む。国境に続く道は車の轍跡を残して小灌木や草で覆われている。木がまばらに生えた草地に国境警備の塔がいくつも並ぶ。東ドイツの人々は、老人も子供も、赤ん坊は誰かに抱かれてこの道を通ってオーストリアに入ったのだ。今も有刺鉄線が張られ監視塔はそのままだけれど、若者がひとり間道をローラースケートで走っていくのが見えた。「ここを通った」と指差された踏切のようなところに立ってみる。日本のような島国に住む者には実感が湧きにくいが、有刺鉄線を撤去すれば国境などとはとても思えない。J・J・ルソーの「最初に線を引いた者が国境を定めた」という言葉を思い出さずにいられない。

一九八九年八月十九日約一千人の東ドイツ人がハンガリー側からオーストリアへの国境を越えて行った、その場所に立つと、何か歴史の一齣が見えてくる気がする。ラズロたちの、そのプロジェクトに対する誇りが強く伝わってきた。記念碑が建っていて、その向こうに日本人が植樹した桜の苗木がある。願わくは、この細い苗木がやがて太い幹となり葉を茂らせ美しい満開の花をつける頃、この空の下に戦の影が忍び込みませぬよう…風景は歴史を生きている。風景が生きてきた歴史を目にし、感じ、聴き、知ることができる。再びもとの道を戻る。ブルーベリーの木があった。ラズロが採ってくれた赤い実。よく熟して甘く、ジャムなどで味わえない自然の味がした。天空と大地と野原と。自然に還るとき、人は一瞬、あるがままの善や安堵、悦楽、至福といったものの存在を信じられるのかもしれない。

Fertorakosに行く。ローマ時代からの石切り場だ。ウィーンの教会を造るのにも用いられたとか。巨大な石の上からFerto湖が見えた。お土産に自家製ワインを買って帰ろうとしたが店は締まっていた。トランシルヴァニアのことを聞くと、トランシルヴァニア大学にいる友人を紹介すると言って訪ねたがこちらも留守。そこからラズロの家に行き昼食をご馳走になる。バスターミナル近くではあるが閑静な区域で、ローマ時代を偲ばせる壁が残っている。前庭から石段を二、三段上ると入口があり右手にキッチン、その奥にダイニング、左手に段差のあるサロンがある。双子の一人というお嬢さんとまもなく帰ってきた奥さんのエヴァとでワインで乾杯、料理はジャガイモと玉葱、人参の入ったシチュー風、レストランの味よりずっとあっさりしておいしく、日本人の味覚にもあう。日本に行った時の写真だといって四冊ものアルバムを見せてくれる。壁一面に張られた家族の写真や食事の合間にも唄を口ずさんでいる活発な少女の姿に、いかにも誠実で思いやりのあるラズロの家庭らしい空気が感じられた。サロンで暫時歓談しラズロの車で駅に急ぐ。ウイーンのホテルまでの電車の乗り方など相変わらず細々と教え、最後に「じゃあね。またパリか日本で」という。駅の別れを好まない私が帰るように促すと、ラズロの姿はホームの端から階段へと消えて行った。

列車はがら空きで、車窓からの静かな風景をたのしみつつ、三日間のこの上なくゆたかで満ち足りた時間を思い返していた。

ウイーン南駅に降りた頃から降り出した雨は次第に雨脚を強め、深夜遅くまで降り続いた。

（1998・10）

――冬の旅

真冬の早朝、早起きをして旅に出た。これまでの私には考えられないことである。旅の目的はドイツ、オランダ名門オーケストラ。午前四時起床。一便早いバスに乗ったので、待ち合わせ時間の三十分も前に関西空港に着く。四人の関西勢とともにフランクフルト行きのルフトハンザ機に乗る。十四時十五分フランクフルト着。成田発の参加者と合流、北海道旭川からのTさんと出会う。彼女にはこれまでに何度か出会っていた（これを書いている今、彼女はすでに故人である）。二時間半ほどの待ち時間でベルリン・テーゲル空港へ。着後、専用バスでホテルへ。予想外に早い到着であった。ホテルはマリオット・ベルリンホテル。

二日目、午前中はベルリン市内観光。ワイマール共和国時代、ベルリンは「黄金の二十年代」の舞台として栄光の絶頂期を迎えていた。ナチス政権の登場とともにその繁栄はかげりを見せはじめ、敗戦後、町は東西に分割された。一九六一年八月一三日、ベルリンには一夜にして「壁」が築かれ、以来二十八年間それが壊れる日は永遠に来ないと思われていた。ところが一九八九年一一月九日、突然ベルリンの壁に穴があいた。ここには十五年前、一度来たことがある。知人のトルコ系ドイツ人ハッキーさんの案内で三日間、滞在した。陸の玄関ツォー駅や動物園、一九四三年の空襲で破壊されたままの姿を残すカイザー・ヴィルヘルム記念教会、クーダム大通り、ベルガモン博物館などが今も記憶の底に残る。一番の「お目当て」は「王妃ネフエルティティの胸像」で、その頃はシャルロッテン宮殿の手前のエジプト博物館にあり、ガラスケースなどに入れられず、そのまま触れられる近さにあった。同じ像のヴァリエーションも数体あり、夫である王の彫像も見られた。かなりの時間を割いて散策した広い植物園、あれはどこだったのだろう（知人のハッキーさんは植物学者である）。そのあと、ハッキーさんと別れて観光バスに乗り市内を一周した。あまり明確な記憶はないが、ブランデンブルク門に連なる東西の壁はまだ復興には程遠く、大戦の傷跡が生々しく、ポツダム広場も瓦礫のなかに破壊されたままの姿を留めていた。十五年の歳月はさすがに風景をすっかり変え、今や多くの近代都市と同じたたずまいに回復している。落書きや破壊のあとが一部遺っているとはいえ、〈造られた遺跡〉である。それ以外の戦争の爪痕は跡形もなく消し去られ、〈造られた遺跡〉の部分だけが東西分裂という歴史の記念碑となった。ベルリンの壁博物館に行く。膨大な展示物も、戦争を知らない者にとっては、やがて実感を伴わない単なる紙屑になっていくのだろう。大聖堂などを観て昼食。

午後はホテルに戻って夜の演奏会に備えて休息。まるで自分が演奏するかのようだけれど、折角のコンサートに眠ってしまってはもったいない。十分なエネルギーを蓄えたうえで音楽を楽しむためである。

ベルリン・フィルハーモニー大ホールで聴くのも初めてではない。このホールを最初写真で見たときは、その構造の独創的な設計に、一見奇態な、といってもよい印象を受けたが、音響効果はすばらしい。指揮者はベルリン・フィルの常任指揮者になったばかりのティーレマン、昨年ミュンヘン・フィルで聴いた若い指揮者である。曲目はメンデルスゾーン《静かな海と楽しい航海》、モーツァルト《ピアノ協奏曲第二十一番ハ長調K．467》にリスト《交響詩十三番ゆりかごから墓場まで》、《交響詩第六番マゼッパ》、《交響詩前奏曲第三番》。ピアノはポリーニ。ポリーニを初めて聴いたのはいつだったろう。初めて来日したポリーニは、まだ十九歳で、鍵盤の上で指を滑らせるたびに揺れ動く豊かな金髪と、すらりと伸びたしなやかな四肢、まるでアポロンのように美しく見えた。今のティーレマンよりもずっと若かったろう。今、長い歳月がピアニストの上に刻んだ姿を目近にして、その演奏が表現力と技巧においてより秀れているのは当然として、ティーレマンの若い姿形と並ぶと、何か痛々しささえ感じてしまう。ポリーニはアンコールで現代音楽らしい曲を弾いた。新しい曲に対する挑戦は続いている。

三日目

ニュルンベルクに移動する日。ホテルよりベルリン駅へ。特急列車にてニュルンベルクへ。以前来たのはいつだったろう、数えてみると、三十九年も前である。時の流れの速さにまたしても驚かされる。フランスでの二か月間の研修の帰り、一か月間のユーレイルパスを使って寄り道をした。微かな記憶の底に、暗い街並とデューラー博物館が残っている。この町は中央を東西に流れるペグニッツ川を谷として北と南が緩やかな丘になっていて、町の中心部は全長五キロにわたる城壁で囲まれている。ニュルンベルク中央駅からバスでカイザーブルクへ。城壁南部の外側にある駅を出ると、すぐ目の前に城壁がそびえている。丸い大きな見張り塔のあるケーニヒ門がある。バスはケーニヒ通りには入らず城壁沿いにカイザーブルクまで行き、そこから聖セバルドゥス教会を経て中央広場まで下りてクリスマス・マーケットを楽しむというプランである。

私としては、折角ニュルンベルクに来たのなら、まずはデューラーの家、そしてニュルンベルク裁判が行われた場所、聖ローレンツ教会などに行きたい。このコースは不平満々であるが、ツアーとあっては致し方もない。バスの走行中、「ここがニュルンベルク裁判の行われた場所です」とガイドの説明があったが、外はすでに夕闇が立ち込めていて、黒っぽい建物のほか、何も見えない。第二次世界大戦後、この地で行われたナチ戦犯に対するニュルンベルク裁判の様子を、戦後まだテレビもない時代にラジオに耳をくっつけて聞いたことを思い出す。一九三三年、ここで第一回のナチ党大会が開かれ、ナチの記念物が建てられたことから、裁判が行われる場所としてこの地が選ばれた。この町の九十パーセント近くが第二次世界大戦で破壊され、レンガ色の街並みや石畳の坂道、お城や教会など、中世そのままの姿は再建によって取り戻されたらしい。ガイドブックなどに暗黒時代の裁判が登場することはほとんどない。

ワーグナーの「マイスタージンガー」の舞台は、中央広場のあたりであろうか。お城の前でバスを降りる。小高い岩山の上に自然の岩肌を今も残してそびえるカイザーブルク。十二世紀に基礎が築かれ十五〜六世紀に現在の形になったという。日暮れ前に到着していれば、深井戸や二重構造の礼拝堂に入り、展望台からの市街を一望することも叶ったであろうが、薄暗い夕闇の中では黒いシルエットが見えるばかりである。西側の急な坂道を下りると、デューラーの家のあるデューラー広場に出る。画家デューラーが一五〇九年から二八年まで過ごした家があり今はその作品を集めた博物館になっている。心を残して前を通り過ぎ、セバルドゥス教会とクリスマス・マーケットが開かれている中央広場へ急ぐ。あたためられたワインを気に入ったカップで飲み、そのカップを持ち帰ることができる。人混みのマーケットは苦手で早々に引き揚げ、ニュルンベルク・ソーセージと黒ビールで夕食を済ます。ホテルはデューラーの家のすぐそばだったので、いよいよ残念な気持ちが強まる。到着時間が遅くなければ単独行動もできたものを。とはいえ、このツアーの目的は音楽とクリスマス・マーケットであることをすっかり忘れていた。自分の迂闊さを呪うべきである。Tさんはクリスマス・マーケットを楽しみにしてきたらしく、いそいそと夜の町に出かけて行った。

四日目（土曜日）

石畳の街ニュルンベルクからプラハに続く〈古城街道〉を行く。ミュンヘンへは専用バスで二時間四十五分の道のりである。道の両側には雪に覆われた松や杉が丈高くそそり立ち、雑木林の間を通り過ぎたと思うと、また低い灌木の雪原になる。一面に霧がかかり窓ガラスもくもっている。バスの中の室温は三度、ついさっきまでは零度からマイナス二度であった。ヒーターが利き暖かくなってきた。靄にかすむ雪原には動物の姿も見えず、林に囲まれた雪景色が果てしなく続く。走行速度は百二十キロの表示が出ている。土曜日とあって車は少なく、速度制限のない道をどの車もかっ飛ばす。百四十〜百五十キロは出しているだろう。ここにきて一枚のデューラーも見ずに去る無念さは、真っ白な雪原の美しさに癒されていく。

午後一時半頃ミュンヘンに到着。三十九年前のユーレイルパスの旅では、ここに着いた日はちょうどオクトーバー・フェストに当たっていて、そのことを知らずに無謀にもホテルの予約もなしにやって来た私たちは、一泊しか宿が取れず、しかも翌日の夜は、オペラのチケットを買っていたので、オペラ終演後、夜行列車でウイーンに行くしかなかった。若さとは、後から考えると信じがたい冒険をやってしまうものだ。午前五時ごろに着いたウイーン駅は両替所も閉まっていて、通貨がすべて異なっていた当時、一枚のコインも持たない旅行者はトイレにも入れなかった。

ミュンヘンは、南ドイツに花開いたドイツ宮廷文化の中心地。十二世紀以来、バイエルン王国ヴィッテルスバッハ家八百年の王城の地であった。この王家には、学問や芸術をこよなく愛した王たちが輩出したため、豪華な宮殿群や膨大な美術品が残されている。ここは何度か訪れたけれど、一度にはなかなか見切れない。初めて訪れた折はアルテ・ピナコテークとノイエ・ピナコテーク、オペラを観てオクトーバー・フェストを楽しみ、本場のビールとソーセージを味わっただけで満足した。

昼食を済ませ、ミュンヘン中央駅からバイエルン通りを経てカールス広場へ。ノイハウザー通りをマリエン広場に向かって進むと、左手に天辺がネギ坊主のような二つの塔が見える。フラウエン教会だ。新市庁舎のあるマリエン広場に出る。さらにここから北に向かってオデオン広場までは歩行者天国になっている。途中にはバイエルン王家の居城だったレジデンツとバイエルン州立歌劇場があり威容を誇る。初めて〈フィガロの結婚〉を観たところ。

レジデンツの北側にあるホーフブロイハウスは歴史の舞台ともなった場所である。ホーフブロイが宮廷ビール醸造所であることも初めて知った。ヒットラーの著書『わが闘争』によると、一九一九年の秋に、ナチスの前身ドイツ労働党の最初の大集会がここで開かれたという。四時ごろホテルに到着。コンサート会場のすぐそばのホリデーイン・ミュンヘンシティーセンター。

コンサートまでしばしの休息。
ミュンヘン・ガスタイクは、イーザル河畔に建つ近代的なホールである。ホテルの地階続きに大通りを渡ったところにある。今夜はバイエルン放送交響楽団によるブラームスの《交響曲一番》とシュトラウスの《交響詩ドン・キホーテ》、指揮はハイティング。イギリス出身の若い指揮者で楽しみにしてきた。

五日目（日曜日）
出発前から悩まされていた蕁麻疹がひどくなる。薬を調べてみると滞在期間中の分が足りないことに気づく。早めに準備して再点検を怠ったため。日本の医局に電話して薬の成分と原名を教えてもらい、地下の薬局に行く。蕁麻疹ってドイツ語で何というのだろう。添乗員のYさんに調べてもらい、カウンターで店員にいうと、それは鼻の薬だという。成分は同じなんでしょ？　と強引に買って帰る。
十一時から昨日と同じホールでミュンヘン・フィルのコンサート。指揮者はガフィガンとか、初めて聞く名前だ。ヴァイオリニストはハチャトゥリアン、作曲家とは別人。ベルクの《ヴァイオリン協奏曲》とブルックナーの《交響曲第六番》。ブルックナーが良かった。蕁麻疹の薬のせいで眠くてたまらない。それでも、イーザル河畔のアテネと呼ばれるミュンヘンで、イーザル河畔を散歩せぬわけにはいかない。河の方に下りてみた。水量も多く、二つの中洲の一つには世界最大のおもちゃ箱、ドイツ博物館がある。

夕方七時からはレジデンツ内のヘラクレスザールで、別手配のバイエルン放送管弦楽団のコンサートがある。ホテル前で希望者だけが待ち合わせてタクシーで行く。参加者はたった四名、ご夫婦が一組とTさんと私。ツアーの参加者はほとんど来なかった。ところが、その夜のコンサートは全行程の中で最も素晴らしかったのである。正直なところ、そのときまで、指揮者、演奏者ともにその名前さえ、私の記憶になかった。ヴァイオリンはM・ヴェンゲーロフとA・バラホフスキー、指揮者はシュルツ。しかし、私が知らなかっただけで、ヴェンゲーロフは驚異的な経歴を持つ優れた音楽家であった。一九七四年、ロシア連邦西シベリア州のノヴォシビルスク近郊でオーボエ奏者の父と歌手の母のもとに生まれたヴェンゲーロフは、四歳からヴァイオリンを始め五歳で初リサイタル、十歳でポーランドのヴィエニャフスキ国際コンクール・ジュニア部門で優勝。初の海外ツアーは日本で、私が最も多忙だったころの一九八八年六月二十九日、十三歳で来日していた。私が忙しくて音楽どころではなかった頃である。一九八九年、西ドイツのリューベック音楽院教授に転進するブロンに同行して移住、翌一九九〇年にはカール・フレッシュ國際ヴァイオリン・コンクールで優勝する。これを機に十六歳から一挙に国際的活動を開始して世界の著名ホールでのリサイタルとメジャーオーケストラへの客演を果たし、天才ヴァイオリニストとして名を挙げた。しかし、二〇〇七年、この天才音楽家は、コンサートの舞台から、突如、姿を消す。あまりにも唐突に、理由も知らされることなく姿を消したことは多くの議論を呼んだ。こうして世界でもっともギャラが高かったヴァイオリニストは、身体の故障のために何年も表舞台から遠ざかっていたのである。

直接のきっかけは長期休暇中のジムでの肩骨の挫折であったというが、もうひとつ目に見えない理由があった。五歳児のころから旅に明け暮れ、常に卓越した技能を証明し続けなければならないプレッシャー、「あまりにも重圧的で息の詰まる」日々、と彼は後に語っている。「彼は燃え尽きた」と推測する評論家もいれば、ソビエト連邦の最後の何年かに極度に厳格な統制を受けた子供時代を送ったのちに、〝まともな生き方〟を渇望していたのだという者もいた。ヴェンゲーロフが長い間ヴァイオリンから離れていた背後には、心理的な理由もあったらしい。やむを得ない休職は結果としては有益だった、と彼は言う。「昔のヴェンゲーロフは去るべきだと決めた。だからこれは単なる復活ではなくて、生まれ変わりなのです」。こうして、彼は前半に協奏曲を弾き、後半に指揮をする音楽家として生まれ変わった。

その夜私は、バッハの《二つのヴァイオリンのための協奏曲ニ短調》やモーツァルトの《ヴァイオリン協奏曲四番ニ長調》、ブルックナーの《インテルメッツオ》に魅了され、音楽による久々の感動に浸った。繊細な響きと甘美な旋律、独特の技法が豊かに展開され、ダイナミックな演奏であった。ヴェンゲーロフは主観的行為に重きを置くヴァイオリニストであり、その個性が演奏に強くあらわれている。作品に対する忠実さとテクニックを尊重するあまり、楽譜のコピー以上の何物でもない無味乾燥な演奏が少なくない中で、彼の音楽はとりわけ新鮮な驚きをもたらした。

六日目（月）

十二時頃専用バスにてミュンヘン空港へ。ルフトハンザ機にて空路アムステルダムへ。アムステルダム・スキポール空港着。

オランダは何度目かの訪問である。オランダという呼び名は、日本にヨーロッパから最初にやってきたポルトガル人の用語で、このもとになったHollandは、正しくはこの国の海岸地方だけを指す言葉であるとか。国の広さは日本の九州とほぼ同じで、ライン河の河口に位置し、国名のNederland（低い国）が示す通り低地の連なりである。そのうち半分近くが数百年に及ぶ干拓事業によって遠浅の海を陸地化したものだというから、彼らのたゆまぬ努力には感服するしかない。

この国が歴史に登場するのは紀元一二年のローマによる征服からで、初めはギリシア・ローマ文明圏の辺境であったが、ローマ帝国崩壊とゲルマン民族大移動の混乱が静まり中世が始まる頃には、ヨーロッパ封建社会の中心として栄えるようになっていた。政治的にはフランス、ドイツ、スペインと主権者が転々と変わったせいか、電車の中で出合った人々はドイツ語やフランス語あるいは英語を話し、自国語以外の言葉を話すことにまったくこだわっていないように感じた。

空港からホテルへ。アムステルダムの町は、落ち着いた煉瓦建ての家屋がどこまでも連なり、無数に存在する運河にその影を静かに映す。建物の中には地盤の悪い土地に長年建っていいたために倒れてしまいそうに傾いたままのものも見受けられる。

アムステルダムのガイドは学生風の若者であったが、第一印象を裏切らぬ飛び切りの頼りなさである。ホテルの位置さえ確認できず、専用バスの停車場所を誤ったせいで、一同、大きなスーツケースと手荷物を引っ張って歩かされること三十分、ようやくホテルに着いた。留学中のアルバイト学生と推察。

ホテルに落ち着いたのち、運河沿いのレストラン〈De l'Europe〉にてディナーを楽しむ。ここは予想外に味も雰囲気もよく、先ほどからの不機嫌な空気も和む。献立は鱒のソテーにクリーム・ソースかけ。スープも薄味でデザートはアップルパイ、日本人には食べやすい料理であった。

七日目（火）

午前中は市内観光。十七世紀オランダの全盛時代を今に伝える代表的建造物の一つである王宮は、ダム広場に面した巨大で豪華な建物である。四面すべてが道路に面し、車寄せすらなく、どことなく王宮らしからぬ雰囲気を漂わせている。本来市庁舎として建てられた建物が、後年王室に献上されたものと聞き、納得する。旧教会はアムステルダム司教区のための教会として十三世紀末に建設が始まり、その後、数世紀にわたり徐々に拡張されて現在の大聖堂となった。当初はオランダにおけるカトリックの拠点のひとつであったが、オランダがプロテスタントの国になると同時に、内部にあったカトリック式の装飾や聖人像もすべて取り去られたらしい。自由自在というか、何とも変わり身の早さには驚かされる。国立博物館は修復中とあって、エルミタージュ美術館アムステルダム別館に行く。

午後、Tさんと二人で路面電車に乗りデルフト焼の店を訪ねる。運河にかかる橋の畔にある三階建ての専門店である。二階、三階は高級品が展示され高額のものばかりなので、一階に下りて値ごろのものを選ぶ。普段用の紅茶用カップとソーサーを二客、それに赤い木靴のデザインのキーホールダーなどを購入。そこからホテルに帰るのに何人の人に道を尋ねたことだろう。二人ともそろって方向音痴を証明する結果になった。この日はホテルまで十分のところを一時間もかかってしまった。

八日目（水）

八時半、ホテルの前からミニバスで、クレラー＝ミュラー美術館へ出発。同行者は今朝も四名（Tさんと私。昨夜とは異なる別のご夫妻）。ガイドはオランダに留学中のNさん。

総面積一万三千エーカーもあるオランダ最大の自然保護区、ホーヘ・フェルヴェ森林公園では、深い緑の中で野生の鹿や羊が遊び、あらゆる種類の野鳥が見られる。入り口から五キロ入ったところにクレラー＝ミュラー美術館がある。この大森林と美術館を寄贈したのは、実業家アントン・クレラーとその妻ヘレーネ（旧姓ミュラー）である。美術館には、七世紀のクラナッハやルノワール、スーラ、ピカソまで多様な画家の作品が展示されているが、コレクションの目玉は何といっても二七八点に及ぶゴッホの絵画である。「アルルの跳ね橋」「糸杉」などの代表作が含まれ、質量ともに世界一のゴッホ・コレクションだ。この森林公園がゴッホの森とも呼ばれるゆえんである。

雨模様で館内は人も少なく、ゆったりと静かに美術館を巡回できる幸せを味わう。いつのころからか、日本ではこんなふうにゆっくりと美術品を鑑賞することができなくなった。学生の頃は、しばしばこのように静謐なときを美術館で過ごしたものだ。出口近くにはジャコメッティーの彫刻も何点かある。

館内のレストランで軽食を済ませた後、屋外の彫刻広場に出る。ここは、十一ヘクタールもの広々とした空間で、ロダンやブールデル、ムーアなどの作品が点在し、ひとつひとつ鑑賞しながらゆっくりと一周した。霧のような雨が僅かに感じられたが、広大な敷地にほんの数人の人影が見えるばかりで、時折、鳥の羽ばたきが聞こえる。ゆったりとした気分で芝生の中を彫像の並ぶ順に歩く。澄み切った大気と静寂という自然の恵みに満たされる。

帰途、近くで興味深い場所を見つける。一九四四年六月のノルマンディー上陸作戦の成功後、英軍司令官モンゴメリー将軍がとった作戦の舞台がすぐそばにあった。将軍はドイツ本土に近づくとともに進軍のスピードが鈍った戦局を打開するため、正面から攻めたのでは爆破されると予想して、ライン河にかかる橋を無傷で手に入れようと考えた。まずパラシュート部隊を投入し、橋の周辺を占領してから本隊を進軍させる。そうすれば、橋をつかって対岸のドイツ本土に大軍を展開することができ、連合軍の優位は決定的になるという構想である。

西ドイツと国境を接するアーネム市中央を通る国道五十号線がライン河をまたいでいる。その地点にかけられた橋の確保が主たる目的であった。こうして一九四四年九月一七日、英空軍の大編隊は、市の周辺に、次々とパラシュート部隊を投下した。しかし、このうち、ジョン・フロスト中佐指揮の一隊だけは橋の袂まで進攻することに成功したが、ドイツ側の頑強な抵抗に遭い、主力部隊は前進に失敗し、降下した英国軍は全員戦死するかドイツ軍の捕虜になるという惨憺たる結末を迎えた。橋は当時のままの姿で今もライン河にかかり、往時の激戦をしのばせる。ライン河はこの辺りで川幅が狭まり、流れは急で川底が深い。逆巻く渦をなしつつ流れる河は、見るからに天然の要害である。最近「ノルマンディー上陸作戦」の映画を見たところだったので感慨深いものがあった。

夜は、コンセルトヘボウ管弦楽団のコンサートである。M・ヤンソンスの指揮でプロコフィエフの《ヴァイオリン・コンチェルト一番》とメンデルスゾーンの《交響曲三番イ短調スコットランド》。

九日目（木）

帰国の日である。六時起床、六時半朝食、といっても、寝不足のためジュースしか咽喉を通らない。八時前、専用バスにてホテルを出発。十一時、来た時と同じルフトハンザ機でアムステルダム発、フランクフルト着。一時間十分の乗り継ぎで空路帰国の途へ。こんな時は本当にヨーロッパと日本の間に横たわる距離を思い知らされる。それでもやはり、私にとって、旅といえばヨーロッパなのだ。仕事にかかわる場所であったとはいえ、考えてみるとヨーロッパ以外に長い旅をしたことがない。

十日目（金）

東京　成田着　八時三十五分。荷物を受け取り帰ろうとしたら、Tさんが「コーヒーを飲むかい?」という。乗り継ぎの待ち時間にはよくこうしてコーヒーを飲んだ。無口で、いつも簡単な言葉でしか話さなかった。いつものようにカプチーノ。Tさんとのコーヒーはこれが最後となった。

（2012・12）

Ⅳ

——日々雑感（一）〈仕方がなかった〉

誰が作ったのか思い出せないけれど、戦後のある時期、よく街に流れていたメロディーがある。確か〈雪の降る街を〉という題だった。雪が降るといつも思い出す。あのとき、私は、雪の一片が頬をかすめたように、ある選択をした。卒業の日が近づいていた。主任教授は神戸のフランス系商社への就職を薦めてくれていた。二足の草鞋を履き、仕事にも学業にも中途半端で、いずれかを選択しなければならなかった。当時、大学院で研究を続けるには、男子学生でも結婚などはもっての外という雰囲気で、女子学生が大学に残ることなど論外と思われていた。「文学などは資産家の子弟がやるもの」というのが通説であった。教授は、男子学生には研究職を見つけてくれたが、女子学生には「非常勤ならあるでしょう」といって、大学院への希望をちらりとでも示そうものなら、どうやって結婚と両立させるのかと詰問されたりした。

学業に励むために必要な資産もなく、研究に対するそれほどの覚悟もないことを思えば、就職の話を受けいれるのが妥当な選択であった。

にもかかわらず、私はその話を断り、大学院への進学を選んだ。商社で机の前に座って事務書類の清書やお茶の支度をしている自分の姿を想像してみた。それはまるで別人のようでまったく実感がなかった。その瞬間、私は、ほとんど無意識的といってよいくらいの間合いで別の言葉を発していた。予想外の、しかも瞬時の回答に、教授は唖然とした表情で私を見つめておられた。

会社勤めは自分には適していないと思った。無理をすれば（自分の心にさからって努力すれば）、三日、いや一か月、もしくは一年ぐらいならできるかもしれない。しかしそれ以上続けられるだろうか、恐らく無理だ。それは直観的判断であった。

〈Last Time〉という映画を観た。英文学を専攻する大学講師は女性問題に躓き、大学をやめて営業マンになる。仕事では成功しトップに立ちながら、その男性はふたたび人間関係に失敗し、罠にはまって、苦労して築き上げた会社を乗っ取られてしまう。彼の経営力に目をつけた他社からの引き抜きを断ったために、その復讐として会社を奪われるのだが、つき合っていた女性と部下が彼を裏切って敵の協力者になっていた。起業する前、男性は大学で英文学を研究し学生に教え、詩人でもあった。彼は明らかに誤った選択をしたように思われる。一人の人間が複数の才能を持つ場合もある。そしてまったく別の仕事に転職して見事に成功を収める人もいる。しかし、人間は本来の自分とまったく異なる別の人間に変わることができるのだろうか。

昭和三十四年に書かれた『十八歳と三十四歳の肖像画』の中で、三島由紀夫は主な作品に即して「自分自身の歩み」を述べている。「私は自分の気質に苦しめられてきた。」という三島は、「はじめ少年時代に、私はこんな苦しみを少しも知らず、気質とぴったり一つになって、気質のなかにぼんやり浮身をして幸福であった。私はにせものの詩人であり、物語の書き手であった。（『詩を書く少年』『花ざかりの森』）」

やがて彼は「自分の気質を敵とみとめてそれと直面せざるをえなくなった。（『仮面の告白』）この作品を書いてしまうと、彼の「気持ちはよほど楽になり」、「気質と折れ合おうと試み、気質と小説技術とを、十分意識的に結合しようと試みた。（『愛の渇き』）」その一年後の『禁色』では、「私の人生がはじまった。私は自分の気質を徹底的に物語化して、人生を物語の中に埋めてしまおうという不逞な試みを抱いた」。「不逞な試み」は成功し、そのあとでは「何から何まで自分の反対物を作ろうという気を起し、まったく私の責任に帰せられない思想と人物とを、ただ言語だけで組み立てようという考えの擒になった。（『潮騒』）」「このころから、人生上でも、私は〈自分の反対物〉に自らを化してしまおうというさかんな欲望を抱くようになる」。しかし、「それは果して自分の反対物であるのか、あるいはそれまで没却されていた自分の本来的な半面であるにすぎないのか、よくわからない」。

『潮騒』を書いた二十九歳の三島由紀夫は、「自分とは正反対のものにもなり得る」と実感するが、まだ〝自分自身の在り方〟にこだわっている。三十一歳の作品『金閣寺』についてはこう記している。

「ついで、やっと私は、自分の気質を完全に利用して、それを思想に晶化させようとする試みに安心して立戻り、それは曲がりなりにも成功して、私の思想は作品の完成と同時に完成して、そうして死んでしまう。(『金閣寺』)」

「そうして死んでしまう」とは、いったいどういう意味であろうか。『金閣寺』は「生きようと私は思った。」で終わっているのである。

『十八歳と三十四歳の肖像画』では、〈思想〉と〈気質〉が論じられるが、この二つの言葉は独特の使われ方をしている。

「作家の思想は、哲学者の思想とちがって、皮膚の下、肉の裡、血液の流れの中に流れなければならない」が、思想が「一度肉体の中に埋没すれば、そこには気質という厄介なものがいる。」「気質は永遠に非発展的なもので、思想の本質がもし発展性にあるとすれば、気質の擒《とりこ》になった思想はもはや思想ではない。」(『十八歳と三十四歳の肖像画』)

〈気質〉が何を指すかは作品によって多少異なるが、ここでいう〈思想〉とは「変わらなければいけないと思う前向きな意志」であり、〈気質〉とは、「変わらなければいけないと思いながらも変わりえない、怠惰な私＝三島由紀夫の本質」である。橋本治は、これを『金閣寺』にあてはめてこう解読する。「私は、変わろうとしない怠惰な私の本質を〝変わらなければいけない〟という前向きな意志の上に載せて、自分を何とかする作業に立ち戻った。そしてそれは成功した。それは、嫌がる私を納得させる作品となり、その作品の上には私の前向きの意志が宿った。しかしその瞬間、私の前向きの意志は無意味になった」(『三島由紀夫とは何者だったのか』)と。

『金閣寺』に宿った〈思想〉は、「生きよう」という意志であるが、宿ると同時に死んでしまった思想である。美の冒涜にだけ興味を惹かれているような毒舌家の柏木と、「光りのためにだけ作られ、光りにだけふさわしい肉体や精神」をもっていた鶴川だけが、私＝溝口を人生に結びつけている。柏木は、親切あるいは悪意によって私を人生へと促し、鶴川は、私と明るい昼の世界をつなぐ一縷の糸であった。二人に促されて、私が人生と関わろうとする度、金閣が現れる。しかし、「一方の手の指で永遠に触れ、一方の手の指で人生に触れることは不可能である」。突然私に、「生きるために金閣を焼かなければならぬ」という想念が浮かぶ。柏木にとって「美的なるもの」とは、「人間精神の中で認識に委託された残りの部分、剰余の部分の幻影である。「そんなもの(金閣寺)に守られて生きるのは、生きるに値しない」という柏木の挑発につられ、「虚無こそ、この美の構造」と知りつつ、また心の一部は、「これから自分のやることは徒爾《とじ》だ」と執拗に告げていたにもかかわらず、溝口は美なる金閣に火をつける。「徒爾であるから、私はやるべきであった」。金閣は焼失し溝口に残されたのは〈生きよう〉という道でしかない。

しかし、それを頼りに生きてきた鶴川という「やさしい愛情」＝真の支えが消滅している以上、彼はずっと以前から死の中にいたのである。「私と明るい昼の世界とをつなぐ一縷の糸が彼の死によって絶たれてしまった」。すでに死んでいた人間にとって、〈生きよう〉という意志は、『金閣寺』に宿った瞬間、意味を失っている。「私は鶴川の喪に、一年近くも服していたものと思われる。（中略）生への焦燥も私から去った。死んだ毎日は快かった。」（『金閣寺』第六章）『金閣寺』を書いて何らかの達成感をおぼえた私は、「一仕事を終えて一服している人がそう思うように、生きようと思う。」しかし、何が達成されたのかわからず、「今や行為は私にとっては一種の剰余物にすぎ」ない。それは人生からも私の意志からもはみ出している。

三島は心底から変わろうとしたのだろうか。「変わらないでいるわけにもいかないから、変わろうと努力するだけで、〈私〉は結局変わらないだろう。」というのが本音であったのではないだろうか。だから、変わった自分が、「自分の反対物であるのか、それまで没却されていた自分の本来的な半面であるのかよくわからない」のである。

自決後「図書新聞」に載った対談「三島由紀夫　最後の言葉」で、三島は、「ぼくの言いたいことは、『わが友ヒットラー』と『癩王のテラス』でぜんぶ言いつくしましたよ。形式上の実験は『サド侯爵夫人』ですんだし…」といっている。これは戯曲に限ったことだったのか。それともすべての作品についていった言葉なのか。あるいは自分の生きてきた道についてであろうか。

『自作解題』によれば、『わが友ヒットラー』で三島が書きたかったのは、一九三四年のレーム事件であり、ヒットラーへの興味というよりは、レーム事件への興味であるという。ヒットラーは、粛清直前に、突撃隊幕僚長レームと社会主義革命家シュトレッサーにそれぞれ別々に会っている。レームとシュトラッサーが首相官邸で会って政権転覆を論じたという史実はないが、粛清後ヒットラーが不眠症にかかり、心労の果てにやつれたというのは実話らしく、ヒットラーの中にまだ人間的な部分を遺していた時期の物語である。

「国家総動員体制の確立には、極左のみならず極右も斬らねばならぬというのは、政治的鉄則」で、「ある時点で、国民の目をいったん〈中道政治〉の幻で瞞着せねばならない。それがヒットラーにとっての一九三四年夏だった」。（「作品の背景――『わが友ヒットラー』」）『わが友ヒットラー』はこの粛清の一夜を描いたものである。レーム大尉は、歴史上の彼自身よりさらに愚直、さらに純粋な、永久革命論者に仕立てられている。また三島は、左翼弾圧から二・二六事件の処刑にいたるまで極左極右を斬るのにほぼ十年を要した日本と比較し、それをヒットラーが一夜でやってのけたことに、「ヒットラーの仮借ない理知の怖ろしさ」と「政治的天才」を認めている。
三島が最も感情移入して描いたのはレームで、レームに日本的心情主義を塗りこめた。「センチメンタルな一面をもつドイツ人と日本人との共通点が感じられ、死に至るまでヒットラーを疑わなかったレームのお人好しぶりに呆れる。」と書いている。

詩的な台詞を喋りまくる四人の男たちは、それぞれ三島の四人の分身のようだ。

レーム　軍隊こそ男の天国ですよ。木の間《こま》を洩れる朝日の真鍮いろの光は、そのまま起床を告げる喇叭のかがやきだ。男たちの顔が美しくなるのは軍隊だけです。日朝点呼《にっちょうてんこ》に居並ぶ若者たちの金髪は朝日に映え、その刃《はがね》のような青い瞳の光には、一夜を貯えた破壊力が充満している。若い野獣の矜《ほこ》りと神聖さが朝風に張った熱い胸板に溢れている。（中略）男の特性はすべてあらわになり、雄々しさはすべて表立つ軍隊生活は、それだけ殻の内側に、甘い潤沢な牡蠣の肉のやさしさを湛えています。この甘い魂こそ、共に生き共に死ぬことを誓い合った魂こそ、戦士のみかけのいかめしさをつなぐ花綵《はなづな》なのだ。

（ヒットラーに）きけ、俺はお前に大統領になってほしいと思っている。（中略）ドイツには革命的な軍隊はひとつしかない。それがわが三百万の突撃隊だ。…いいか、アドルフ。大掃除の後で（中略）お前を大統領に推戴しよう。（中略）次の革命の後でドイツは本当によみがえり、ハーケンクロイツの旗は朝風にはためき、あらゆる腐敗と老醜を脱して、若々しい復活したウォーダンの国が、眼《まなこ》は涼しく、逞しく、樫の木のような腕をしっかりと組み合わせた、美しい、男らしい戦士共同体の国が建てられるのだ。その国の首長になることこそ、アドルフ、お前の輝かしい運命なんだ。そのためには俺はこの命をさえ捧げよう。

革命家のシュトラッサーでさえ、ここでは華麗な修辞によって詩的な台詞を語る。

革命の鳩は銃弾の飛び交う間を、重大な指令を足につけて飛び去り飛び来った。鳩の太った白い胸は、いつ血に濡れるともしれなかった。今はどうです。こうやって鳩どもは、ぶつくさ鹿爪らしい叱言《こごと》を言いながら、パン屑をあさっているのです。（中略）歌にしたってそうだ。歌はもうあの鋭い清らかな悲鳴と共通な特質を失ってしまったのです。死者の目に映る遠い青空は、変革の幻であったのに、今、青空は洗濯の盥《たらい》の水にちりぢりに砕けてしまった。（中略）

そのとき別の匂いが押しよせてくる。どこかで遠い昔に嗅ぎ馴れた腐敗の匂い、落ち葉のなかで、猟犬が置き忘れた獲物の鳥が腐ってゆくときの、森の縞目の日光をかすかに濁らすような独特の匂い。いたるところで、その腐敗の匂いが、人々の指先の感覚を、癩病やみのように鈍麻させてゆく。…弦楽器は二度と本当のトレモロをひびかせることがなくなり、旗は二度と豹のように身をくねらせることがなくなり、珈琲沸しは二度とあの沸騰の気高い怒りを見せなくなり…詩は合言葉ではなくなる日が来たからには、…レーム君、革命はもう終わったのです。(中略)

もう一度革命をやらなければならぬ。

第三幕、レームとシュトラッサーを処刑した後の、ヒットラーとクルップの対話は秀逸である。クルップはエッセン重工業地帯の独占資本を象徴する。雷鳴のように銃声が聞こえるなか、ヒットラーのレーム観が展開される。ヒットラーは、闘争初期の同志であったレームを「陰気な偽善者、ユダヤ的国際主義者、新生ドイツにとって獅子身中の虫、下劣な陰謀家」などと罵倒する。

ヒットラー　あの男(レーム)はあらゆる点で有罪だった。…なるほどあの男は私に友情を持っていた、そのこと自体が罪であるとは気づかずに。その上私からも友情を期待した。それこそもっと重い罪であるとは気づかずに。…あいつはいつも過去を夢見ていた。(中略)あいつには夢ばかりがあって、想像力がなかった。だから自分が殺されることにも気づかなかったし、他人に対して残酷になりきることもできなかったのです。(中略)

いつかあなたは言われましたね。自分自身を嵐と感じることができるかどうか、って。それはなぜ自分が嵐なのかを知ることです。なぜ自分が憤り、なぜかくも暗く、なぜかくも雨風を内に含んで猛り、なぜかくも偉大であるかを知ることです。それだけでは十分でない。なぜかくも自分が破壊を事とし、朽ちた巨木を倒すと共に小麦畑を豊饒にし、…すべてのドイツ人に悲劇の感情をしたたかに味わわせようとするのかを。…それが私の運命なのです。

終幕のヒットラーとクルップ。

クルップ　君の命じた銃殺だ。君の耳には届かなくてはならない。ぜひ君の心耳を澄まして、士官学校の高い無情な塀の中の、銃殺の音を聞き分けてほしい。

（中略）

ヒットラー　あの銃声が、クルップさん、ドイツ人がドイツ人を射つ最後の銃声です…これで万事片付きました。

クルップ　そうだな。今やわれわれは安心して君にすべてを託すことができる。アドルフ、よくやったよ。君は左を斬り、返す刀で右を斬ったのだ。

ヒットラー　そうです、政治は中道を行かなければなりません。

――幕――

『サド侯爵夫人』について、三島は次のように記している。

渋沢龍彦氏の『サド侯爵の生涯』を面白く読んで、私が最も作家的興味をそそられたのは、サド侯爵夫人があれほど貞節を貫き、獄中の良人に終始一貫尽くしていながら、なぜサドが、老年に及んで初めて自由の身になると、とたんに別れてしまうのかという謎であった。(河出書房新社刊『サド侯爵夫人』)

この作品はこの謎から出発し、その謎の論理的解明が試みられている。人間性のもっとも不可解でもっとも真実なものが描かれている、女性によるサド論である。登場人物にはすべて女性が起用され、サド夫人は貞淑を、夫人の母モントルイユ夫人は法・社会・道徳を、シミアーヌ夫人は神を、サン・フォン夫人は肉欲を、サド夫人の妹アンヌは女の無邪気さと無節操を、召使シャルロットは民衆を代表している。サド夫人ルネとその母モントルイユ夫人、妹アンヌの三人以外は三島の創作した人物である。

形式上の実験とは何を指しているのだろうか。

それは、われわれが西洋の芝居をとり入れた最初の瞬間からいつか直面せねばならぬ最大の問題だったのである。芝居におけるロゴスとパトスの相克が西洋演劇の根本にあることについてはいうまでもないが、その相克は仮借ないセリフの決闘によってしか、そしてセリフ自体の演技的表現力によってしか、決して全き表現を得ることがない。その本質的部分を、いままでの日本の新劇は、みんな写実や情緒でごまかして、もっともらしい理屈をくっつけて来たにすぎない。（毎日新聞・昭和四十一年七月一日）

日本で純粋な対話劇が発達しなかった理由として、根本的に日本人の人間観自然観に、主客の対立を厳しくしないものがあることを挙げ、主客の対立を惹き起こす言葉のロゴスを介して、感情的対立を理論的思想的対立となし、そこに生じる劇的客観性から、観客の主観との対立緊張を創り上げる。三島は、ギリシア以来の西欧の演劇伝統の形式を、日本の演劇創作で実験したといえる。

侯爵夫人ルネは、夫が獄中で書いた『ジュスティーヌ』を読んでそこに登場するヒロインが自分と瓜二つであることに気づき、侯爵が『ジュスティーヌ』を書いたのは、それを自分に読ませるためであったと気づく。

アルフォンスは私を、一つの物語のなかへ閉じ込めてしまった。牢の外側にいる私たちの方が、のこらず牢に入れられてしまった。（中略）ああ、その物語を読んだときから、私にはじめてあの人が、牢屋のなかで何をしていたかを悟りました。バスティユの牢が外側の力で破られたのに引きかえて、あの人は内側から鑢《やすり》一つ使わずに牢を破っていたのです。（中略）もうあの人には心がありません。あのようなものを書く心は、人の心ではありません。もっと別なもの。心を捨てた人が、この世をそっくり鉄格子のなかに閉じ込めてしまった。（『サド公爵夫人』）

夫によって物語の中に閉じ込められたと語る侯爵夫人は、一方で「本を書くサド侯爵」の崇高さをこう讃える。

アルフォンス。私がこの世で逢った一番ふしぎな人。悪の中から光りを紡ぎ出し、汚濁を集めて神聖さを作り出し、あの人はもう一度、由緒正しい侯爵家の甲冑を身につけて、敬虔な騎士になりました。（中略）あの人は飛ぶのです。天翔けるのです。銀の鎧の胸に、血みどろの殺戮のあと、この世でもっとも静かな百萬の屍の宴《うたげ》のさまをありありと宿して。

しかし、その後、幕切れで門口に現れた「現実のサド侯爵」＝「物乞いの老人かと形容されるような存在」は、華麗な修辞をもって夫を讃えたばかりの侯爵夫人によって見事に拒否されるのである。

三島が残したかった修辞法のテクニックはすべてここに揃っている。この劇のメイン・テーマは、妻のルネから〈譬えでしか語れない人――アルフォンス〉と呼ばれるサド侯爵である。複雑な論理と過剰なレトリック、その過剰に装飾的な文体の中から作者の明確な論旨が浮かび上がってくる。

死の一年前には『癩王のテラス』についてこう書いている。

私が戯曲「癩王のテラス」の想を得たのは、一九六五年カンボジアに旅して、アンコール・トムの荒涼たる廃墟に熱帯の日を浴びて半跏趺座する若い癩王の彫像を見たときのことであった。（中略）バイヨン大寺院を建立したジャヤ・ヴァルマン七世が、癩にかかっていたという伝説が、私の心に触れた。肉体の崩壊と共に、大伽藍が完成してゆくという、そのおそろしい対照が、あたかも自分の全存在を芸術作品に移譲して滅びてゆく芸術家の人生の比喩のように思われたのである。（昭和四十四年『「癩王のテラス」について』）

『癩王のテラス』は、〈古代カンボジアの若き英雄ジャヤ・ヴァルマン七世の愛と夢の絢爛たる生涯、月の王朝の衰亡を背景にした〝永遠の肉体、不滅の青春〟の物語〉（「わたしがこんどの帝劇でやりたいこと…」）として構想された。王の生涯は不吉な予兆をもって始まる。作者はそれを「〈絶対〉にしか惹かれぬ不幸な心性」（『癩王のテラス』あとがき）と名づける。「〈絶対〉にしか惹かれぬ不幸な心性」とは、まさに作者自身のことであり、ひたすら肉体を蝕み溶解させていく難病として永らく人を怖れさせてきた癩は、この「絶対病」の比喩である。王の「絶対病」が癒される日は未来永劫訪れることはない。人間の領分を超えて天翔けろうとする意志……それは肉体の壁によって阻まれる苦患であり、王は作者自身でもある。

この物語は〈不滅の青春の物語〉として構想されながら続けてこう記されている。

生がすべて滅びバイヨンのような無上の奇怪な芸術作品が、圧倒的な太陽の下に、静寂をきわめて存続しているアンコール・トムを訪れたとき、人は芸術作品というものの、或る超人間的な永生のいやらしさを思わずにはいられない。壮麗であり又不気味であり、きわめて崇高であるが、同時に、嘔吐を催させるようなものがそこにはあった。

（「『癩王のテラス』について」）

ここには作者の精神のきわめて健全な均衡性が存在している。古代の壁画は、かつて存在したが、ずっと昔に滅びた実在の刻印であり、生き延びているのは人間の執念の痕跡だけである。ジャヤ・ヴァルマン七世は、バイヨン大寺院の建立を志したところで、癩に罹る。バイヨン建立は政治と経済によって妨げられ、その間、癩は着々と王の肉体を蝕んでゆき、ついにバイヨンが完成したとき、失明した臨終の王は、ただ幻のうちにそれを思い描くことしかできない。「しかし美は、そのような王の精神と無関係に存在しはじめ、かがやかしくそれ自体の超人間的な、また非人間的な永生をはじめるのである。」（同）

作者は「芸術家の人生」は「自分の全存在を芸術作品に移譲し滅びてゆかない」といいたいのであろうか。終幕、王の「肉体」と「精神」の対話が描かれている。若さとみずみずしさに溢れる王の「肉体」と瀕死の王の「精神」。「肉体」はいう。「お前の肉体は一度だって病み傷つき崩れたことはない。お前の肉体はこのとおり、青春のかがやきに溢れ、力に充ち、黄金を鋳て作った像のように不朽なのだ。忌まわしい病は、精神の幻だったにすぎぬ。勝利の王、若さの勇者、この肉体が病に犯されるなどということがありえようか。」作者は、「肉体は蝕まれない」「蝕まれるのは精神であって肉体ではない」といいたげである。瀕死の王の「精神」が最後に「滅ぶのは肉体だ。…精神は、…不死だ。」というのに対して、「肉体」は「見ろ。精神は死んだ。（中略）俺はふたたびこの国を領く。青春こそ不滅、肉体こそ不死なのだ。」とほこらしげに告げる。

三島の求めていたものは何だったのか。若さの復活か。輪廻転生なのか。それとも永遠に滅びない芸術家の人生か。

しかし「輪廻転生」を描いた『豊饒の海』も夢想の結末を示してはいない。

あの自決の日、市ヶ谷駐屯地で演説を終えた三島が、バルコニーから急いで総監室に入って来て、誰に言うともなく「仕方がなかったんだ」と呟くのを、益田総監は聞いている。独白のようでもあり詫びているようでもあったという。「仕方がなかった」がどのような意味をもつのかわからないが、この言葉だけが奇妙に真実性を帯びて心に響く。

（2014・9）

——日々雑感（二）

ケーブルテレビで〈ヴェラ　執念の女警部〉を観た。ショパンの〈ノクターン遺作二十〉のメロディにのせて描かれるジーニー・ロングとキースの恋の結末。キースの娘アビー（アビゲイル）を殺した容疑で逮捕され終身刑を宣告されたジーニーが、病院への護送中に逃亡して父親に会いに行く。終身刑宣告からこれまでの十年間、ジーニーは収監され、母親は心労のために病没した。父親は一度も面会にも行かず、訪ねてきた娘に暴言と恨みごとを並べ、家にも入れようとしない。ドラマは、拒まれたジーニーが通りかかったバスに飛び込み自殺をするところから始まる。

ジーニーの罪は、自分と同年代の思春期の娘をもつ中年の男性キーツを愛したことなのだろうか。家族というよりは父親を男性として熱愛するアビーは、ジーニーに激しい嫉妬の感情をいだき、父親の伴侶と認めることができない。アビーとジーニー、キースの三人に平穏な生活は訪れなかった。

　キースは男手ひとつで娘のアビーを育ててきた。アビーが十五歳になったとき、もう自分の生活を求めてもいいのではないか…それが許されるのではないかと彼は思った。しかし、アビーはジーニーを家族として受け入れず、ライヴァルと見た。アビーにとって、キースは父親でなく恋人として偏愛する対象である。二人への復讐のために、アビーは学校に送り迎えをしてくれる友人の父親を呼び出し車の中で誘惑して、父キースへの見せしめにしようとする。アビーは男が与えたスカーフを証拠に、以前から神経症を病んでいる男の妻に、夫と自分の関係を告げに行く。スカーフはかつて男がその妻に与えたものである。少女というよりはもはや十分に狡猾さをも秘めた若い娘の誘惑を求愛と取り違え、妻を気遣いつつ若い娘の誘惑の手中に堕ちた中年男の愚かさ、アビーの邪悪な魔性、男の妻のヒステリー症、世間体だけを気にするジーニーの父親の非情さ、それらが無実のジーニーを悲劇的結末へと追い詰めていく。彼女の無実が明かされた夜、集まった人々の前で、ジーニーが弾くショパンのノクターンのテープを回し、ただ一人立ち去っていくキース。真犯人は心を病む中年男の妻であった。

　この物語が何故か心に残る。父となり母となった者に新しい愛は許されないのか。往々にして、子は親の新しい相手を認めない。親は子に絶対的な姿を見せるべきなのか。心の未熟さは自己愛にとらわれ、他者の幸福を認め許容することができない。自己愛ゆえに他を斥けようとする。ジーニーに未来を予知する賢明さが欠けていたのかもしれない。ジーニーのようにすべてを失い〈服役〉に等しい未来を予想したとき、人は唯一の救いとして死の誘惑に駆られる。未来への希望もなく殺人という冤罪を着せられたまま、実の父親にまで拒まれ疎まれて自死を遂げるしかなかった三十三歳の女性。唯一の救いは、ヴェラという女性警部によってその冤罪が晴らされたことだろう。

（２０１５・10）

ジョージア（グルジア）出身のオタール・イオセリアーニさんは、人生で最も重要なことは、互いを知り合える人を持つことだと書いている。地上にいてほしいと思う相手が存在すること。それだけを望む。そういう人々に向けてイオセリアーニさんは映画を作る。どこかに自分を理解してくれる観客が一人存在すればそれだけでいいと思う。それが映画作りの支えになる。彼にとって、群衆が多数決で支配することは耐えられないといっていた。彼が語りかけるのは、映画館の中の一人か二人だという。

その後またイオセリアーニさんの記事を見つけた。新しい作品「皆さま、ごきげんよう」が公開された。八十二歳の巨匠は語る。

世界の野蛮さは全く変わっていない。革命以前のロシア国民はロシア文化と何の関わりもなかったが、革命後もその状況は変わらなかった。ゲーテやトーマス・マンとドイツ国民、モンテーニュとフランス国民も何の関わりもない。変わったとすればより野蛮さが増したことだ。でも頭の中に脳みそが残っている人は、今も人間存在について考え続けている。

十八世紀の革命と処刑、二十世紀の戦争と略奪という導入部から現代のパリへ。ホームレスも男爵もねぐらを追われる殺伐とした街で、飄々と生きる人々を描く。のんきで、無頼で、誰にも飼いならされない人物。それは監督自身の姿を思わせる。

私はルネ・クレールの映画の子孫だ。彼は節度ある厳格さをもって映画を作った。そしてこの世界のたくさんの悪事を描写した。私の映画もそうだ。

晩年のルネ・クレールが電話口で「私の映画に誰も興味を示さない」と嘆いたという。しかし、監督は悲しみの中にも希望を見出している。

「我々の映画を受け入れる準備のできた観客がいる。そんな友人たちの敬意に値するものを作りたい」という。

仕事に自信などというものを持たない私は、これを読んで、語りかける読者は一人か二人でもいいと思う。もはや再び見出すことのできないかつての日本、私の背後に控える古い日本。猛スピードで流れ去っていった日本。語りあった人々の多くが去って行った今、過ぎ去った日本に一人取り残された私は、ようやく語り合いたい人に出会えた気がしている。

ここまで書いた後もまた、私のささやかな本を読んで喜んでくれた人が何人か亡くなった。「人生で一番大切なことは互いを理解できる人を持つことだ」というイオセリアーニさんの言葉を思い出すことが多い。「互いを知り合える人」はどんどん減っていく。

（2016・12）

六月にしては暑い午後だった。私達は鬱蒼と繁る新緑のドームの下を通って三四郎池に出たところだった。日曜日の午後を過ごす家族連れが池のまわりで釣りをしていた。その群れを逃れて私達は人気のない対岸の方へと歩いていった。水面近くまで垂れ下った柳の葉が緑の風に揺れて、時折かすかなさざなみをたてていた。私はごつごつした石の上に不安定な姿勢で腰を下ろし、胸のポケットから煙草を出そうとしている青年の姿をぼんやり眺めていた。そこには、雑踏と切り離された静寂と、至福とも形容し得るような何かがあった。

このように書くと、まるでほのかに甘い恋愛小説の書きだしのようだが、事実はまったく別の話である。学会で上京した私に会いに来てくれたI君が東大の三四郎池に案内してくれた日のことであった。

私が初めてＩ君と出会ったのは、阪大の古びたロ号館の十八番教室である。彼は最前列の真ん中の席で授業の始まりを待っていた。私がフランス語を教えたのはほんの半年であったが、時折、家に遊びに来るようになり、東大医学部への入試に失敗したこと、それを今も悔やんでいることなどを話すようになった。「もう一度受ければ？」という私の軽い一言がきっかけになったかどうかはわからない。しばらくしてアルバイトで家庭教師をしながら予備校に通っているという話も聞いたような気がする。「教えながら受験勉強しているんです」といっていた。翌年、彼は東大の理三（医学部）に再挑戦し首尾良く合格した。発表があった夜、例になく昂奮気味で合格を知らせてきたが、そのときの喜びにあふれる電話の声を忘れない。

ちなみに、彼は二浪して入った阪大医学部の三回生であった。東大入学を果たした彼は、学会の折などに私を訪ねてきて、その後のことを何かと話し、心から学生生活を楽しんでいる様子であった。心が満たされるというのはこういうことかもしれないと思った。

私はいくつかの大学でフランス語やそれに関わる科目を教えてきた。毎年四月に新しく出会う学生にはさまざまなタイプがあり、その度に時代の流れを感じさせられる。自分の学生時代の感覚で現代の学生をはかることは禁物だ。これまでの経験でそれだけはしないことにしてきた。それでも、現代学生気質と化石人間の意識のずれに砂を噛む思いをさせられることがある。あるとき、関西のさる大学で、当時テレビなどで売れっ子であった落語家が初めて一般教養の講師に招かれ、教室からあふれんばかりの学生が聴講に来て大変な人気であった。その後、その落語家がある報道機関で話しているのを聞いたことがある。「大学の先生も、われわれと同じように、どないしたら、学生が笑うか考えはったらええんですわ」

しかし、落語家なら笑ってもらうのが仕事だから、聴衆が喜べば職務を果したことになり結構であるが、教師と名がつく以上、そうはいかない。むろん、授業中、一つや二つの雑談はする。しかし、雑談の間、瞳を輝かせていた学生達は、面倒な文法の話になったとたん、居眠りを始める。それを防ぐには、いまや教師はライブ・コンサートやパフォーマンスをやるしかない。

あるクラスでこんなことがあった。授業中、無断で退出したり野次を飛ばしたりする学生を呼んで、理由を聞いてみると、金を払ってまで説教など聞きたくない、というのである。

この「金を払ってまで」というところが問題である。「金を払ってまで」嫌なことを聞く必要はないし、しんどいことを学ぶのは無駄ということである。これが彼らの信条なのであろう。

このような学生は特別な学生ではない。また、特に私に嫌がらせをしてやろうというわけでもないらしい。その証拠に、その学生は、その後すっかりおとなしくなり、遅刻してきたときなど、わざわざ前に来て「先生おはよう」といったりする。まるで小学生のようである。要するに単純で幼稚で、少々、利にさといだけなのかもしれない。しかし、こちらとしては、鼻白む思いを否定できないというのが率直な感想である。

だから、I君のような学生に出会うと、殊の外嬉しく、救われた思いがする。何よりも、折角入った阪大医学部に汲々とせず、あくまでも能力の限界に挑もうとする勇気を認めたい。普通、世間的に名の通った大学に入った学生はそのようなことはしないものである。変に功利的で妙に醒めているのが当節の学生だ。I君のように、大学当局のご都合主義や、百年一日のごとく毎年黄ばんだ同じノートを読み上げる教師の怠慢や、受験勉強を終えるや否や、アルバイトと遊びにうつつを抜かしている仲間たちの姿に憤慨し、真剣に行動する学生はきわめて稀である。

一般教養であろうが、専門科目であろうが、試験の時期になると、〈資料〉と称する印刷物がクラブの先輩から後輩にまわってくる。後輩はその〈資料〉を丸暗記するだけで単位が取れるという仕組みになっている。普段はアルバイトと遊びに励んでいれば良い。

いったい、いつの間にこのような状況になってしまったのであろうか。教師が悪いのか、学生が悪いのか、卵が先か鶏が先かの議論と同じである。教師は学生の怠慢をあげつらい、学生は授業の退屈さを理由づけるだろう。

しかし、これではいつまでたっても問題の解決にはならない。どうすればよいのか。そこで思い出されるのは、最近、教授法の研究がやたらに盛んになったことである。たとえばフランス語教授法のように。しかし、以前はそんなものは存在しなかったし、私が学生の頃もたいして重要視されていなかった。なぜだろう。

教授法などに頼らなくとも学生は勉強したのではないだろうか。フランス文学やフランス文化に対する憧憬があり、それ以外のすべてのことがらへの強い知識欲が若者たちの心を勉学へと駆り立てた時期がある。彼らは自ら進んで学ぼうとし、それに〈淫する〉という感さえあった。教師にとって幸運な時代であった。今、巷には快楽の手段が溢れ、書物にそれを求める機会は減少した。現代の学生に最も欠けているものは、文化への〈憧憬〉ということになるのだろうか。あるいは〈豊かさ〉こそ、彼らの敵といえるのだろうか。

その後、I君は脳外科に進み、結婚して二児の父となり、どこかで優秀な医師として活躍しているはずである。

（1989・6）

——オバタリアン、車に乗る

今年の夏はひたすら教習所通いに明け暮れてしまった。六十（もしかしたら八十？）ならぬ五十の手習いを始めたのである。もともと私は運動神経が鈍く、自転車にも乗れない。私が小学生のころはもう戦時下の物資不足の時代に入っていたが、今ならキャリアウーマンといえばいいのか、毎日スーツ姿に自転車で仕事に出かけていた母（この時代ではかなり珍しかった）は、どこからか、子供用の自転車を調達してきた。自転車など、当時はもうかなり貴重なものとなっていたというのに、私は手も触れず、自転車は土間に鎮座したままであった。結局、一度も乗らないうちに、自転車は友達の弟に譲ることになった。

小学校の運動会では、徒競走にも出なかった。入場門の手前でするりと抜けるのである。中学、高校のころはテニスをすればボールがネットのあたりまでしか飛ばず、バレーボールをすれば手が腫れ上がるという具合だった。大学では体育の時間など、いっそう自由になり、適当にお茶を濁して時間を過ごした。
そういうわけで、仕事が忙しくなり、娘達の塾の送り迎えに不自由を感じた時も、母が植物人間になって入院したときも、運転が出来ればどんなに便利だろうと思いはしたが、ついに自転車に乗る練習もせず、まして自動車運転の免許を取ることなど頭の片隅にも思い浮かばなかった。

その私が教習所通いを決意したのには訳がある。理由の一つは、通勤道路の混雑がひどくなったことである。大阪郊外の茨木市にある勤務先の大学に行くには、スクールバス以外に交通機関がない。スクールバスは道路工事などで道路が渋滞するため、出発時刻がどんどん早くなり、ついに二時間も前に家を出なければならなくなった。その上、そのバスもひどく混む。以前は私が利用するスクールバスの路線はがら空きで、二人掛けシートを一人で占領していたのに、最近は栄養が満ち足りて図体が大きく肥満児のような若者が増えて、座る席も確保できかね、隅っこで海老のように小さな体をさらに小さく丸めていなければならなくなった。もう一つの理由は私のわがままである。これまで同僚や友人の誰かれとなく、さまざまな方の車に乗せていただいた。ご好意には感謝しきれないくらいである。しかし、乗せてもらう方もこれでなかなか気を遣うのだ。それに当然のことながら相手の都合に合わせなければならない。年とともにわがままになる。だんだん人に合わせることが苦痛になってきた。

こうして、無謀にも私は教習所通いを始めてしまった。しかし、後で考えると、無謀はもう一つあった。娘とほとんど同じ時期に始めたことである。前々から年令と同じくらいの費用がかかると聞いていたが、ここでは若さがすべての価値を決定する。中年から老人、特にオバタリアンは惨めである。教習を始めて間もない頃、ある指導員が言った。

「今頃、何でこんなこと始めてん?」「バスに乗った方がええで」。いつ何を始めようが、何に乗ろうが大きなお世話である。そう思いつつも私は、「乗せてくれる人がたくさんいたのよ」と、にっこり笑って答える。指導員は、次には、私が何者か知ろうとして、執拗に職業を尋ねる。今なら個人情報あるいはセクハラで問題になるところだ。適当に答えを誤魔化していると、「幼稚園の先生か?」という。「まあそんなところ」というと、「給料ええんやろ」ときた。私よりさらに年上のおばさんたちはもっと気の毒だった。

通称「仮免」をもらうのに六回、路上では四回もの検定を受けた人がいる。その人は、ついに所内の練習の際、車を金網の塀にぶつけ賠償金を払う羽目になり、検定にも合格できずノイローゼ気味になって家出騒ぎまで起こした。

それでも、自分の技能不足と納得できるときはよい。指導員によっては、どこが悪いのか教えてくれず、次の段階に進めないこともある。その苦痛は当事者にしかわからない。駄洒落ばかり飛ばし、一時間中具体的なことは何一つ教えない指導員や、嫌味ばかりいう指導員など、他の場では金輪際付き合いたくない人種である。これほど仕事に関する研究を怠り、お客に威張っていられる職種は今どきどこにもない（最近では事情が少し変わり、叱ると出てこなくなる生徒がいるので、指導員も優しくなったそうだ）。

もっとも、僅かではあるが良い指導員もいる。良い指導員にあたれば早くマスターでき、修了するのも早い。しかし指導員を選ぶことは許されない。

さらに迂闊なことに、その教習所は大阪府下でもっとも補習時間数の多い、つまり修了するのにもっとも時間がかかる教習所だということを後で知った。こうなれば、もうやぶれかぶれである。私はすっかり開き直った心境になった。それがかえって効を奏したのか、後半は、意外とスムーズに進んだ。

しかし、運転には不思議なほど性格があらわれる。所内の検定試験の時、信号のない交差点を右折するところで、よく見たつもりなのに、陰に隠れていた左からの直進車に気付かず、ブレーキを踏まれてしまった。また、路上の検定でも、コースのほとんど終わり近くになって、これもまた右折する際に、直進車につづいて曲がろうとしたら、その向こうに歩行者がいた。おっちょこちょいで読みが甘い。その日は快晴で、コースは一番やさしいコース、検定員も日ごろ教わっている数少ない優れた先生だったというのに、ゴールを目前にして簡単に失敗してしまった。二度目の路上検定は、天気予報が外れることをひたすら願う私の気持ちを裏切って、暴風雨の日となった。どしゃぶりの雨の中、ワイパーが忙しく動くだけで、雨滴は窓ガラスとフェンダーミラーからの視界を完全に遮り、前はほとんど見えない。側方を通過する車が物凄い勢いで私の車の窓やボディーに水しぶきをかけて走り去っていった。側溝の水が溢れ道路の端がどこなのかもわからない。自転車が一台、暴風雨の中をよろよろと走って行く。せめて自転車くらい遠慮してくれればいいのに、そんなことを考えながら、それでもバイパスを六十キロで走り抜けた。

考えてみれば、この二度の検定は、私の行動のパターンを象徴している。好条件の下ではいつも失敗し、その後でしゃかりきに頑張るという愚かさ。何という滑稽さ。まあいいや、と開き直る。そしてこれからもまた同じことを繰り返していくことだろう。

（この頃、中年の女性をオバタリアンと呼ぶのが流行であった）

（1989・12）

――古き良き時代〈追手門学院大学草創の頃〉

いつの間にか過去を振り返る年齢になっていることに驚く。二〇〇六年三月に定年退職して、すでに十年近い歳月が流れた。追手門に専任教員として就任して以来これまでの生涯のほぼ半分近い歳月をここで過ごした。就任当時、学棟は一号館、二号館と研究棟があるだけで、しばらくして三号館ができた。女性用トイレもなかった。もっとも女性教員は心理学のI先生と私の二人だけで、その必要は認められていなかったのか、あるいは女性などと意識されていなかったのかもしれない。同時採用されたのは、二〇〇四年に病没されたY先生と私より数年遅れて退職されたS先生である。研究室もS先生との共用で、本棚で仕切られた地下一階のだだっ広い部屋があてがわれた。

この時期は、とりわけ大学としての設備も貧弱で、エスカレーターやグラスタワーのような建物も立派な図書館もなく、あらゆる点で不自由なことが多かったが、大学としては創成期の古き良き時代であった。学部の教授会は九時、十時に及び、「婦女子を深夜まで労働させるのは〈労働基準法〉に反する」などといって下さる先生もおられた。

また、すべての学部で第二外国語の選択必修が義務づけられていたため、語学の不得手な学生が単位を取れず、再履修者の増大に対応する再履修者クラスの増設、そこに入りきれない学生の普通クラスへの配分など、コンピューターの一般使用化に未だ遠いこの時代、体育館での登録に詰めかけた学生への対応と事務処理に苦労した。満員電車よろしく、立錐の余地もない状態の、あの熱気と人いきれを今も思い出す。単位を落とした学生の父兄の自宅訪問にも悩まされた。あるときなど、トルコ風呂を経営する父兄から、息子にフランス語の単位など何の必要もなく、何とか卒業できるよう単位だけ与えてくれるようにと懇願された。帰り際に「先生に来てもらうわけにいきまへんけどなあ」と言われて驚いた。

それでもなお、この時代には教師と学生間の信頼関係は強かったように思う。海外研修でパリのシテ（大学都市）に住んでいた私のところに、日本の味を求めて訪ねてくる学生も多かった。その中には、名も知らず教えたこともない学生たちもいた。

しかし、時代の変革という激しい荒波が大学を襲った。誰一人その影響を免れることはできない。退職前の約十年間の大学内部の激変ぶりには驚嘆するばかりであった。教師は自ら授業評価報告書の奴隷となり、研究においては教育法の研究がより高く評価され、すべては方法論へと収斂する。大学としての真のあり方を問うことよりも事務的能力に磨きをかけることが先決である。大学当局の経営方針に巧みに対応する人材だけが重用されるようになった。この激烈なサヴァイヴァル競争をくぐりぬけるには、大学本来の理想などは無用の長物なのであろうか。しかし、時たま古き良き時代の教育を受けた人々と出会うとき、あの頃の教育には確かなものがあったと痛感せずにいられない。今、大学はさらに厳しい時代を迎えていると聞く。

さて、ぎりぎりで「古き良き大学」に別れを告げた私の「今」は、〈快楽〉という名の読書と好き勝手に文章を綴ること、果てしない好奇心の赴くままに辿る旅がその中心となっている。そして人並みの病院通いと――。

（2015・4）

——赤い傘

駅に行く途中で子供用の赤い傘が目に留まった。雨の晴れ間に小さな赤い傘が垣根に架けられている。

わが家の納戸の片隅にも同じような小さな赤い傘がある。昭和四十二年頃だった。五十年近い前のある雪の日、娘はたった一人で幼稚園から帰ってきた。その傘を差して帰ってきた。その日のことを今も思い出す。

二十段ほどの石段に積もった雪を、小さな足で踏みしめながら昇ってきた四歳のR。頬っぺたを真っ赤にして、滑りそうになる雪の階段を懸命に登ってきた。その日、北大阪の竹藪を伐り開いて造成した千里ニュータウンには珍しく大雪が降った。そのころRは、近所のKちゃんと一緒にようやくできた佐竹台幼稚園に通っていた。Kちゃんのママと交代で迎えに行くことになっていたが、その日は私の当番ではなかった。しばらくしてKちゃんのママが息せき切って追いかけてきた。「どうしても一人で帰るといって聞かないのよ」と言いながら。
そのときの娘の気持ちは知る由もないが、ひとりで何かをやってみたかったのか。なぜだかわからないけれど、初めての大雪の中をたった独りで家に帰るということにむきになっていたのだろう。必死で頑張るということが彼女にとってどんな意味を持っていたのかわからない。ただ、幼いなりにひたむきに頑張っていたその姿を思い出すと、今も、なかなか古びた小さな傘を捨てられないでいる。
私だけが心の奥底に留めていて、Rの記憶の中には存在しない風景かも知れない。雪が降ると、そのときの幼くいとおしかった娘の姿がよみがえる。

母と娘の関係はなかなかに難しいものだ。私自身、母との関係は必ずしも円滑であったとはいえない。厳しくはあったが、一時同居していた従姉の嫉妬を買うほどに、私を愛してくれた母であったのに、薄情けの娘は、優しく接することができなかった。母のことをいつか書こうと思いながらまだ書いていていない。

（2016・5）

V
——猫屋敷

わが家は目下、猫屋敷の感がある。たった三匹の猫で猫屋敷とはいささかおおげさではあるが、私の意識では、まさしくそのとおりなのだ。動物と名のつくものはすべて、どんなことがあっても決して飼う気にならなかった。ある雪の日に、まだ小学生だった娘のあとを追って家までついてきた三毛猫などは、生後一か月位だったろうか、かなりの美猫（？）で、私の美意識にもかない、娘に哀願されたにもかかわらず、やはり飼う決心がつかなかった。仕事と娘たちのことで精いっぱいで、猫の餌の手配やトイレの世話をする余裕がなかった。黒目勝ちの大きな目で私を見つめている子猫を雪の中に放り出すには忍びず、不憫さに、思わず飼ってもいいよ、と言いそうになったが、結局、その猫も家に入れてもらえなかった。もともと私は、動物よりも植物の方が性に合う。

その私が三匹の猫を飼うようになったのは、三年前のことである。夕方、植木に水撒きをしている私を緑色の大きな瞳で不思議そうにじっとみつめている子猫がいた。漆黒の毛とペルシャ系の緑の目をしたその猫は、毎日私が水撒きをする時刻に現れて、声も立てず何かを訴えるように繁みの陰から私を見つめていた。しかし、それだけの理由で猫がわが家の住人になったわけではない。

その年の夏、二十歳を過ぎたというのに娘達が重い水疱瘡にかかり、病床の娘達の看病に大童の私を、猫は網戸越しに見続けていた。何が珍しいのか、餌も与えないのにこの子猫は毎日通ってきた。そしていつのまにか、快方に向かいかけた娘たちの遊び相手になってしまった。

秋風が吹き始め、娘達が回復した頃、子猫はすっかりわが家の一員となっていた。娘達はその子猫を「風子」と名付けた。どうやら、風来坊の「風」と、風のように音もなく現れたということをかけているらしい。風子はなかなかの器量良しで、また、飼い主馬鹿かも知れないが、人間の言葉もかなり理解しているようで、身のこなしも優雅である。

しかし、その風子もライオンと同じ種族であることを思い知らされる時が来た。彼女は小鳥の雛を獲ると必ず私たちに見せに来る。最初は、初めての経験に驚き、その小鳥を手篤く介抱し、逃がしてやった。二度目に咥えてきた小鳥は、殆ど瀕死の状態でとうとう助からなかった。同じようなことが何度か続くと、こちらもすっかり馴れてしまい、その度に死骸を庭の片隅に埋めた。恐ろしいことである。雛ばかりか鳩やもぐら、鼠の子や蜥蜴、蝉なども獲ってくるようになった。

とりわけ困ったことは、風子が思春期を迎え、夜になると、どんなに止めても、あの独特のおぞましく悩ましげな声を出してボーイ・ハントにでかけることであった。それでも、風子のからだが比較的小さく、いつまでも子猫のような体つきをしていることに安心し油断していた。

ところが、まさかと思うことがおきた。風子のお腹がどんどん大きくなり、ついにその夏、三匹の子猫が生まれた。お産の夜は大騒動で、一晩中、上の娘がつききりであったが、翌日からの三日間は二泊三日の家族旅行の予定になっていた。風子のお産は想定外の出来事で、今更旅行の予定を変更するわけにいかない。

やむを得ず、壊れかけの犬小屋に三日分の餌と水、古い毛布などを入れ、猫の親子を運び込んだ。そうして、私たちはさしあたり必要なものは用意万端整えたつもりで出発した。


旅先から帰ると、犬小屋に猫たちの姿は見えず、置いていった餌だけが残されていた。心配して探す私たちの耳に風子のか細い啼き声が聞こえ、声をたどっていくと、猫の親子はガレージの古い炬燵のなかにいた。ガレージの天井近く、僅かに開いた空気抜きの窓から一匹ずつ子猫をくわえて運んだと見える。三匹いたはずの子猫は二匹になっていた。最初に生まれたシルヴァー・グレーのおしゃれな牡猫の姿は影も形もない。生まれつきひよわで、他の二匹に押されがちで、母親の乳もなかなか飲めずにいたあの子猫は死んでしまったのだろうか。そういえば猫は死んだ子どもを食べたり、どこかに隠したりするという話を聞いたこともある。本当なのだろうか。何だかうそ寒い気がする。

残りの二匹は元気に育ち、今や母親を越える大猫になった。クロとマミオである。猫の世界でも神様にとって公平さなどは慮外のことであるらしく、この二匹は対照的である。クロはその名の通り、母親と同じく毛並みが真っ黒で、マミオは頭の上部と背中、それに尻尾が黒いほかは白く、鼻の頭がピンク色、なかなかの好男子である。マミオが利発で敏捷なのに対してクロは鈍重でのんびりしている。姿かたちも、マミオがすらりと均整のとれた体型でかわいいというよりはなかなかの男振りなのと比べて、クロは毛並みが母親似であるにもかかわらず、どことなくぼんやり、よくいえばおっとりした感じなのである。家族の愛情は、いきおいマミオに傾いてしまった。

クロが家にいる時間は次第に短くなり、食事を済ますと、そそくさと出かけるようになった。帰ってこない日もあった。どこかで親切な猫好きのおばあさんにでも拾われたのかもしれないなどと話して、ひそかに後ろめたさをごまかしていた。

ところがある日、クロは骨まで見えるほど肉が剥がれ血だらけになって足を引きずりながら帰ってきた。轢き逃げに会ったらしい。早速、動物病院に連れて行って入院させた。こうなると、飼い猫の医療費も馬鹿にならない。その上、その冬は猫の流感がはやり、わが家の猫たちも次々に倒れ、抗生物質や点滴のお世話になった。厄介なことに、牡猫たちが時を同じくして思春期を迎え、回復したと思うと出かけていくのでたびたびの病院詣でとなるのである。

無事退院したクロは、家族から大切(?)にされて快適にくらしているようだ。

(1990・6)

――マミオのこと

マミオが死んでもう二十一年になる。一九九五年は私にとって多事多難な年であった。一月には阪神大地震があり、三月には下の娘が私の意に添わぬ選択をして家を出た。少し前から、上の娘が研修のため病院の近くで暮らし始めていた。その夜から文字通り生まれて初めての一人暮らしが始まった。マミオだけが相棒だった。マミオはわが家で生まれ、死ぬまで一緒だった。

猫嫌いの私を改宗させ、猫を飼うきっかけを作ったのは、マミオの母親の風子である。それほど賢くて美しい猫だった。以後二十数年ものあいだ、猫との暮らしはつづいている。風子がわが家にやってきた経緯は以前にも書いたので、ここには記さない。記憶の中で、わが家に風子が一匹だけという時代はそう長くない。というより風子はごく短い娘時代を過ごしたのち、ある春の宵、雄猫の誘い声に誘われてこちらの制止を振り切って出て行ったと思うと、あっという間にマミオたち三匹が産まれたのである。お産は結構重く、家族で一番の猫好きである長女がその世話をしてやった。私たちがガレージのなかに産屋らしきものを作り部屋に引き上げ数秒もたたぬというのに、風子は大きなお腹で私の部屋のベランダまで駆け上がり、いかにも苦しげに啼いている。仕方なく、再びガレージに連れて行った。娘は、最初の子供が生まれるまで付き添っていたらしい。翌朝、ガレージの戸の小窓から覗いてみると、ニャーと今度は誇らしげな風子の啼き声がした。続いて二匹生まれたらしく、母親と呼ぶにはあまりに小さな風子の体の下から子猫らしき塊が見えた。子供たちの父親は、生まれた子猫の毛並みから察するところ、もっとも不器量で太っちょの白黒に違いない。子猫たちは初めに生まれたのがお洒落なグレイの毛並みで、次が母親と同じく真っ黒、最後が父親と同じ白黒であった。動物の世界は力の強さがすべてらしい。私たちは美猫の風子の連れ合いとして納得しがたいといったことをひとしきり話し合った。いつとはなしにその猫は、〈父帰る〉と名づけられた。その白黒のでぶっちょがわが家の庭に現われたのは、子猫が生まれてまもなくであったが、不思議なことに、〈父帰る〉が時たま姿を見せると、風子は懐かしげなそぶりを見せるどころか、小さな体の毛を逆立てて鼻息荒く威嚇するように追い払った。見るのも嫌といわんばかりであった。以来、わが家の庭は言うに及ばず、家の近辺でも彼の姿を見かけたことがない。

マミオは兄弟中で一番目鼻立ちが整っていて、母乳の飲みっぷりも逞しく、兄弟を押しのけて飲むほどで、生まれつき少しひ弱だったグレイの子猫のために場所を空けてやらなければならないほどだった。当然、体格もよく元気に育ち、甘えん坊の性格も手伝ってみんなから愛された。毛並みは、顔面から身体全体、脚まで白黒模様がちょうどいい配分になっていて、右の前足が黒く左が白というアンバランスなところが面白く、母親似の緑の切れ長の眼が神秘的といってもいい雰囲気を漂わせていた。もう一匹の黒は小熊のようにおとなしく、兄弟のなかであまり目立たない存在に見え、〈くろ〉と呼ばれるようになった。

風子と三匹の子猫たちが揃ってわが家で過ごした期間もごく短い。先ず、最初に生まれたグレイの子猫は名前も付けてもらえぬうちに姿を消し二匹の子猫が残った。

それからの風子は、体は小さいまま、すっかり肝っ玉おっ母に変身し、子猫たちを引き連れ、家中の安全な場所をもとめて右往左往した。隠したつもりなのか、子猫を子供部屋のベッドの下に運び、私たちが見に行くと、威嚇するように鋭い啼き声で家族を追い払った。気がつくと、子猫は私の部屋の洋服箪笥のなかに移されていることもあった。しばらくは家族さえ寄せつけず、子猫の世話に没頭していた。

狩猟や木登りも教えた。こどもたちに狩を教え実習させるかのように、モグラの子や鳩を捕えては家族に見せに来た。その度に庭の木の下に獲物を埋めた。子猫が生まれて二か月ばかりたったある夜、甲高く、訴えるような風子の啼き声に窓を開けてみると、風子がせわしなく隣家とわが家の間を行ったり来たりして急を告げているように見えた。道路を隔てた隣家の二階の屋根の上でマミオが啼いている。樫の木伝いに連れられて登ったマミオが降りられなくなったらしい。生後二か月の小さなマミオは、隣家の二階の屋根を駆け回り、しきりに啼いて懸命に救いを求めていた。隣の二階はシンプルな切妻の屋根で足場になる場所もなく、子猫には降りにくそうである。姿が見え隠れするものの、深夜のことで隣家の住人に屋根に上らせてくれるように頼むこともはばかられ、なすすべもなく、猫の親子ともども、途方に暮れて一夜を過ごした。

ようやく夜が明け、シルヴァー人材センターの人に梯子を借りて、娘が餌を入れた皿を持って屋根に上がっていったが、マミオは屋根の端に近づいてきたものの、怖いのか、なかなか梯子のそばまで来られず、あいかわらず傾斜のある屋根の上を啼きながら駆け回っていた。みんなが半ば諦めかけたとき、子猫はようやく梯子に移ることができた。マミオはシルヴァーのおじさんに大目玉を食らって繁みに駆け込み、まもなく帰ってきた。

やがてクロがいなくなり、もともと野良だった風子はしょっちゅう出かけていき、家で生まれたマミオだけがいつも家にいるようになった。マミオは私につきまとい、トイレの前で待っていたり、私が風呂に入ると、浴槽のそばまで来て早く出ろというように前脚を動かし、寝ころぶと横に来て自分も寝そべり腕枕をねだった。私が何か月か家を空けたときも部屋の前で待っていたらしい。時折、この雄猫と老後を過ごす自分を想像したりした。

しかし、マミオとの暮らしはやがて終わりを迎えた。何事にも終わりがある。私がひどい風邪で寝ていたその日、マミオはなぜか外に行きたがった。仕方なく首輪に紐をつけ庭の木に結わえておいた。異様な啼き声に起き上がって庭に出たがマミオの姿は見えなかった。紐の先を辿り鉄柵のそばに駆け寄ったとき、私が目にしたのは生涯忘れることのできない風景であった。マミオをつないでいた紐は、柵を越えて道路にとどくには短すぎ、マミオを危険から守るには長すぎた。どうやって宙ぶらりんのマミオを下したか記憶にない。それは暮も押しつまった十二月三十日で、車を走らせて駆けつけた動物病院も正月休みに入っていた。休みであることは予想していたが、そうせずにはいられなかった。まだ温かいマミオの体をベッドに寝かせると、いつの間に帰って来たのか、風子が、起こそうとするかのように何度も息子の顔に鼻をすりつけていた。翌日は大晦日で、その日を逃せば霊園に引き取ってもらえない。帰ってきてくれた上の娘と二人でマミオを霊園に連れて行った。年末だというのに、霊園はペットを連れてきた人々でいっぱいだった。驚いたのは、ペットの葬儀にも人間の葬儀同様さまざまなランクがあり、高額なものを選ぶ人々が結構多いことである。何十万円もの墓地を買う人もいた。何時間か待ち時間を過ごしたのち、ようやく最後にお骨を拾った。まだ七歳であったマミオの骨格はしっかりしていて、こんなにも早く生涯を終えさせた自分の愚かさを悔い、マミオの死を悼んだ。

その冬はよく雪が降った。不思議なことに数か月前、私は既視体験（déjavu）をしていた。車で走っていたとき、マミオそっくりの猫が道路の前を横切ったり、よく似た毛並の猫が車に轢かれて車の前に横たわっていたりした。思わず車を停めて降り、路肩に移してやった。何かが私に危険を告げていたのか。その光景を思い出すと涙が溢れた。動物嫌いだった自分のそんな反応が不思議だった。

一年後、私はサヴァティカルでパリの大学で過ごすことになった。娘は「マミオがいなくなったから行けるんだよ」という。パリのシテの一室に飾ったマミオの写真を見て、お掃除をしてくれるポルトガル人のサントスさんが「あんたの猫?」と尋ねた。「私が死なせたの」というと、サントスさんは"C'est la vie."といって何度も首を振った。マミオの遺骨は今も書斎の本棚にある。

(2016・12)

――ハナと直吉

マミオがいなくなった後、二匹の猫がやってきた。この猫たちは、どちらか一匹だけを引き受けるはずであったが、何となく二匹とも残ってしまった。一匹は、アメリカン・ショートヘアまがいのかわいいグレイの雌猫で、もう一匹は、シャム猫の母親から生まれたやんちゃな牡猫、生後一か月ぐらいでまだ毛も生え揃っていなかった。雌猫の方は、わが家の猫たちが時たま、お世話になっていた獣医さんに頼まれ、早速ハナと名づけられた。牡猫は私につきまとい、立ち止まると私の脚を伝って腰のあたりまで攀じ登ってきて離れない。早くに母親から離されたからであろうか、何となく不憫に思い、しばらく様子を見て決めるという約束で、つい預かってしまった。

ハナは、一歳ぐらいだったろうか。若い男性に飼われていたが、転勤することになった飼い主に十三の食堂街に棄てられたらしい。同僚が行ってみると、飼い主を待っているかのように棄てられた場所にじっと蹲っていたそうである。哀れに思い連れ帰ったものの、子供がアレルギーで飼えず、両親の元に連れて行ったが、両親も世話ができないので獣医さんに預けた。ハナは、獣医さんの言葉どおり、性格もおとなしく、ペットショップの主人もこの方が飼いやすいという。こちらを置くことにして、もう一方の生後一か月の牡猫を返そうとした。

ところが、子猫を連れてきた人物は、引き取りを拒否し電話にも出なくなった。猫を欲しがっていた知人に飼ってもらうことにし、二匹のうちどちらかを選んでもらうことになったが、チビの牡猫は箪笥の後ろに隠れてどうしても出てこない。仕方なくハナがもらわれていったけれど、餌も水も口にせず、部屋の隅に隠れたままトイレにも行かないという。数日が経った。チビの方も一緒に暮らしていたハナを探して啼き続けた。ハナはふたたび知人に送られて帰ってきた。こうして二匹はわが家にとどまることになった。チビの牡は母親がシャムで毛並みからいうと洋風が似合うところだが、やんちゃな牡なので直吉という名前をもらった。

それからしばらく三匹の猫との生活が続いた。猫にも性格がある。以前の三匹は比較的おとなしく、障子をたまに破る程度であったが、ハナと直吉の悪戯はすさまじかった。カーテンによじ登り、それをつたって降りるのでカーテンはぼろぼろである。ある日、外出先から帰ると、ガスの臭いが鼻を突き、消していったはずのストーブの焔が燃えさかっていた。食卓の上のランプは煌々とキッチンを照らし、水道の蛇口からは水が勢いよく流れていた。火事になる寸前であった。

翌年、私は一年間家を空けることになった。三匹の猫をどこに置いていけばいいのか。案じていると、折よく動物好きのEさんが面倒を見てくれることになった。しかし、餌と水をお願いするのはいいが、家の中のどの部分に置くかである。土間に大きなケージをおいて夜はそこに入れることにした。それにしても、野良であった風子は自由に出歩くので夜だけケージに帰ってくるとして、あとから来た二匹がケージの中でおとなしくしているとは到底思えず、一年という時間の猫たちの生活をどうすべきか考えあぐねた。他に考えも浮かばぬまま、ついに出発の日を迎えた。猫に家を荒らされることはある程度覚悟するしかなかった。

クリスマス前から年明けまで休暇をとって、パリにやってきた娘から聞かされていたものの、帰国した日の驚きは筆舌に尽くしがたい。わが家の惨状は想像を絶するものであった。玄関の檜張りの床は見るも無残で、一面がささくれ立って一歩足を下せばストッキングが破れ、障子も襖も破れ放題、映画のロケの荒れ果てた浪人長屋のようである。その結果、家は丸ごと改築することになった。これは予想外のことであった。紹介された建築会社に相談すると、修復するよりは改築の方が割安といわれた。もともと建売りの家は何かと不便で私の生活スタイルには適していなかったし、娘たちが出て行ったあとの一人暮らしには広すぎた。思い切って建て替えることにした。

それにしても、新しい家はまた三匹の猫に荒らされるのか。やはり、止めよう、と思った。しかし、紹介された営業マンがおそろしく仕事熱心で、大工さんに交渉して三匹の猫を収容する猫小屋を作ってくれるという。他にもマイナス要因がいくつかあったが、彼はそれらのすべてをクリアして、断りようがなく、改築せざるを得なくなった。営業担当者が彼でなければ、こんな面倒なことはしなかっただろう。工事中、私は駅前のマンションに引っ越し、猫たちはお隣の広い庭へ小屋ごとおいてもらうことになった。築二十年の家はまだ新しいところも多く、猫が立ち入っていなかった二階部分は壊すに忍びない状態であった。ブルドーザーで壊すときは、まるで家が悲鳴を上げているようで、私は罪悪感に駆られ家とともども自分が押しつぶされるような気がした。

新しい家に戻ってきた二匹はほとんど庭で過ごした。風子はひとりでどこに行くのか毎日でかけ、別行動だった。ハナと直吉はじゃれあったり喧嘩したりしていつも行動を共にしていた。一方私は仕事に忙殺され、猫と一緒に過ごした記憶がない。少子化が始まり、どの大学も学生を集めるための入学試験の回数が増え、それに伴って会議など諸々の雑用が多くなった。猫たちには餌と水を与えるのがやっとだった。その日も二月の寒い日であった。早朝からセンター入試の監督で遅くに帰宅すると、少し前から風邪気味であった風子が小屋の中で冷たくなっていた。あっけない最後だった。翌日、動物霊園の人に迎えに来てもらった。ダンボールにタオルを敷いて寝かせ、好物のシュークリームや竹輪、缶詰を入れ、白い花で飾った。

ハナが死んだのも寒い冬であった。餌も水も受けつけなくなり毎日点滴に通った。獣医さんは、もうかわいそうだから点滴もやめましょうといった。外に出すとおぼつかない足でガレージの向こうの曲がり角まで行ってじっとあたりを眺めている。まるでこの世の名残といった様子であった。氷雨が降っていた。夜寝かしつけて家に入ると何度も私を呼ぶ。その度に何度か猫小屋に見に行ったけれど、最後に声が聞こえなくなった。ハナも同じように霊園の人がもってきた小さな棺に入れられ、その上に護り刀まで載せて運ばれていった。風子と同じ霊園に眠っている。

残った直吉はまもなく二十歳になる。人間の齢にすると九十六歳である。これまでに、二度も死にかけたけれど、二度とも点滴を繰り返したのち、最後に何か…と思い、重湯を作って飲ませると生き返った。膀胱結石で出血していた直吉は、白い毛をピンク色に染めて私を驚かせたけれど、二度も生き返り、獣医さんの勧める特別な餌を食べて、今も元気でいる。人間と同じく、ペットの餌も改良に改良が重ねられ、排尿排便ともに調子が良くなったらしい。その結果、食事も進み体調は良く健康だけれど、近頃、白内障が進んだらしく、猫の世界にも高齢化が訪れている。圧迫骨折で療養中の私にとって、餌の調達やトイレの掃除は大いなる負担である。老老介護の日々がつづく。

（2015・6）

新聞に猫を飼っている人の記事が出ていた。猫と暮らしていますというと、「十人のうち九人から癒されますねえと言われる」という話である。「それを聞くたび、石ころのような違和感が胃の底でごろごろ音を立てる。〈癒し〉という言葉は、猫との生活に伴う不自由や面倒や責任を、濡れ雑巾で拭ったように隠してしまうからだ」と続く。同じことを考える人もいるのだ。わが家に猫がいるというと、ほとんどの人が、「動物がいるって、いいでしょう。淋しくなくて」という。老人が一人で暮らしているのは、可哀そうで寂しげで哀れに映るのだろうか。その次に聞かされるのは「癒されるでしょう」という言葉である。動物を飼うということはそんなに単純なものではない、と言いたくなる。〈癒し〉という言葉はいつ頃からこんなに頻繁に使われるようになったのだろう。〈癒し〉という言葉をこのようなニュアンスで使われるほど嫌なことはない。物欲しげで欺瞞に満ちているような言葉。その程度のことで癒されるなら結構なことだ。到底、癒されようのないことに、〈癒し〉という言葉を安易に使いそれを安売りして相手を誤魔化そうとしているように思える。本当に癒してほしいことは、たかが猫一匹で癒されたりはしないのだ。どこの猫が人間を癒すために生きているというのか。野良猫は別として、飼い猫は、人間が食事や排泄の世話をしなければ生きていけない。人間に世話を要求するのである。

こんなことを書くと、猫好きの人からは轟々たる非難が返ってくるに違いない。中には自宅の庭に一五六匹もの猫のお骨を埋めている猫好きもいるそうだ。猫好きの人間なら、猫との生活に伴う不自由や面倒や責任を顧みず、〈癒し〉を得ているのであろう。しかし、やむを得ず飼うことになった場合は、苦労の方が大きい。旅行をするときは、不在中の猫の世話を引き受けてくれる人を探さなければならない。預かってくれる人が謝礼や土産を求めていないとわかっていても、その人にだけはお土産を買わずにいられない。旅行を断念することも必要だ。

もともと動物よりも植物が好きだ。猫好きの娘がいた頃に飼い始めた猫が子供を産み、その中でたまたま、唯一特別に可愛がっていた猫が死んだときに、ペット・ロス的心理で獣医さんからつい預かった猫が二匹。一匹はこのような愚痴を云わせる前に十歳くらいで亡くなったが、最後に残った一匹は二十歳、人間なら九十六歳くらいである。圧迫骨折で療養中の身には、猫を飼うということはそう甘いものではない。

猫という動物はもともと自由気ままに生きている。かろうじて自分の食事の支度をしている老人には、老猫の食事や排泄の世話は負担である。二十歳の猫は最近どうやら白内障のようで、餌箱をトイレの上に落としてひっくり返し、その上におしっこをしたりする。体は元気で食欲も旺盛、したがって排泄物も多い。あまりの暑さに外に出してやると、すぐそばにトイレがあるにもかかわらず、面倒なのか、トイレ以外の場所に排泄物を残している。

この猫も、少し前まではそれなりに愛嬌のある姿を保っていたのに、横長で顎が尖り気味であった顔が縦長になり、目脂や涎を垂らすようになった。見かねて拭いてやろうとすると、振り向きざまに大きな怒声を上げて威嚇する。こちらも体の痛みを我慢しているのであまり優しい動作はできず、少しぞんざいなやり方になるらしく、痛いといっているのか自分でやるといっているのかわからないが、猫と人間の関係がぎくしゃくしてきた。

「可愛い猫との幸せな物語」など、まるで縁のない風景である。それでも捨てることはできない。ヒューマニズムを猫に適用するわけではないが、それほど動物好きでなくとも近頃よく聞く生き物への迫害だけはしたくない。映画撮影などに使われる馬でさえ、かわいそうで見ていられない気分である。ただ「猫は人生の最良の友である」などという言葉は偽善的にきこえる。

猫と飼い主の間にひびわれのようにあらわれた隔絶。猫も人間も長く生き過ぎたのだ。

それでも、たったひとつ良かったことがある。動物嫌いであった私が例外的に可愛がっていた猫を、私自身の手落ちで死なせてしまったとき、罪悪感と自己嫌悪から立ち直らせてくれたのは、今はすっかり年老いてしまった、この直吉なのである。

こんなことを書いている間に、直吉にも最期のときがきた。久しぶりに庭木の手入れに来てくれた植木屋さんが庭の草を一本残らず抜いてしまった。私が言い忘れたためである。猫は時々草を食べて腸の掃除をして便痛をよくするらしい。そのせいか、しばらくすると餌を残すようになり、水ばかりが減っていた。缶詰もあまり食べなくなった。間もなく牛乳を二口三口飲むだけになり、そばによると苦しいのか訴えるように啼く。「しんどいね」といって背中をさすってやると、こちらをじっと見つめる。「どうしてあげればいいのか、わからないよ」というと、耳を立てて小さくニャと啼いて、後は昏々と眠り続ける。見に行くときの気持ちは複雑だ。嫌なことになかなかとりかかれないときのように、少しずつ引き延ばしている。ついに今朝冷たくなっているのを発見した。ペットセレモニーに電話をかけ、吐瀉物で汚れた猫の体を拭いてやり、刺繍のついた白いタオルをかける。柩に納まった直吉は、セレモニーの人が届けてくれた白と紫のカーネーションやストーケシア、ピンクの蘭などで顔の周りを飾られ満足げに見える。棺は静かに葬儀場へと運ばれていった。一週間前には、コンサートで遅くなった主人を「遅いじゃないか」と大声で威嚇していたというのに、あっけなく亡骸になってしまった。

朝、雨戸を開けるとき、お風呂に入るとき、ニャアと啼くのが煩わしかったのに、居なくなったのだな、と思う。「直、もう少し生きていてもよかったね」と話しかけたりする。

考えてみれば、私にとって、今度が初めての独り暮らしなのである。偉そうに、独り暮らしだなどといっていたが、いつも周りに猫が何匹かいた。それ以前は家族がいた。猫もいないいった独りの生活をしたことはなかった。そんなことにはじめて気づく。

（2015・11・15）

VI

——最後の晩餐

親しかった友の訃報が届いた。

人は皆、失うまでその人の価値に気づかない。些細な、取るに足りぬ欠点をあげつらい、優れた点に目を向けない。「棺を蓋いて事定まる」である。死に際のりっぱさや偉大さを見ることなくその人を評価するようなことがあれば、その人から多くを奪うことになりかねない。

年を重ねるにつれ、知り合いと呼べる人は増えていく。しかし、本当に語り合い、理解し合える友の数は限られてくる。人はみな、老いて頑固になり相手に求めるものが多くなるのだ。あの人ならわかってくれるだろうに、と思うことが多い。ああ、もういないのだ。そんな人がどんどん増えていく。

怪我をしたとき、別離に心が引き裂かれ立ち上がる気力を失くしたとき、駆けつけてくれたのはいつもその人だった。病床の友に衣類や食料を送ったけれど、心の片隅で煩わしさも感じ始めていた。もっと早く自分の住まいを準備し生きる術を身につけておけば良かったのに、と心の中で批判めいたことを感じていた。彼女は両親や弟の家族とともに暮してきた。両親や弟が亡くなった後も弟の家族と一緒だった。両親を失い弟が病床につくと、当然のことながら彼女の立場は悪くなり、弟にすら冷たく当たられるようになった。

家族は初めから冷淡であったわけではない。義妹が、出勤する彼女に毎日弁当を作っていたころもある。「いいお嫁さんね」というと黙って微笑み返した。多くを語らなかったが、収入があったころの彼女は、両親と弟夫婦、甥たちという大家族の生計を援ける力にもなっていたのだろう。外出したとき、甥やその子供たちに土産物を買うことを忘れなかった。大学の文部技官という恵まれた仕事をもう少し大切にし、老後の住まいを確保すればいいのにと思い、それとなく言ってみたが答えはなかった。一人で暮らすなど、彼女にとっては想定外のことであったのだろう。弟が亡くなったあと、住んでいた家は改築されることになった。その時点でも、彼女はまだそこに住続けられると思っていたようだった。けれどもそうはならなかった。

弟の死後、彼女は改築後の家には迎えられず、質素な木造アパートの二階の一室に移った。新しい住処に馴れたか訊ねると、「なかなか自分の家にいると思えない」とか「自分の家じゃないって思うの」とか答えた。母親の言葉どおりに一家の生計を援け、最後まで両親とともに暮らした家を出るという事態など考えてもみなかったに違いない。両親亡き後の弟夫婦、とりわけ義妹の心中を推し量ることができなかったわけでもないだろうが、それでも独りで暮らすのは嫌だったのか。甘えと言えば甘えである。しかし、家族との普段のやりとりのなかでは、それほどに厳しい結果は予想できなかったのだろう。自立を考えるべきであったがそのような仕打ちを受けるまで、家族から離れて暮らすことは考えられなかったのだ。東京で過ごした一時期を除き、大家族と別れて暮らしたことはなかった。それが彼女の生き方だった。

ただひとつの救いは、甥たちの優しさである。甥たちはみんな優しかった。部屋を探し、夕食を運び、自分の店で昼食をふるまった。甥たちの温かいいたわりの中で彼女はくつろいでいるように見えた。

別離は突然やってきた。別の友人たちと有馬に泊まっていた夜、いつになく真夜中に目が覚めてしばらく眠れなかった。不思議に思ったけれど、そのまま連絡もせず帰宅して二日後、甥のFさんから訃報が入った。あのときだ、と私は思った。彼女が別れを告げに来たような気がした。体調を崩して寝込んでいることは知っていたものの、本人が訪問を望まない様子でもあり、食料や衣類を送るだけで見舞いにも行かなかった。医師も彼女には病状を正確に伝えず、入院する必要はないし安静にしていれば回復するといったという彼女の言葉を鵜呑みにしていた。電話をするたびに、暖かくなったら、また行くからね、という病人の言葉を信じて疑わなかった。しかし、病状はかなり進んでいて死はすぐそこに迫っていたのだ。彼女自身も春になれば外出できると信じ切ったまま、逝ってしまった。

まだ戦争の傷跡が此処彼処に残っている昭和二十年代の秋から冬、まるで倒壊寸前のような木造の寮の一室で、私たちは寝起きを共にした。一級上の彼女と同期のNさんが一緒の三人部屋だった。何畳くらいあったか、一階入り口のだだっ広い一室で半年を過ごした。その頃の彼女に必ずしも心を許していたわけではない。人が良く嫌なことを嫌と言えない彼女の性格に馴染めなかった。そんな彼女の周りには、彼女と同学年かあるいは上級の寮生たちが時をかまわずやってきて、試験期間中も勉強どころではない。彼女たちの吹かす煙草の煙がもうもうと部屋中にたちこめ、彼女がほとんど終日敷きっぱなしにしている布団に足を取られ躓きそうになりながら、私たち下級生は食堂に行き、授業に出た。

そのような欠点があったにもかかわらず、色白で愛想のいい笑顔のせいか、彼女に敵はいなかった。敬遠する寮生も皆無ではなかったが、憎まれることはなかった。しようがないなあ、というのが多くの人の印象であった。一級上の彼女が卒業論文を書くとき、同室の誼で清書を手伝った。詳しいことは知らないが、ダンテやベアトリーチェの名前がしきりに出てきて、彼女が哲学に興味を持っていたことを初めて知った。面白がってからかい半分で原稿を読み上げる私に怒りも見せず、笑いながら原稿をなおしていた姿を今も思い出す。

卒業後、彼女は在日朝鮮人の子弟が通う学校に就職し、私も大学の最終学年で忙しく、しばらく会うことはなかった。一、二年後、東京に来ているという手紙をもらった。ある人を追って上京したようだった。私は卒業し、別の大学に編入すると同時に、二足の草鞋を履くという多忙な日々を送っていた。仕事のついでに上京することがあり、彼女が間借りしていた雑司ケ谷の家を訪ねたことがある。週に二度、知り合いの子供の家庭教師をしている他に仕事はなさそうで、それ以上のことを聞くことは躊躇われた。近くに鬼子母神の社があり、そのあたりを散歩した記憶が残っている。上京して八年有余、上京のきっかけになった人の訪れをひたすら待つことが、わずかなアルバイト以外の彼女の日々の証であったと思う。たった一度その人物を見かけたような気がするけれど、その風貌もはっきりとは覚えていない。それほど悪い男でもなく、彼女を利用しているようにも見えなかったが、被占領国の男と占領国の娘という意識は二人の関係の前に大きく立ちはだかり、彼らの運命を左右することになったのかもしれない。

それから何年か経ち、結婚し娘が生まれたころ、突然彼女が訪ねてきた。憔悴しきった様子で、もう東京には帰らないといった。男は彼女が盲腸の手術で入院している間に、同族の女性と結婚式を挙げたという。二晩ほど泊まったあと、彼女は徳島の両親のもとに帰って行った。まもなく、彼女は家族とともに大阪に移ってきて、幸運にも医学部教授の私設秘書の仕事についた。

ふたたび彼女との交流が始まったのは、私がサヴァティカルで長期の海外研修に出ることが決まったときだった。国際免許の証明をもらうため古川橋の教習所に行き、彼女の家が近いことを思い出し近くのホテルのティー・ラウンジで会った。私が一年後に帰国し退職も近づいて時間の余裕ができた頃、誘い合って観劇や美術展に行くようになった。

人とのつながりは不思議なものだ。出会った頃はそれほど共感することもなかったのに、長い年月を経てみると、たがいに深く関わりあい助けあって生きていることがある。彼女と私の場合がそうであった。深く傷ついた自分の姿を母に見せるのが嫌で彼女の家に泊めてもらったこともある。深夜、お父さんが駅の改札口で待っていてくれた。彼女が闘病中の弟の家から救いを求めてきたとき、私は何も聞かず一夜の宿を買って出た。芝居や映画、文学やその他のことはよく話したけれど、心の奥底は、たがいに深く立ち入らず黙って受けとめた。

人の別れはいつ訪れるか計り知れない。何の心構えもないまま、だしぬけにやってくる。そうして愚か者をあたふたさせる。何度経験しても心を癒すすべは上達せず、ぶざまにその欠落に耐え不在を受け入れるばかりである。

最後の晩餐が話題になったとき、私が即座に「おすし」というと、彼女も「私も」といって笑った。亡くなる前の晩、病院に運ばれる前、最後に頼んだのはにぎりずしであったらしい。甥のFさんは「全部食べましたから」といってにっこり笑った。Fさんの手紙には「S子伯母さんと僕は仲良しでした」と書かれていた。

（2012・2）

——原先生のこと

原亨吉先生の訃報が届き、まもなく阪大の仏文研究室からホームページへの投稿を求めるメッセージが来た。しかし、お伝えしたい言葉がまったくないわけでもないのに、ホームページに載せるということに何かしら抵抗感があり、そのまま出さずに終わった。

先生にはじめてお目にかかったのは、国文の過程を終えた後、仏文学科に学士入学したときである。私は和田先生と原先生の前に固くなって座っていた。お二人が何を言われたのか、また、自分が何を話したのかも、まるで記憶にない。原先生はまだ三十代の助教授で、眼鏡の奥から優しさのなかに何か鋭いものを秘めたまなざしを私のほうに向けておられたことだけ覚えている。

毎週月曜日の午後に開かれていた研究指導の時間は、学生たちが最も緊張感を覚える授業で、すべての学部生と大学院生の出席が義務づけられていた。教授、助教授のほかに助手も出席し、あらかじめ決められた発表者が、自分の研究テーマにしたがって研究のプランやその進捗状況を発表し、先生方の指導を受ける。先生方や先輩、同期の友人、後輩の注目と批判を浴びる時間は、たとえようもない緊張感に打ちひしがれて、一刻も早くそこから逃げ出したい気分である。編入生で、教養部から上がってきた学生と比べて、語学の習得時間が少なかったという自覚がある上に、当時私は二足の草鞋を履いていた。編入許可と教員採用の通知が同時に届き、紹介してくれた方への遠慮から就職を断ることができず、編入学も断念しがたく、大いに悩んだ私は就職先の校長を訪ねた。校長は篤実なお人柄で、現在では到底認められないことであるが、空いた時間に大学の授業に出るよう計らってくれた。のちに聞いたことだけれど、その頃は同じような例がいくつかあったらしい。一年間はそのようにして何とか無事に過ぎた。しかし、そんな虫のいい話は長くは続かない。一年後、校長が急逝され、後任の校長は、勤務中の聴講は認めないという決定を下した。当然のことである。私は同僚の協力を得て週一回か二回、空き時間にこっそり聴講に通った。

そうした状況のなかでの研究指導の時間である。学友たちもそれなりの緊張感を味わっていたに違いないが、私の呪縛感の強さは恐らく誰にも想像がつかなかっただろう。私は臆病者で、許される限りの準備あるいは心構えなしには何事にも臨めない。にもかかわらず、時間が足りない。今思えば滑稽なくらい緊張していた。

そして、ついに私の順番が回ってきた。私はヴォルテールの『哲学書簡』をテーマに選んでいた。『哲学書簡』のなかの何をテーマにするかまだ決めていなかった。要するに案が練れていなかったのである。そこにたどり着くには少なくともあと一か月、あるいは半年くらいの時間が必要であった。しかし、その時間にどうしても何かを言わなければならない。困り果てた私は、参考書から得た知識を鵜呑みにしてその場を切り抜けようとした。先生はしばらく沈黙したまま考え込んでおられたが、「まるで博士論文のようですね」といわれた。私にとって痛烈な一撃であった。修士論文の中間指導の折も、先生は静かに「まだ十分煮詰まっていないようですね」という言葉を返された。

大学院を修了してからもずっと、原先生の弟子であると人前でいえない自分を感じていたし、先生の視野の中に自分は存在していないと思っていた。

それゆえ、突然電話のベルが鳴り受話器の向こうから先生の声が聞こえてきたときの私の驚きは、筆舌につくしがたい。先生は、私がお贈りした『黄金伝説』の翻訳への謝辞を告げられ、「大変だったでしょう」と私の努力に対するねぎらいのお言葉をくださった。そして翻訳の過程のことをあれこれとお聞きになった。先生から電話をいただくなど、まったく初めての経験であり(何しろ、あの原先生からである)、私は周章狼狽の極致にあった。学生時代の私はといえば、廊下でお会いしても目を伏せて通り過ぎるだけで、一人きりで先生に近づくことも極力避けていたというのに、尋ねられるままに『黄金伝説』を翻訳する際の苦労や共訳した方々のことなどをお話し、受話器を置いたとき時計を見ると、電話はかなりの長時間に及んだことがわかった。私の仕事をご自分のことのように喜んでくださっている先生のご様子が電話の向こうから伝わってきた。そのときの歓びと感激をどのように表現すればいいだろう。それまでの先生には途轍もなく偉大で英邁な学者という、どちらかといえば鋭敏で冷徹と言ってもいいイメージしか懐いていなかった者にとって、まったく想定外の出来事であった。しかし、弟子の仕事を心から祝福し暖かく励まして下さる先生の人間的で寛容なお人柄を知って、それ以来、研究をまとめるとき、先生がご覧になればどう思われるだろうということが意識に上るようになった。

その後も新しく上梓したものをお贈りすると、その度に丁重なご返信を頂戴した。数枚の手書きの便箋には、数年来、卒業生が多くの著作を贈ってくれることに心強い思いをしている、と記されてあった。私のささやかな仕事への大きな励みとなったことはいうまでもない。私は先生の弟子になれたのだろうか。

（2013・9）

――天国からのメール

「魔女さまよォ。脚の具合が悪いって？　魔法も使えないのですかァ？　まあ仕方がないよね。お互い齢だものねェ…」

何気なく開けたパソコンから、つい最近訃報が届いたばかりの友達のメールが飛び出してきた。そのときの驚きとショックをうまく表現できない。去年の正月、年賀状は届かなかった。もう年賀状は止めるつもりなのかと思った。それでも私の方は今年も出した。彼女からの賀状は来なかった。共通の友人に「Tさんどうしてる？」と聞くと、友人は驚いたように「知らないの？　去年亡くなったのよ。」と教えてくれた。私は一年半も彼女の死を知らずに過ごしていたのである。メールだけが、私のパソコンのなかにずっと保存されていた。

いつの頃からか私はまわりから「魔女」と呼ばれていて、彼女はその呼び方を好んで使っていた。随分昔のことだけれど、私は自動車事故に遭い、事故の目撃者の通報で駆けつけた警官も車の破損具合から、全員、即死だと思ったらしい。それほどひどい状況であったにもかかわらず、私の怪我は顎の部分の軽傷だけで済んだことから、誰からともなくそう呼ばれるようになった。運転していた知人の寸時の居眠りで車がガードレールにぶつかり、一瞬前に割れたフロントガラスから飛び出し、ボンネットの上でバウンドして左側の芝生の上に投げ出された(運輸省の実験の映像で、人形がそのように動くのを見た)。車が右のほうに傾きセンターラインに近づくのを見て、私は「もう駄目」と思った。その瞬間意識は途切れ、気がついたときは、高速道路の左側の芝生の上にいた。「早く立たなくちゃ」という意識と同時に立ち上った気がする。車に近づくと知人も気を失っていたが、大した怪我はなかった。奇跡というしかない出来事であった。

訃報を聞いて、生前の彼女のことを思い出し、些か感傷的になっていたところに、真夏の太陽のように明るいメールが突然あらわれ、記憶の奥深くしまい込まれていた故人の声の調子までよみがえった。まるでその人が生き返ったかのように、その声根と仕草が私の脳裏をよぎった。それ以来、他のメールを送信したり、受信したメールを開けたりするとき、たまに彼女のメールを開けてみるようになった。その度に、彼女が日頃私に呼びかけていた口調や表情が再現され、一瞬、彼女がすぐそばにいるような気がする。もうこの世にいないのだと自分に言い聞かせなければならないほど、不思議な気分である。手紙などにはない、砕けた親しい調子が日常の雰囲気をよみがえらせるのであろうか。

それからしばらくして、また、自分よりずっと年若い友人の訃報に接した。受診して三週間という短い闘病生活であっけなく逝ってしまったらしい。五年ほど前、私がはじめてクラシック音楽の旅に参加したときからの旅友である。外国を旅する機会が少ないわけではなかったが、旅程とコンサートの日程が合わず、チケットを入手する面倒さもあり、名オーケストラのコンサートを現地で聞く機会にはなかなか恵まれなかった。私がそのような旅にようやく参加できたとき、彼女は、すでに十五回目だと言っていた。小沢征爾の追っかけをしていたらしい。十五年は小沢の活躍期を示しているのだろう。私が小沢の指揮を聴いたのは、ただ一度、一九九八年のパリでのコンサート。若い頃の小沢を聴いたとき、それほどいいとは思わなかった。岩城宏之やサバリッシュ、他にもご贔屓の指揮者がいた。それから何年か公私ともに忙しい時期が続き、コンサートに縁のない日々を経て、再びクラシック熱に見舞われた。ほとんど毎日のように、多いときは一日に二度も、名オーケストラのコンサートを聞く旅は、私を久々に感動の渦に巻き込んだ。コンサートの合間の自由時間には、街のあちこちを歩き回り、出逢ったばかりの友と語り合った。それから後も何回かこの旅に参加したが、不思議なことに、私たちは一度も相談して決めたわけではないのに、いつも参加した先で偶然に出会い、年に二度、三度と同行することがあった。その旅では、最初からその旅に組み込まれたコンサートの他に、オプションでいくつかのコンサートのチケットの手配もしてもらえた。私たちはオプションのコンサートでも同じものに行くことが多かった。好みが合っていたのだろう。コンサートが催行される都市の美術館にもよく行った。あれはクレラー＝ミュラー美術館。静かな森の中に佇む美術館は他の美術館よりもさらに人影が少なく、林の中の彫刻を一つ一つ見て歩くのにふさわしかった。

作曲家や曲目の好みも共通したものが多かった。オプションで聞いたヴァイオリニストの演奏に感動し、帰国してから見つけたCDを教えあったりした。旭川に住んでいた彼女が札幌のホテルに訪ねてくれたこともある。旅に出るときの支度や準備を話し合ったりもした。私には猫の世話を頼む人を探す苦労があり、彼女には留守中の降雪量によって雪かきをしてくれる人の手配が必要だった。放っておくと他所から彼女の家の庭に雪を捨てに来る人がいるという話を、私は面白がって聞いた。

メールという新しいコミュニケーションは、時の経過が忘却のなかに仕分けてしまった、人との繋がりを、不意に思い出させる。それを読むことによって、かつて結び合わされ紡ぎ出された人と人との関わりを、時の流れの中の、今という時制に現出させるのだ。プラハの街を一緒に歩いていたとき、不意に目に留まったカフカやリルケの住居跡を示す銘板や、美術館で見た、レンブラントのエッチング〈ヨセフとポティファルの妻〉を、素早くカメラに収めてくれたのも彼女だった。それらはすべて彼女の厚意でパソコンに保存されてメールで送られてきた。それが今も私のパソコンに入っている。

最期を告げる葉書に印刷されていた遺影は、マヨルカ島のヴァルデモサ修道院、ショパン像の前で撮られたスナップであった。私も同行した、ショパンを訪ねる旅の一枚である。

メールなどなかった時代には、このような感覚は存在しなかったのかもしれない。書簡などがその役割を果たしていたであろうが。今、追憶はよりヴィジュアルなものとして、遺された人間の心の襞に甦ってくる。

（2015・6）

Ⅶ ——イスラエルにて

いつの頃からか、イスラエルに行きたいと思っていた。十年ほど前、クリスチャンの友人を誘ったら、イスラエルのことに詳しい人と行きたい、と断られた。それからしばらくイスラエルのことは忘れていた。仕事で知り合った牧師さんにイスラエル行きについて尋ねたところ、イスラエル空港での出入国がいかに厳しいか、女性も着衣をすべて脱がされるという話だった。また知人は、質問されたことに答えられなかったり予知できない微妙な問題に触れたりすると、なかなか税関を通してもらえないと教えてくれた。何だか面倒な国らしいという気がして、その時もイスラエル行きは断念した。

しかし、物事はすべて、何かのきっかけで偶然に動き出すものである。あるとき、私のイスラエル願望を知った旅友のYさんが同行してくれることになり、急にイスラエル行が決まった。

二〇一三年のことである。その秋は外国旅行の予定は入れないつもりで、十月初めに北海道横断六日間の旅を計画したところに、コモ湖からフィレンツェ、ヴェネツィアをまわる旅も成立してしまった。北海道から帰って二週間足らずでイタリア、十日ほどおいてイスラエルに出発という強行軍である。二か月間で十日間の外国旅行が二度、国内旅行が一度。何よりも体調が心配であったが、こうなれば行くしかない。

一日目　十一月十八日

関西空港からトルコ航空でイスタンブールへ出発。イスタンブールまでの所要時間は約十三時間二十五分である。十九日午前五時四十五分イスタンブール着。この空港はまずまずの広さで単純な構造なので、お茶を飲んだりトルコ風ソフトクリームを食べたりしてくつろぐ。トルコ風ソフトクリームはやたらに粘り気があって、引っ張ると何メートルも延びかねない。テルアビブに着いたのは十一時半で、日本とイスラエルの時差は七時間。今頃日本は夕方だ。税関に向かう前に添乗員の辻村さんから入国時の注意事項を聞く。どうやら面倒なところに来たらしい。以前聞いたことは本当だったのだ。かなりの緊張感を懐いてパスポート・コントロールに向かう。何を聞かれても余計なことは言わないこと、片言の英語など下手にしゃべらず、英語は話せませんということ、当地には観光のために来たとだけ答えること、到着前に配られたコピーを見せること、などなど。コピーとパスポートをしっかり握りしめ、税関への行列をひたすら前に進む。久しぶりの緊張で心臓が飛び出しそうだ。しかし意外にも、髭の税関吏は何のお咎めもなく、すいと通してくれた。入国審査は無事に済み、専用バスに乗って一路南下、ネゲヴ砂漠へ。空の青と大地の黄土色の二色がくっきりと染め分けられた風景の中をバスは行く。昼食はアラビカ・レストランにて。サラダや新鮮な野菜が山盛りの前菜、きのこやチキン、ビーフやレバーのメイン料理が出て、食べきれないほどのご馳走だった。こんな砂漠の中ではさぞ食事に苦労するであろうという予想は大きくはずれ、日本食を利用する機会はほとんどなかった。いつもはほとんど持ってこない大量の日本食は現地のガイドさんへの贈り物になった。

食後、旧約聖書時代の城塞都市が残るベルシェバ遺跡を見学。映画〈インディージョーンズ〉よろしく、頭にヘルメットを被ったものの、そのヘルメットが粗雑で頭にうまくフィットせず、片手で押さえながら歩く。現地ガイドの山崎さんは四十年以上もイスラエルに在住し、イスラエル女性を妻としているとか。いきおい、その説明には熱がこもり、予定外の場所にも案内される。

ベルシェバは、アブラハムとイサクがアビメレクと契約を結んだ場所と云われ、「誓いの井戸」という意味である。ここは士師時代の重要な中心地で、遺跡は巧みに設計され、ダビデ・ソロモン時代にはその防衛面を担い、十字軍時代までは主要都市として栄えた。その後滅亡し、一八八〇年になってトルコ人の地方都市として再建されたという。一九四八年の「ヨアブ作戦」によって解放されたベルシェバは、以後飛躍的な発展を遂げ、今やネゲヴ砂漠の中心都市となっている。

ふたたびバスに戻りネゲヴ砂漠の開発都市ミツペラモンに向かう。本日の宿泊地である。ミツペラモンは、他のいくつかの都市と同じく、一九五〇年代のヨーロッパからの亡命移民とアラブ難民の需要に迫られて、急速に建設された移住地である。暮れかかった砂漠はもうすっかり闇に包まれ、どこを走っているのかまるでわからない。まもなく断崖絶壁の上に石造りのホテル風の建物が見えてきた。到着かと思いバスを降りると、ホテルを間違えたらしくバスに戻された。ようやくホテル・ラモン・インに到着。ラモン渓谷のすぐそばに位置するホテルで、ウェルカム・ドリンクでお迎え。キッチン、リビング付きのツインルームである。夕食はホテルにてバイキング。

三日目　十一月二十日

朝からイスラエルの挨拶の言葉を教えてもらう。

おはよう・こんにちは：ボーケル・トーヴ

こんにちは・こんばんは：シャローム

ありがとう：トダ

現在イスラエルの公用語はヘブライ語で、日常会話としても用いられていると聞いて驚く。私が知らなかっただけかもしれないが、新しい発見である。イスラエルでの初めての朝食。朝は乳製品が中心で肉と乳製品は一緒に食べないという。乳製品が出たときはハムやソーセージは出ない。チーズやヨーグルト、さまざまな乳製品がテーブルいっぱいに所狭しと並び、その種類の多さに感嘆する。食後、ミッペラモンを出発、ふたたびネゲヴ砂漠を北上。一億八千萬年を超える前史の地殻変動によって出来した巨大な陥没地マクテシュ・ラモンを眺望する予定である。見渡す限り切り立った岩山となだらかな丘が広がり、息をのむような雄大な自然に出会う。イスラエルでも珍しい「マクテシ現象」と呼ばれるもので、山脈の中にできたクレーターである。砂漠の中に不意に出現した陥没地は、雨が降るとZIN河となって水が流れる。一年に五度くらいしか降らない雨は、降るときはものすごく、乾季には小石が転がっているだけの砂の谷を、大量の水が滔々と流れるのである。しかし、私たちはその超現実的な地層の謎に出会うことはなかった。ラモン渓谷は三日前の雨で谷底が洪水になったらしい。代わりに、ナバテア人の遺跡を見学することになった。砂漠の遊牧民ベドウィンのためのものか、バス停がある。ベドウィンと呼ばれる砂漠に住むアラブ人は、遊牧民族の中でも最も知名度の高い民族である。ベドウィンとはアラビア語で砂漠を意味し、彼らの生活様式はこの乾燥した地域の条件に適った独特のものである。ベドウィンたちはテントに住み、食料を求めて砂漠を放浪する。性格は素朴でのんびりしていて植物の根や果物、時には野菜などを常食とし、山羊の群れを飼う草地を探して歩く。
ベドウィン族は回教徒である。四人までの妻帯が許され（それだけの余裕がある男性の場合）、第一夫人が優位にある。結婚は家族間で取り決められ、主に親族同士の婚姻が多い。親族関係を単純にし、財産を守るためだとか。ベドウィン女性の暮らしは厳しい。彼女たちは子供を産み育て、食事を作り、テントを織り、飼っている家畜の群れの世話もする。女性たちが懸命に働いて早く年老いる一方、男たちの暮らしは別種である。彼らの仕事は主に社会のなかでの問題に様々な決断を下すことである。ベドウィンの生活様式は古代の祖先たちのものとほとんど変わっていない。アブラハムがそうであったように。

彼らは通りすがりの人にも、美味しい食事と宿を用意してもてなす。それを拒むことは最大の無礼とされる。部族内の責務は忠誠と責任の共同負担で、部族内の者が受けた被害や傷つけられた名誉は、同部族の者が加害者側に対して復讐を果たす。ベドウィンの集落では子供たちを町に集め義務教育をつけ、学業を終えた子供たちはベルシェバに住む。

ビジターセンターでビデオを見た後、丘の上にあるナバテア人の町の遺跡にのぼる。丘の上に見えていた、人を乗せたらくだの列は、近づいてみると、生き物でなく砂岩でこしらえた像であった。ナバテア人とは、かつてここに住んでいた古代文明人で、その遺跡がネゲヴ一帯に見られる。首都ペトラまでの隊商のルートを放浪していたナバテア人は、思いがけずこのあたりに水源を見つけ、もともと遊牧民族であった彼らは、ここに定住し農業を営むようになり栄えていった。砂漠でのナバテア式灌漑法や農業技術は優れたもので、現代の農業研究者たちもこれに学んでいるのだという。ここは後にローマ帝国の属州となり、ナバテア人はビザンティン時代にはキリスト教に改宗し諸教会が建てられた。ナバテア人の町アブダッドには教会の跡が見られる。しかし、アラブの征服下、重税を課せられたナバテア人は永住することができずこの地を去り、千年の間続いた文明は途絶えた。

キブツ・スデーボケルには、イスラエル初代首相ベングリオンと妻ポーラの墓がある。遊歩道を歩いてイスラエル初代首相、ベングリオンのお墓に行く。長方形の巨大な石を縦に二つ横に三つ合わせた立派な墓である。遊歩道わきの樹木の間に見え隠れしていたアイル（アンテロープの種類）の群れが、物おじせず、すぐそばまで近づいてきた。砂漠の中にこんなにも緑豊かな渓谷があることに驚き、砂漠の民の偉大さを思う。不毛の荒野に出て開拓に献身しようとする若者たちに心を動かされたベングリオンは、自らも同じ熱意と希望に燃えて砂漠の開拓者になったという。ベングリオンの夢は、イスラエル総面積の三分の二を占めるネゲヴ砂漠の未来に、大工業地帯と大農業地帯を作ることであったが、現在実現しているのは未だその一部に過ぎない。

単調な平屋建ての建物が何棟も建つ地域を通過する。テロリストが収監されている獄舎と聞く。青い縁のついた塀が延々と続く。イスラエル人三名に対し五千名のテロリストが交換されるとか。低く小さな灌木や葡萄畑が点在する。

途中、イスラエルのワイナリーに寄る。古代からの製法で作られているという。砂漠の中に葡萄の木を植え、その葡萄でワインを作るワイナリーなど想像もつかなかった。案内されたのは藤棚のような木陰で、並べられた細長いベンチに腰を下ろし、私たちはレモングラスの自家製ハーブティーをふるまわれ、喉の渇きを満たした。これまで味わったことのないナチュラルで爽やかな味であった。昼食はベドウィンのテントでベドウィン式の食事。椅子もなく薄い敷物の上に和式に座るしかない。

主菜はチキンのパエリャと野菜。味は結構おいしい。四、五人ずつ円卓を囲み立膝で時には手掴みの食事。原初の民はみんなこんな風にして暮らしていたのだろう。デザートは甘い菓子が数種類。一口食べるたびにコーヒーで流し込まずにおれないほどの強烈な甘さである。

午後、エンボケック（En Boqeq）に着く。ここは三つに分かれた死海の内のイスラエル側の町だ。死海というのは実は海でもなければ死んでもいない。表面積わずか八百平方キロメートルのこの湖は、鉱物含有量三十二パーセントつまり海水の十倍という世界一塩辛い水質である。地球温暖化により年々水が干上がって、一つであった死海は今や三つに分かれてしまった。イスラエル側に属する部分、ヨルダン所属の部分、そしてヨルダン、イスラエル共有の部分からなり、真ん中に土砂が入り陸地ができ、水は水路によってイスラエル側に注入されている。イスラエルでは〈死の海〉と呼ばれる。その名の通り生物は一切生存できないが、ここでとれる塩化カリウム、マグネシウム、塩化ナトリウム、臭素などの化学物質は海外にまで輸出され、イスラエル経済を潤している。

ホテルに到着後、一同水着に着かえ、その上にバスローブを羽織ってホテルの専用バスでホテルのプライベート・ビーチに行く。海水の十倍という塩分のおかげで、泳げない者も浮くことができる不思議な死海の浮遊体験である。死海での浮遊体験など、ここに着くまでまったく慮外のことであったのに、誘われて、Tシャツと友人が貸してくれた短パンを着用して塩水に入る。熱くもなく冷たくもなく、人肌の塩水のなかでふっと気を抜くと、泳げない私の体も水に持ち上げられてふわりと浮かんだ。結構面白い。良い気分になっていると、「十五分経ちましたから出てください」という紫乃さんの声。それ以上水に浸かっていると危険だという。魚の干物状になるとか。人間の干物は無論願い下げである。特別に希望する人たちは数人、タラソテラピー（死海の塩や泥を使って行う美容マッサージ）を受けに行った。死海の鉱水がさまざまな病気に効き目があることは科学的に証明されていて、沿岸のホテルや温泉には、筋肉や骨、皮膚の病気を患う人々が治療に来ている。薬効があるという真っ黒な泥を体に塗って死海に浸っている人もいる。隣接するスーパーでは、やはり死海の塩水の成分の入ったクリームや石鹸を売っている。南岸にある塩の柱は、期せずして聖書の中のロトの妻の姿を連想させる。家族とともに滅亡の町を逃れる途中、決して振り向いてはならぬという命令に背いたばかりに、塩の柱にされてしまったロト。

イスラエルは今、重要なエネルギー問題の解決を死海に求めている。塩分の多い水を太陽エネルギーに変える計画が進められ、一部はすでに実行に移され実用化されている。
今日のホテルは、エンボケックにある死海ビーチ前のホテル・ダニエル。さっき浮遊体験をしたプライベート・ビーチは目の前にあった。ホテルには死海の温泉プールやジャグジーもある。食事はバイキングとたくさんのデザート。

四日目　十一月二十一日
シバの女王がソロモンを表敬する折に通ったという道を走る。死海を右に見てマサダ砦へ。マサダ砦は、第一次ユダヤ戦争の遺跡で、死海に面したユダの荒野に聳える孤立した谷にある。マサダとはヘブライ語で「要塞」の意。ユダヤ戦争末期、ローマ軍の包囲に対して籠城したユダヤ人集団が二年にわたり抵抗し、集団自決で幕を下ろした戦いの古戦場である。
紀元前一二〇年頃、死海のほとりの砂漠に聳える切り立った岩山の上に要塞が建設された。最初に要塞化したのはハスモン家の王アレキサンダー・ヤンナイ、その数十年後、ヘロデ王が離宮兼要塞として改修した。山頂へは「蛇の道」と呼ばれる細い登山道が一本あるだけで、周囲は切り立った崖で難攻不落といわれた。マサダが隠れ場に適していることを知ったヘロデは、隣国の王あるいは臣下に襲われた際に身を守る場所としてそれに備えたのであろう。
六六年、ローマ帝国支配にユダヤ人が決起し、ユダヤ戦争が勃発。七〇年、ティトゥスが指揮するローマ軍団によってユダヤ側の本拠地エルサレムが陥落、エレアザル・ベン・ヤイルに率いられたゼロテ党（熱心党）員を中心とするユダヤ軍団九六七人が包囲を逃れ、マサダ砦に立てこもった。籠城側には女性や子供も含まれたという。一万五千のローマ軍団は、捕虜と奴隷を動員し山の西側の崖を埋め突入口を造る工事を開始した。

マサダの「ゼロテ党的」防衛軍の集団自決は、よく知られた歴史的出来事である。

ゼロテ党は、キリスト教時代の夜明けに、ガリラヤのユダス、より正確にいえば、ガマラのユダスとして知られていた人物によって、ヘロデ大王の死の直後に創設されたという。ユダスは戦争のかなり初期に殺され、指揮権は三人の息子に移った。うち二人、ヤコブとシメオンは、紀元後四六年から四八年の間にローマ軍に捕えられ十字架刑に処せられた。紀元後六六年の反乱の主たる煽動者は三男（あるいは孫）メナヘムで、マサダの要塞をも手に入れ、紀元後六七年に聖地を席巻しつつあったが、ローマ軍が反乱に対応して進撃し、四千人のユダヤ人が町を防衛しようとして命を失った。その努力が空しいとわかったとき、さらに五千人が自決した。これらの事件は、単なる政治的抵抗と言い切れない、宗教的熱狂ともいうべき律法への熱情を反映している。ローマ側の、ローマ皇帝を神と認めるべしとの要求は、ゼロテ党員たちの、律法への熱情をより強く煽り立てる力となった。彼らにとって、神への最大の冒涜であった。

「ゼロテ党」をはじめ「エッセネ派」「サドク派」「ナゾレ派」その他、混沌とした名称の坩堝の中から、一つの広大な運動の輪郭が浮かび上がってくる。これらの名称には、事実上それほどの相違点はなく、紀元前二世紀以降、聖地の内外に散らばっていた同じ宗教的かつ政治的運動の異なった名称に過ぎないと考えられている。それらの間に微妙な違いがあったとしても、一つの野心的企て――彼らの土地からローマ占領軍を追い出し、合法的なユダヤ君主制を、正当な祭司職ともども復興させるという――において一致していた。

この企ては、紀元後六八～七〇年のエルサレムやクムランの破壊や、紀元後七三年のマサダの陥落をもってしても終わらなかった。女性や子供を含む九六七名の党員が、唯一の砦に立てこもり、最後まで抵抗を続け、遂に最後の瞬間を迎えたとき、ゼロテ党員たちは、ローマの奴隷となるよりは自死を選んだ。その物語はユダヤ人にとって、自由、尊厳、そして祖国愛の象徴となった。マサダの防衛軍の指導者であり、その抵抗運動から集団自決に至るまで彼らを率いたエレアザル・ベン・ヤイルが最後に残した言葉がある。

「高潔なる同志諸君。われわれは、ローマ人にも、神以外のいかなる者にも仕えぬことを誓ってきた。神だけが唯一、人間の真にして義なる主である。敵の奴隷となる前に死を選ぼう。そして妻子ともども、自由の民としてこの世を去ろう。それこそ、律法の定めるところである」。

崩壊直後の余波の中で多数のゼロテ党員やスィーカリ派は外国に亡命した。アレクサンドリアで、彼らは再度ローマへの反乱を起こそうとしたが成功せず、ほぼ六百人が捕えられ、当局に引き渡された。皇帝を神と認めさせるため、男女を問わず子供たちにまで拷問が加えられたが、誰ひとり妥協するものはなかった。フラウィウス・ヨセフス（対ローマのユダヤ反乱で指揮官をつとめ、のち降伏して皇帝の保護を受け歴史家となった）はこう記している。

だが、子供たちの行動ほど、その場に居合せた人々を驚かせたものはなかった。いかに強く迫られても、子供たちは誰一人、カエサルを〈主〉とは呼ばなかった。小さくか弱い身体に身体の力を超える強靭な精神が宿っていたのだ。

フランスの劇作家ラシーヌによる『ベレニス』は、『ユダヤ戦記』にも記述されるユダヤ民族の反乱とエルサレム攻防、ローマ軍のマサダ鎮圧を背景としている。ユダヤ陣営の司令官はフラウィウス・ヨセフス、ローマ皇帝ネロンは、ウェスパジアヌスにユダヤ討伐の命を下したが、六八年ネロンの死によってウェスパジアヌスが帝位につくや、指揮は長子ティトゥスに委ねられ、神殿は焼き払われマサダは陥落した。『ベレニス』の主人公はこのティトゥスとその愛人パレスティナ女王ベレニスである。『ベレニス』の舞台となった、〈死〉と〈空無〉の空間、オリエントは、おそらくこのマサダ周辺の風景と重なるのだろう。

海に沿って北に広がるエン・ゲディのオアシスは一年中水が流れ、荒野で出会える最も緑豊かで快適な場所の一つである。ここはまたダビデがサウル王から逃れたところでもある。ブルーの死海に白く突き出た陸地の洞窟——そのどれかに、ダビデが潜んでいた洞窟があるのかもしれない。オアシスの近くには、なつめ椰子栽培を収入源とするキブツ・エン・ゲディがある。そこから死海に沿ってさらに北上すると、二十世紀最大の驚くべき聖書学的発見の舞台となったクムランがあらわれる。クムランは死海の西岸にあり、「二つの月」という意味を持つ。本物の月と死海に映った月の意である。バスは紺碧の海を背景に高い岩山となつめ椰子の間を走り、車窓からは死海を隔てて対岸のヨルダンが見える。

『死海文書』と呼ばれる驚異的な古文書が発見された一九四七年、クムランの風景は現在とはまったく異なっていた。当時この地域は、イギリス委任統治下のパレスティナの一部で、その東には当時のトランス・ヨルダン王国があり、死海の沿岸を南に走る道路は存在せず、道は死海の北西部、今のエリコの町から数マイルの地点にしか延びていなかった。

エリコの町から真南へ十二キロほど行ったところに、土地の人がヒルベト・クムラン(「廃墟」の意味であるアラブ語のヒルベと、すぐ近くにあるワディ・クムラン〔ワディは渓谷の意〕という土地の名前からきたもの)と呼んでいる崩れた建物があることは、昔から知られていた。いくつかの壁面がずんぐりした塔にしがみつくような恰好で、一、二メートルほど地面の上に顔をのぞかせている。そこはユダの荒野の高原の東のへりにあたる石灰質の断崖の裾、死海の岸より五十メートルばかり上方にひろがった泥灰石の台地である。無数のくぼみがあるこの断崖は、ここではかろうじて普通の海面の高さに達しているにすぎない。しかし、死海の水面は普通の海面より四百メートル近く低いところにあるから、断崖はなおかつ数百メートルの高さで死海の海にそそりたっている。(E. M. ラペルーザ『死海写本』)

『死海文書』発見に関する状況は、すでに伝説になってしまっている。一九四七年の春、ベドウィンのタアミレ族――一九四八年のパレスティナ紛争以前に、死海からシナイ半島にかけてパレスティナの南部全域を遊牧していた部族――の羊飼いムハンマド・エッ・ディーブ（「狼」のムハンマドの意）とその従兄弟が、ヒルベト・クムランと呼ばれる遺跡の近くの洞窟の中で古代の巻物の入った壺を発見した。「家畜の子山羊が一匹断崖の穴のなかへ消えてゆくのを見た。洞窟の中に石を投げ入れたところ、何かが割れる音がしたので入ってみた」など様々な逸話が語られるが、真実は不明である。ともかく、最初の洞窟はこうして発見された。洞穴には皮の巻物になった写本が入っていて、巻物は亜麻布で丁寧に包まれ死海の水からとったタールで封印されて、蓋のある粘土の壺のなかに収めてあった。

ベドウィンたちは、最初に見つけた四つの写本をベツレヘムの靴職人で古物商でもあった「カンドー」ことハリル・イスカンダル・シャヒーンの元に持ち込んだ。シリア正教徒であったカンドーは、古代シリア語の文書と思い、これを聖マルコ修道院長でシリア正教会大主教アタナシウス・イエシュア・サミュエルに見せた。アタナシウスは四つの写本（『イザヤ書』『ハバクク書註解』『共同体の規則』『外典創世記』）を二十四パレスチナポンド（現在の価値で約百ドル）で買い取った。

同じ頃ヘブライ大学考古学教授エレアザル・スケーニクとビンヤミン・マザールも、ベドウインが続けて発見した三つの写本（『戦いの書』『感謝の詩編』『イザヤ書断片』）をカンドーが入手したことを知り、危険を冒してベツレヘムに赴きそれを買い取った。この段階でスケーニクはアタナシウスが四つの写本を所有することを知る。スケーニクとマザールはアタナシウスに接触し写本の購入を図ったが話はまとまらなかった。

一方、アタナシウスは第三者の評価によって写本の真価を知るため、アメリカ・オリエント学研究所の研究者ジョン・トレヴァーに写本を見せる。トレヴァーはそれを写真に撮った。一九四八年、第一次中東戦争が勃発したため、アタナシウスは安全のため写本をレバノンのベイルートに移し、その後アメリカに移して各地の大学や博物館に買い取りを打診した。しかし、本物かどうかわからないという点と、もし本物だとすれば国宝級のもので所有権をめぐって国家間のトラブルの招来が予想されるという二つの理由で、各施設は購入には積極的に動かなかった。

最終的にアタナシウスは、一九五四年六月一日、ウォール・ストリート・ジャーナル紙に写本売り出しの広告を出した。写本は匿名の購入者によって二十五万USドル（現在の価格で二百万ドル以上）で購入された。匿名の購入者とは、イスラエル政府の意を受けたマザール教授とスケーニク教授の息子イガエル・ヤディンである。こうしてイスラエルは最初の七つの写本を入手することに成功した。まるでスパイ小説のように面白い。

最初に出土した七つの写本は、パレスティナ考古学博物館（ロックフェラー博物館）に入れられた。この博物館は当時、フランス・アメリカ・イギリスの各国政府が共同運営していた。

ところが、一九六一年、ヨルダンが自国の財産であると宣言し、六六年、考古学博物館も国有化した。イスラエルは六七年の第三次中東戦争の後、死海文書を回収、イスラエル博物館内に新設した死海写本館に移した。ヨルダンは今も死海文書返還要求を繰り返しているという。

死海文書の研究は、委任統治領時代にイギリスが設立したヨルダン考古局の長官ジェラルド・ランカスター・ハーディングがクムランの洞窟探索を企画、エルサレム・フランス聖書考古学学院所長、ドミニコ会司祭ロラン・ドゥ・ヴォーを誘い、二人の指揮のもと、アメリカ・オリエント学研究所も調査に加わった。

ベドウィンもさらに探索を続けた。「死海文書」の研究は特定の教派によらない超教派によって行われることになった。第三洞窟では銅の巻物も見つかったが、巻物に記された財宝は発見されていない。研究の成果は『ユダの荒野の発見物』略称ＤＪＤ四十巻としてオックスフォード大学出版局から出版された。ＤＪＤの刊行は、ヘブライ大学エマニュエル・トーヴの下で劇的に進行し、二〇〇九年、作業は終了した。

こうして聖書テクストが時代を経てどれほど変遷しているかが確認できるようになり、第二神殿時代のユダヤ教の実情に光が当てられることになった。

『死海文書』は誰が書いたのか。様々な説があるが、もっともよく知られ広く支持されてきた学説は、クムラン教団と考え、クムラン教団を古代ユダヤ教のグループ、エッセネ派の共同体と見なす説である。文書が発見された最初期からスケーニクは、エッセネ派と死海文書を結びつけていたし、ドゥ・ヴォーも、クムラン遺跡の発掘によって、クムラン教団＝エッセネ派＝死海文書の書き手という説に至った。『死海文書』が最初に発見されてから丸一年後の一九四八年四月十二日付の『ザ・タイムズ』も、「古代文書パレスティナで発見される」という見出しの記事を掲載した。

「イェール大学は昨日、『イザヤ書』の現存する最古の写本がパレスティナで発見されたと発表した。（中略）同大学においては他の三巻の古代ヘブライ語の巻物が調査された。ひとつは、『ハバクク書』の注釈であり、第二のものは、ある比較的ほとんど知られていないセクト（宗派）ないしは修道団、恐らくはエッセネ派の訓練のマニュアル（手引き）であるらしい。第三の巻物はまだ確定されていない。」

『死海文書』とエッセネ派とのかかわりに言及されている。この説によれば、エッセネ派の共同体によって死海文書が記され、ユダヤ戦争時の紀元六六年〜六八年頃に戦火を避けてクムラン周辺の洞窟に隠されたことになる。しかし、クムラン遺跡では、文書類は一切発見されていないという。にもかかわらず死海文書の著者をクムランのエッセネ派とする説が支持されてきたのには理由がある。

第一は、死海文書の共同体規則に書かれた入門者の受け入れの儀式が、エッセネ派の入門式との共通点が多いこと、さらに共同体規則にメンバーが財産を共有すると書かれていることもエッセネ派の特徴と合致している。この二点はいずれもフラウィウス・ヨセフスの著作（『ユダヤ戦記』二巻）で言及されている。

第二に、ヒルベト・クムランの遺跡からインク壺と低い机が発見され、ここで写本の作成を行《おこな》った可能性があること。またユダヤ人の使う儀式用の浴槽も、クムラン遺跡の住民がユダヤ人であった証左となった。

第三に、一世紀のローマの著述家プリニウスも、死海の北西岸にエッセネ派の共同体があったと記していること。

プリニウスは、紀元後七九年にヴェスヴィオ火山の噴火を実地に見ようとして窒息死したと伝えられるが、その著書『博物誌』第五巻にエッセネ派に関する記載があり、紀元後六八年のエルサレムの略奪に言及しているばかりか、エッセネ派が存在していた場所を地理的に位置づけ、死海の岸辺と特定している。ドゥ・ヴォー神父も、プリニウスの記述がクムランを指していると解釈した。

エッセネ派に関する古人の記述の主なものは、アレクサンドリアのフィロンの『ユダヤ人の弁明』、フラウィウス・ヨセフスの『ユダヤ戦記』、『ユダヤ古代誌』、プリニウスの『博物誌』などで、彼らは、エッセネ派を第一世紀のユダヤ教の一セクトと考えている。プリニウスは、エッセネ派を独身主義の隠遁者たちで、クムランと解される地域に「棕櫚だけを仲間として」住んでいた者たちとし、ヨセフスは、プリニウスの解釈をさらに詳しく展開し、フィロンもそれに呼応する。ヨセフスによれば、エッセネ派は快楽を悪として斥け、節制を重んじ、激情におぼれて徳を棄てることはない。彼らは結婚を重く見ず、一切を共同で所有し、仲間に加わる者は私的所有を放棄する義務があったという。ヨセフスの叙述は、一つの事柄を例外として、以後二千年にわたり、エッセネ派に関する通俗的イメージを形成する源となった。

死海文書の著者をクムラン教団と想定しながらも、クムラン教団はエッセネ派ではないとみる立場もある。クムラン教団の正体に関して近年最も注目された説は「クムラン教団＝サドカイ派」説であるという。死海文書に含まれる暦がサドカイ派の暦であることなどを理由としている。その他ユダヤ教分派説やエルサレム由来説などもある。

こうしてエッセネ派とは、当時すでによく知られていた人々――平和主義で、禁欲的、独身主義、一般の諸問題、とりわけ政治的諸問題には関わらなかった者たち――と確定され説得力のある事実として承認された。

その存在について誰ひとり知るもののなかった「死海写本」、甕の中にあった羊皮紙の巻物は、まもなく、それが最古の旧約聖書であり、第二神殿時代の本物の写本であると確認され、その後の調査により、さらに多くの羊皮紙の巻物の断片や珍しい銅の巻物、イザヤ書の完全な写本なども次々に発見された。

人々がクムランに居住した期間は、紀元前一五〇年から紀元後六八年までの間とされる。都会の誘惑から遠く離れ、身体的かつ精神的隠遁の場所を求めて、死海の静かな水辺を見下ろすこの石灰岩の台地が選ばれたのであろう。彼らはここで、預言者イザヤの言葉〈イザヤ書四〇―三〉を解釈しながら救世主を待ち望んだのかもしれない。

クムラン居住区は一九五一年から一九五六年にかけて発掘された。クムラン共同体の内部には倉庫と作業所もあり、食堂に隣接した台所からはおびただしい数の陶器が出てきた。中央集会所を囲むようにして洗濯場、陶工作業所、写経室があり、写本家はこの写経室で鞣《なめ》した羊皮に古代の写本を書き写したと考えられる。青銅や粘土製のインク壺、カーボンとゴムを混ぜて作ったインク、先端を細く削った葦のペンなどが、それらの作業を物語る。完成した写本は、点検されたのち巻物にされ麻布に包まれて土器の中に収められた。

発見された資料は聖書本文とは限らない。中には、結婚規約やさまざまな規約を記したものもあったらしい。死海と空の碧青を背に、褐色の広大な砂漠の中にクムラン遺跡が屹立し、死海写本が収められていた洞窟がある。その威容に圧倒される。幅広い十数段の石段の下には洗礼場もあった。人々が、不自由な籠城生活のなかでも熱心に信仰を守った跡なのか。クムラン居住区の人々が居住地をローマ軍によって掠奪され、貴重な写本を洞穴の中に隠したのは、エルサレム崩壊の直前、六八年頃と伝えられる。その遺産は、死海地方の異常に乾燥した気候によって二千年もの間無事に守られ、発見された写本は、現在、立派な〈死海文書館〉に収められている。ただ、洞穴の中の甕以上に保存に適した場所はないそうである。立派な文書館での保存状態は洞穴のなかでのそれに劣ると聞く。

しかし、あの把えがたい神秘的なクムランの居住者とは正確なところ誰であったのか、誰が彼らの共同体を設立したのか、誰が彼らの聖なるテクストを転写し貯蔵したのか、そして、歴史の舞台から消えていったのは誰なのか。彼らは本当にエッセネ派だったのであろうか。

イギリスの作家M・ベイジェントとR・リーの『死海文書の謎』は、「学問といかがわしさがこれほど奇怪に合体した書物を想像することは難しい」(ノートルダム大学教授J・ヴァンダーカム)とか、「学術的にはまったく意味のないもの」と酷評されている。しかし、視点を変えてみればなかなか示唆的な書物である。『死海文書の謎』によれば、学者たちの〈合意〉の見解には、多くの矛盾が存在するという。いくつかの例を示すと、エッセネ派は独身主義的であったとされるが、クムランで発掘されたもののなかには女性や子供の墓があること、死海文書のどこにも「エッセネ派」という言葉が見られないこと、古典的著者たちが記述するエッセネ派の平和主義的性格と、クムランの遺跡に存在する、明らかに軍事的な性格をもつ防衛のための塔や極端に武術的な『戦争の巻物』に見られる好戦的特徴などである。筆者はその詳細を解き明かすだけの専門的知識を持たないが、次のように要約できると思う。つまり、古典的著者たち(ヨセフス、フィロン、プリニウス)のエッセネ派に関する記述は、考古学という外的証拠及びテクスト自体の内的証拠によって明かされた共同体の生活、思想のいずれにも合致せず、クムランの遺跡や死海文書から得られる証言ともかけ離れている。クムランそのものから得られる内的および外的証拠は、彼らの叙述とは矛盾した証拠を語りかけている、ということである。

もう一つ、前掲書には興味深い指摘があった。『戦争の巻物』などによって例証されるクムランのテクストの好戦的性格とゼロテ党について述べられていることには多くの共通点があることから、クムラン共同体はゼロテ党であったのではないかという主張である。ここから先は、私が介入出来る問題ではない。

なお、二人の作家は、『レンヌ・ル・シャトーの謎』(『ダヴィンチ・コード』の原案)も出版してカトリック教会の陰謀論を展開している。


クムランのレストランで昼食を摂る。大きな鍋に米・じゃがいも・野菜・鶏肉などを重ねて蒸す料理。蒸し上がると、目の前でまるごとひっくり返して見せてくれる。無事、大盆の上にひっくり返せて一同拍手喝采。新鮮な柘榴ジュースといっしょに味わう。

バスはふたたび高い岩山と紺碧の海、そしてナツメ椰子の間を走り、いよいよ聖書ゆかりの地ガリラヤ湖に向かう。途中でエリコと書かれた標識を見つけた。オックスフォードにもエリコという街があるが、ここからとられたものだろう。「ナツメ椰子の町」として知られるエリコはヨルダン平原に位置し、一年を通じて陽光と清水が溢れる常緑のオアシスである。ヨルダンを渡ったイスラエルの民がヨシュアに率いられて最初に征服したのがこのエリコであった。冬も温暖で、野菜や果物、水の豊かなエリコは、かつて「富者たちの冬の保養地」としてヘロデ大王やローマの支配者たちの別荘地であった。エリコを見下ろす山にはカランタル修道院が建っていて、これはイエスが四十日間断食をしながら荒野で過ごし、サタンの試練にあった場所を記念している。

右手に無人の長方形の建物が林立している。ヨルダン兵の元宿舎で、ヨルダン政府は返却された宿舎の受取を拒否しつづけているとか。イスラエル、ヨルダン間の国境はヨルダン川である。

国境沿いの道を左折し、ナザレに向かう七十一号線に入る。このあたりは湖沼地帯でギルボアの泉で潤う緑豊かな土地である。ナザレはイエスの両親マリアとヨセフの故郷であり、エジプトから帰った彼らは再びこの地に住んだ。イエス自身に関しては、ここで少年時代を過ごしたこと以外ほとんど知られていない。ナザレの人々はイエスの新しい教えを拒み、彼を殺そうとさえした。受胎告知教会に行く。マリアが天使からイエスの誕生を告げられたという場所に、ビザンティン時代と十字軍時代の教会跡があった。一九六〇年代にフランシスコ派がその上に建てたのが、印象的な外観を持つ受胎告知教会である。バスを降りて上り坂の道を十分近く歩く。ナザレは、予想とは違い、村というよりはステンドグラスの似合う都市といった感じが意外だった。人口が増加して入りきれない人々が、近くに新ナザレという街を造っていると聞く。同じ敷地内にある「聖ヨセフの教会」は、イエスの家族の質素な住居跡とされる洞窟の上に建っている。大工であったヨセフの仕事場であったともいわれる。

故郷の人々から拒まれたイエスが、他に受け入れられる土地を求めて行ったという、ナザレに近い小さな村をたずねた。イエスの最初の奇跡の舞台となったカナである。新約聖書には、この村で婚礼に招かれたイエスが、水を葡萄酒に変えるという奇跡を行《おこな》ったと記される。このことを記念する二つの教会（ギリシャ正教とフランシスコ派）が夕闇の空に浮かぶ。ここでも坂道を五分ほど歩く。疲労のせいか、二、三分といわれたのがより長く感じられる。帰りのバスに乗ったのは、すでに五時四十分。ようやくホテルに到着。今夜のホテルは英国の病院を改装したホテル・スコッツ。ライトアップされ青い光に包まれて、なかなか美しいホテルである。この旅で最も快適なホテルといえる。外壁や中庭、室内などすべて過剰な装飾や家具類がなく、疲れた体に心地よい休息を与えてくれる。テーブルの上にはウェルカム・ドリンクと甘すぎないクッキー。夕食前にガリラヤ湖畔を散歩。夕闇が迫り、あたりには静寂の気がただよっている。ホテルの周りの照明が適度の明るさを醸し、夜の闇に溶け込んでいく。夕食は今夜もバイキングだけれど、特別の豪華さである。ふだんあまり野菜を食べない私が、その新鮮さについ箸が進み、食事が、三分の二以上、野菜という変則的なものになっている。ずっとここに住めば、ダイエットを心がける必要もなく理想的な体型になれるかも。

五日目　十一月二十二日

昨夜は暗くてよく見えなかったが、スコッツ・ホテルはガリラヤ湖西岸の町ティベリアに位置している。ティベリアは、ヘロデ・アンティパスが建て、ローマ皇帝ティベリウスに因んで名づけられた。エルサレム崩壊後、ユダヤ社会の中心部はガリラヤ地方へ移り、ティベリアにはユダヤ教学府が置かれた。タルムード（ユダヤ教で、モーセの律法に対して、まだ成文化せず十数世紀にわたって口伝された習慣律をラビ達が集大成したもの）やミシュナー（その本文）はここで編纂されたという。

スコッツ・ホテルの朝食は超豪華版である。といっても肉や魚が出るわけでなく、野菜、果物、乳製品の種類と量と新鮮さにおいてだが。

ホテルを出てガリラヤ湖西岸を北上し、小高い丘に向かう。祝福の丘とも呼ばれる。ガリラヤ湖を一望する教会があり、山上の垂訓が語られた場所とされている。八角形の教会の各辺はそれぞれ「八つの祝福」に捧げられ、イエスが弟子たちの中から十二使徒を選んだ場所でもある。入り口にはペットの立ち入りや飲酒、喫煙などの禁止を示す標識があり、なかには、銃の持ち込み禁止もある。いかにもイスラエルらしい。教会の回廊を一周する。周りには樹木、芝生には小さな花々が咲き乱れ、遠くにアルベル山が見える。眼下には青く静かなガリラヤ湖が広がり、珍しい色のブーゲンビリアが巨木の上で美を競っている。

ここからふたたびバスに乗ってガリラヤ湖西岸を北上する。まもなく、ひときわ美しく肥沃なゲノサレ平原に出る。このあたりにはミグダルという村があり、そこはマグダラのマリアの里とよばれ、彼女がイエスと出会った場所とされている。さらに北上して、タブハに着く。この村は、ギリシャ語で「七つの泉」を意味し、イエスが五つのパンと二匹の魚で群衆を養った奇跡の舞台と伝えられる。イエスの奇跡に因んだパンと魚の増加教会を訪ねる。ベネディクト派の様式で、平庭と池の周りを回廊が取り囲む。ビザンティン時代のパンと魚を描いたモザイク画の栞を数葉求める。

ガリラヤ湖畔には歴史的遺跡が多い。北岸の道路沿いにある漁夫の村カペナウムもその一つである。ナザレを後にしたイエスは、このカペナウムを拠点としてシナゴーグで教え、人々を癒し伝道活動を行った。癒された人の中にはペテロの姑や百卒長の僕《しもべ》もいた。カペナウム発掘によって、美しい彫刻が施された白い石灰岩の建物が現れた。それは、一世紀ごろのシナゴーグ跡の玄武岩の上に建てられた四世紀のシナゴーグで、周囲の質素な黒玄武岩の住居跡と対をなしている。白い石灰岩の床に猫がうずくまってじっとこちらをうかがっている。茶と黒の縞模様、胸から首、顎から鼻にかけて白い毛並みで、なかなかの器量よしである。猫は警戒心を見せるどころか、日本人何するものぞ、モデルになってやるさ、といった不敵な顔で私のカメラに悠然とおさまった。イスラエルには猫が多い。

昼食はレストランMannaにて。トマトのスープ、聖ペテロの魚、なつめやし、コーヒー、紅茶、水。聖ペテロの魚については興味津々であったが、まずその大きさに圧倒される。おおまかにいえば、石鯛に似た体長三十センチ近い魚を塩焼きにしたのが一人一匹ずつ。日本人なら三人前くらいの量である。

食後、イスラエルで発達した独特の共同社会体キブツを訪問。広い敷地に牛小屋や搾乳場、宿舎、防空壕が至る所にある。一九四八年から六七年まで、このあたりはシリア軍の標的となり、毎日のように爆撃に脅かされていたという。防空壕の中は、かつて第二次世界大戦当時、日本にもあったものとは比べ物にならないほど広く、卓球台もあった。驚いたことに、ドイツから移民としてやってきた音楽愛好家たちが始めた恒例の春の音楽祭は、戦争の最中にも一度として途絶えることなく続いていたそうである。〈ブラック・ノート〉という映画で見た、ナチスから逃れたユダヤ人女性が匿われていたのも、このような場所であったのだろうか。ナチスが勢力を拡大していくなかで、暴力と略取の嵐が世界中に吹き荒れていた時代、ナチスに私財を奪われ家族を皆殺しにされて、ドイツ軍に潜入し抵抗運動に入ったユダヤ人女性の、身を賭した凄まじい体験の物語であった。

ガリラヤ東岸へはエン・ゲブから遊覧船が出ていて、イエスが歩いて渡ったという水の上を、今、巡礼者たちは船で横断している。ヨルダン川のヨルダンとは、ヘブライ語で「下降」を意味する語から来ていて、その名の通りヘルモン山の麓から死海まで下っている。この曲がりくねった流れの源泉はダン、バニヤス、そして常緑林に囲まれたハツバニなどで、一挙にガリラヤ湖、ユダの荒野を経て世界一を誇る低地帯へと注がれていく。洗礼者ヨハネがイエスに洗礼を授けたのはこのヨルダン川である。世界中からやって来た巡礼者たちが、ガリラヤ湖とヨルダン川の分岐点ヤルデニートの水に浸っている。熱心な信者たちは聖書に記された通りここで洗礼を受けるのである。かつて、イスラエルの民はヨルダン川を渡って約束の地に入った。

ガリラヤ湖北西部にあるツファットは緑豊かな山の上に築かれ、十六世紀に始まったユダヤ神秘思想「カバラ」発祥の地である。宗教裁判とスペイン追放令の後に強まったメシア待望の思想に衝撃を受け、メロン山にあるラビ・シモン・バル・ヨハイの墓にひきつけられたラビ、アシュケナジー・ルリオの率いる一派がここに新しい思想を打ち立てた。ここは、精神的指導者たちの墓やシナゴーグも多く、ツファットを訪れる宗教家は多い。

夕食はホテルにてシャバット（安息日）の豪華なバイキング。食べきれないほどのご馳走が並ぶ。

六日目　十一月二十三日

少し早く起きてホテルからガリラヤ湖の朝日を見る。裏庭にあるブランコを見つけ、同じツアーの姉妹ふたりと私の三人で童心に帰ってブランコこぎ。このような刻を過ごすのは何年振りであろうか。貴重なひととき。朝食を告げる鐘の音が透明な空気の中に響きわたり、湖の彼方に吸い込まれていく。今朝もたっぷりのフルーツと野菜の食事。

聖ヨハネ騎士団の要塞跡が残る要塞都市アッコーへ。これまでずっと見え隠れしていたガリラヤ湖に別れを告げて、バスはイスラエルの北部を横断する道路へと西に曲がる。四千年の歴史を誇るアッコーは、古代、重要な港であった。アレキサンダー大王、マイモニデス（ユダヤの哲学者・医師、ユダヤ教神学の合理的体系を確立。一一三五〜一二〇四）、ナポレオンもこの地を支配したという。この町は、一九一八年からのイギリスの委任統治領を経て、一九四八年の独立宣言により大きく発展してきた。古いものと新しいものが入り混じり、多くのユダヤ人と少数のアラブ人が友好的に暮らしている。緑の丸屋根と鉛筆のように尖った高い尖塔をもつ大モスクは、アッコーを代表する建物で、二百年前にエル・ジャザールによって建てられた。モスクの向かい側にあるトルコ時代の要塞の地下には、十字軍の主力だったヨハネ騎士団の遺構や地下刑務所など、大規模な町の跡がある。〝騎士のホール〟ではコンサートが開かれ地下劇場の雰囲気が味わえる。かつて砂漠を行く隊商たちが宿泊したという隊商宿、オリエンタル・バザールや港、旧市街の城壁、大砲、聖ヨハネ地下聖堂など、馬を繋いだ金具まで今もそのまま残されている。

アッコーから地中海沿いに南下してハイファに向かう。途中、一見してがらんどうのコンクリート壁が続く。ガイドの山崎さんに聞くと、アラブ人の家だという。イスラムではローン（借金）は禁止されているため、蓄財の後にあるだけのお金で工事をし、そのままお金が貯まるまで待って、貯まった額に応じてまた工事をする。そういうわけで、工事途中で放置されたかのように見える、がらんどうの空き家には、れっきとした持ち主が存在するのである。よくホームレスが住み着かないものだ。バスの通り道にはいくつも同じようなコンクリートの建物があり、一目でアラブの町とわかる。今日はシャバットの日。自転車やバイクで走る若者のグループが多い。車にはねられる事故が多いとのこと。この日は列車もバスもすべて夜の七時まで運休である。

ハイファはイスラエル第三の都市で、製油所から電子工学まであらゆる工業の中心となっている。カルメル山からの眺望はすばらしく、現代的な賑わいを見せる港や世界遺産バハイ教寺院の建物などが展望できる。バハイ寺院は世界第二位の信徒をもつバハイ教の本部で、奇跡と科学、科学的判断を信じるといわれ、美しい庭園や、ペルシャ生まれのバハイ教教祖の墓などがある。

さらに南に下ると、イエスの時代にローマ総督府があり、使徒パウロがローマに向かって出航した港町カイザリアがある。ヘロデ大王が、友人であり師でもあったカイザル（皇帝）アウグストゥスに因んで名づけたとか。いくつかの遺跡はヘロデ時代のもので、遠隔地からカイザリアに水を引いた導水橋や神殿跡、円形劇場が発掘されている。修復された円形劇場は、国内外のアーティストによる盛大なコンサートや演劇のホールとして用いられている。海に向かって突き出した岬の神殿跡から、地中海の紺碧と白い波頭を一望する素晴らしい景観を堪能した。

カイザリアは二千年前のヘロデ王の遺跡であるとともに、ローマ時代は政治の中心地であった。ポンティウス・ピラトの名が記された文書や、使徒パウロがここの牢獄に拘留されていたことを示すものなどが遺されている。六六年に起きた対ローマのユダヤ大反乱は、カイザリアのシナゴーグでの論争がきっかけであった。また、一三二年のバル・コホボの反乱でも、十人のユダヤ教指導者たちがここに留置され、拷問を受けた後、処刑された。この乱はハドリアヌス帝によって鎮圧され、以後ユダヤ人の中心地はガリラヤに移る。

ビザンティン時代、統治の中心地であったカイザリアは、その後、イスラム教徒や十字軍の侵入によって徹底的に破壊された。多くの海岸都市と同じ運命にさらされたのである。

岩場の上に建つ神殿跡を散歩していると、柔和で優しい目をした中年の女性が話しかけてきた。イスラエル人らしい。どうせ複雑なことは話せないし、どこから来たとか、ここが気に入っているかぐらいの会話だったが、言葉を交わすことは人の心を結ぶのに最も有効な方法だと思う。イスラエル女性と私は、微笑みながら握手をして別れた。


夕刻、いよいよ黄金の都エルサレムに着く。本日よりエルサレム中心地のホテル・インバルに三連泊。出発以来はじめての三連泊で、ほっとした私たちに突然の難事がふりかかった。チェック・インが出来ないという。あたりを見回すと、ハシディスム派の長い黒コート、黒いスーツに黒の山高帽、豊かな口髭に揉み上げからゆらゆら揺れる毛を伸ばした男たちが、ホテルのホールに屯しているのが目立つ。シャバットの日はすべての労働が禁じられているので、飛行機や船、列車、バス、タクシーなど、すべての交通機関は営業休止である。彼らはそれを口実に、前日から宿泊したまま、チェック・オフの時間を超えても退去せず居座っているのである。添乗員の交渉でようやく七室だけ確保できた。体力のない疲れ切った者だけが先にチェック・インすることになり、余力のある希望者は、夕暮れのエルサレム旧市街へと散歩に出た。

ここで、図らずも、宗教上の慣習とはいえ、国際社会の常識と彼らの意識のあいだに大きな齟齬があることを知らされた。何事にも両面がある。彼らユダヤ民族の頑として主張を曲げぬあの態度は今後も続くことだろう。そしてそれゆえに、世界の人々と彼らの間に意識の乖離や誤解を生み、彼らを理解しようとする人々さえも遠ざける原因となることを免れ得ないだろう。流浪と迫害を受け入れつつ、異なる文化の境界線上で生きることによって幅広い視野と知性を培ってきたユダヤ民族は、他民族との共存を誓ってきたものと信じていただけに、極めて遺憾であった。

七日目　十一月二十四日

オリーブ山の頂上近くからエルサレム市街の風景を見る。オリーブやブーゲンビリア、椰子の木をバスの窓越しに見ながら頂上への道を辿る。オリーブ山は旧市街の東の端にある。ユダの荒野とユダ山地との境に聳えるこの山からの景観は素晴らしく、ことに展望台から見る黄昏どきの旧市街の眺めは忘れられない。少なくとも三千年前からオリーブ山と名づけられていたらしく、山の斜面にはオリーブの古木や若木が今も茂っている。

予想外に高度はあると見え、眼下に広がるエルサレム市内の眺望は遥か彼方である。前方に旧市街の城壁が横一列にのび、建物は小さく豆粒のようで、黄金色に光るドームが手前中央に見える。岩のドームだ。数多の帝国や王国の興亡の歴史を刻み、現在もなお存続する都市、エルサレムが醸し出す〝永遠性〟ともいえる雰囲気はどこからきたのか。すべての建物の素材となっている石灰岩の光彩に負うのか。住宅や建造物のすべてに、数百年、数千年前と同じエルサレム・ストーンと呼ばれる石灰岩が用いられている。この山頂は、エルサレムからバビロンまで山伝いに松明の火で新月を知らせる起点となっていた。聖書には度々、オリーブ山のことが記され、また山腹には、イエスのオリーブ山での多くの行いを記念してビザンティン時代からの教会が点在する。

ケデロンの谷にある美しい庭（ゲッセマネの園）に囲まれた教会は「万国民の教会」、またの名をBasilica dell Agonia（苦悶の教会）と呼ばれ、ユダの背信を知り十字架の死を目前にしたイエスが、夜を徹して祈り続けた場所とされる。現在の教会のモザイクの床はビザンティン時代のものを一部併合したもので、正面入口の壁には、神と人間を結ぶイエスを描いた鮮やかなモザイク画がある。ゲッセマネとはヘブライ語で「油絞り」の意で、この広い庭が古代オリーブ油を絞る場所であったことを示している。イスラエル最古のものといわれるオリーブの木を眺めつつゲッセマネの園を巡る。

パレスティナ自治区に向かう。ここは、いやに埃っぽく雑然とした一郭である。巨大なごみ箱があった。二メートル四方、深さも二メートルほどの立方体、蓋なしのごみ箱である。どうやって出すのだろう。横に取出口があるのかなどと考えているうちに、バスはベツレヘムに着いた。イエス生誕教会と聖カタリナ教会を見学。シオンの丘にある最後の晩餐の部屋を覗く。シオニスムの語源であるシオンの丘は、第一神殿時代後期から第二神殿時代まで「上の町」として居住区になっていた。ビザンティン時代、ここに「シオン居住区」ができ、以来この名が残っている。シオンの丘は、エルサレムが分割されていた一九四八年から六七年まで、イスラエル側にあり、隣接する旧市街はヨルダン側であった。ここは神域への絶好の見張り場所であったと思われる。旧約聖書に登場するダビデ王の墓に行く。ユダヤ人にとって、ここでの最も重要な場所と伝えられ、中世以来ユダヤ人巡礼者が必ず訪れたところといわれるが、ダビデ王が実際にここに葬られたという根拠はない。イエスが使徒たちとともに最後の夜を過ごし、種無しパンと葡萄酒を食したと伝えられる最後の晩餐の部屋がある。福音書は「最後の晩餐」を、イエスがパンと葡萄酒をとって、自分の体、自分の血であるといった聖体の秘儀の設定、イエスが自らの受難と死を再度予告する箇所、イスカリオテのユダの離反、ペテロの裏切りを予告する部分と三つに分けて記している。

この日の最後はヴィア・ドロローサ（悲しみの道）。イスラエル行を思い立ったとき、まず思い浮かべた場所だ。ここはイエスが裁きを受け、十字架に架けられ、葬られるまでの最後の行程を示す通りである。通りには十四か所のステーションがあり、新約聖書の記述によるものとその後の伝承によるものがある。そのうち二か所はローマ軍のアントニア要塞の中にあり、九か所は道沿い、後は聖墳墓教会の内部にある。十三世紀に現在のコースが定められて以来、多くの巡礼者たちがこの道を辿ってきた。

ヴィア・ドロローサでもっとも興味深い場所は、歴史的にも宗教的にも重要な遺跡を併合しているシオン女子修道院である。ここはイエスが公判を受けた場所に近く、この石畳にローマ兵が刻みつけたゲームの跡が、イエスの鞭打ちを暗に示しているとされている。紀元後一三五年にハドリアヌス帝が築いた三重の門の一部もこの教会の中にある。通りを隔てたところにある「エッケ・ホモ・アーチ」は、ポンティオス・ピラトが、イエスについて〝この人を見よ〟と言った場所として知られている。と、ここまではイスラエルで買った〈カラーグラフ〉の受け売りである。巡礼客や観光客にとってもっともらしいこのコースが現在のエルサレムの中にあるのは事実だが、ローマから派遣されイエスの裁判から処刑にかかわったユダヤ知事ピラトの官邸の位置さえ確定されず、二つの説があるというのに、現在、当時とは面影を異にしている市中のどこをイエスが通過したのか、それを指摘するのは不可能ではないだろうか。ただ「ゴルゴタ（髑髏）の丘」の位置だけは、考古学者、聖書学者の間で、それほどの異論もなく指定されているという。イエスが最後に連れていかれたエルサレム刑場「ゴルゴタの丘」は、エルサレム城壁の北西にあった。細く頼りなげな木が数本植えられた、岩の多い、小さな丘であった。イエスは二人の囚人と共に肩に横柱を乗せて歩かされた。十字架はその横木だけで四十キロ、全体で七十キロの重さであったという。古い街を走る路は狭く、曲がりくねり、袋小路のようで、両側の家から流れる汚物や羊や驢馬の糞で汚れていた。引き回しは見せしめのためであり、当然人通りの多い道が選ばれたであろうが、その道がどこであったのか確かなことはわからない。そうと教えられた路を辿り、ゴルゴタの丘まで歩くしかない。ゲッセマネ教会からステパノ門を通りぬけ、イエスに有罪の判決が下されたアントニア要塞、鞭打ちと宣告の教会、十字架を背負わされた場所、十字架の重みに三度倒れたところ、ヴェロニカがイエスの顔を拭った角、引き回しの途中、キレネのシモンという男が（イエスの疲労困憊ぶりを見た）ローマ兵士に命じられて十字架を担った地点など、細かな表示がある。時刻は昼、イスラエルの四月の日差しは強く酷しかったはずである。私が訪れたのは十一月、それほどの暑さではなかったが、エルサレムの四月の昼近くの暑さは、日本の六月か七月の上旬に等しいという。一睡もしていなかったイエスは十字架の重みによろめき、幾度も倒れ（倒れた場所の表示は三か所におよぶ）、倒れてはまた、ローマ兵の怒号と鞭に追い立てられて、よろよろとこの道を進んでいったのだろう。現在、この通りは曲がりくねった細い道筋の両側に小さな露店のような店がぎっしり軒を並べている。装飾品、骨董品、刺繍製品、革製品、スカーフのような布地や今もユダヤの男性が頭に載せている浅い半円形の帽子などが並べられ、市場のような雑踏である。ようやくゴルゴタの丘に近づく。コンスタンティヌス皇帝以来、「イエスが処刑された場所」とされている聖墳墓教会が見えてきた。引き回しの情景は聖書には詳細には記されていない。なぜだろうか。遠藤周作『イエスの生涯』によれば、ゲッセマネの園でイエスが逮捕された瞬間から、弟子たちは身の危険を感じて逃亡し、これを目撃していないからだという。刑場に着く。十字架が立っていたとされる岩が聖母マリア像の下に見える。「天使の聖堂」に入り、さらに低い入口をくぐると、イエスの亡骸が三日間安置されていたという墓室がある。奥にある石台は、十字架から降ろされたイエスの体に、葬りの支度がなされた場所とされている。

『イエスの生涯』を読んで気づいたことがある。この日、真昼から午後三時までの蒸し暑い空に、太陽は雲に隠れ、あたりは薄暗くなったが（マタイ、二七－四五）、奇蹟は何一つ起こらなかった。十字架の上で身じろぎもしなかったイエスは突然頭を上げて叫んだ。「主よ、主よ。なんぞ我を見棄てたまうや」。この、イエスが息を引きとる直前の有名な言葉は、詩篇二二篇の初めの一句であるが、私はずっとこの言葉から彼の絶望と哀訴を読み取っていた。しかし、遠藤氏によれば、詩篇二二篇は「主よ、主よ。なんぞ我を見棄てたまうや」という悲しみの訴えから始まり、「我汝のみ名を告げ…汝をほめたたえん」という神の讃歌に転調していくのだという。それゆえ、この詩篇は絶望の詩ではなく、主を讃美する詩だという。そうでなければ、その直後に呟いた詩篇三一篇の「主よ、我が魂をみ手に委ねたてまつる…汝は我をあがなわれたり」という言葉とどうつながっていくのか。三一篇の詩句はまさしく、絶対的信頼をあらわすものであり、直前の絶望の言葉に結びつくとは考えられない、という。

「主よ、主よ。なんぞ我を見棄てたまうや」は絶望の言葉であったのか、それとも絶対的信頼あるいは最後の瞬間を待つ人の祈りであったのか。信仰を持つ者と持たざる者の解釈が分かれるところである。しかし、その詩句は、正確に忠実に解さなければなるまい。

八日目　十一月二十五日

いよいよ今日は、嘆きの壁、西の壁のトンネル、岩のドームを訪ねる日である。これらは旧市街の東南部の一廓に集中して建造されている。旧市街の城壁内の面積は八十五万平方メートル、その三分の一は第二神殿時代後期のものである。現在の城壁は十六世紀のオスマントルコのスレイマン大帝の時代に再建されたもので、城壁には八つの門があり、そのうち一つが開いている。開いている時間は七時半から十時まで、その上、入門できる人数にも制限がある。この日のモーニング・コールは六時、ホテルを七時に出発した。こうして早起きしたおかげで無事に入場を果たせた。

エルサレムとは「平和の町」という意味だそうである。しかし、これほど幾多の戦いが繰り広げられてきた町は、世界に例を見ないのではないだろうか。包囲、征服、破壊、再建が繰り返されたこの町の古代の遺跡は、古の栄光、願い、希望、信仰の証でもある。ダビデ王がエブス人の小さな町を占拠してここに都を築く前から、すでにアブラハムがイサクを燔祭に捧げようとしたモリヤの山は、ユダヤ人の心の中に祭られたエルサレムであった。一千年もの間ここに建っていた神殿は、ユダヤ民族の宗教的、精神的、文化的、社会的中心地であり、彼らは数世紀にわたって次の詩篇を唱え続けているのである。「われらはバビロンのほとりにすわり、シオンを思い出して涙を流した。…エルサレムよ、もしわたしがあなたを忘れるならば、わが右の手を衰えさせてください。」

紀元前七二二年、アッシリアがイスラエルを征服、紀元前五八六年にはバビロニアによってエルサレムが掠奪され、神殿が崩壊する。多くのユダヤ人がバビロニアに捕囚され、民族は離散し千九百年の時が過ぎた。この間に神殿は他宗教の聖所となってしまったが、かつてダビデ王やバビロン捕囚からの帰還者たちがエルサレムに都を置いたように、現代のイスラエル国家建設の折にも国の指導者たちはここを首都と定めた。ユダヤ教の礼拝や儀式はほとんどエルサレムと関連しているからである。

またキリスト教徒にとっても、エルサレムはイエスの生涯の最後と切り離せない場である。

この都でイエスは教え、祈り、捕えられ、十字架に架けられ復活し、そしてここから昇天していった。ここはビザンティン帝国や十字軍に大きな刺激と啓示を与え、数多の教会や修道院、聖堂は、キリスト教徒にとって特別な聖地であることを示している。

さらに回教徒にとってのエルサレムは、マホメットがここから第七の天に上ったといわれるエル・アクサである。エルサレムはメッカ、メディナに次ぐ第三のイスラム教聖地である。エルサレムは聖なる都として数千年にわたって多くの芸術家や詩人、学者たちにインスピレーションを与え続けてきた。

門を入ってすぐの所に広場があり、その向こうに西の壁が見える。千九百年前に神殿が崩壊して以来、ユダヤ人にとって最も聖なる礼拝所となったのは、西の壁である。ここはまた、神殿崩壊の嘆きを表した「嘆きの壁」とも呼ばれる。この西の壁も厳密に言えば神殿そのものの一部ではなく、ヘロデ大王が築いた擁壁の一部だという。この壁の前で、信者もまたそうでない人も、記念撮影をし、秘かな願い事を書きつけた紙片を小さく折りたたんで岩の隙間に押し込んでいく。オバマ大統領もイスラエル訪問の折には紙片を入れた。差し込まれた多くの紙片は、一定の時期に全て取り出されることになっていて、大統領の紙片には〈世界平和〉と書いてあったそうである。添乗員の紫乃さんが、紙とペンを手に熱心に勧めるので、私もしぶしぶ書いた。〈La douce mort〉と。ソロモンが建てた神殿も、第二神殿も今はもう残っていない。捕囚から帰ってきた人々が再建した神殿や、さらにヘロデが一万人の人足を雇って築き上げた当時最大の建物などは何層にも重なっていた筈で、西の壁のトンネルは地下道のようになっている。チャールス・ウォーレンによる発掘で、ヘロデの擁壁の基部があらわれた。さらに「ダビデの町」の発掘を進めると、エルサレムとギボンの泉をつなぐ聖書時代から使われていた地下給水路も見つかった。また、西の壁の南側を発掘すると、ヘロデ時代の下水道を備えた広い通りが現れた。神殿の防人たちが最後の戦いのときに投げ落とした石は、そのままそこに残され、舗道の割れ目は、彼らの必死の戦いの有様を今に留めている。

西の壁の脇にあるハスモン時代の給水トンネルを進むと、シナゴーグがあり、若い女性が聖書を手に一心不乱に祈る姿があった。岩のドーム前の広場に出る。

岩のドームはオマルのドームとも呼ばれるが、それは誤った呼称だという。解説書によれば、オマルはビザンティン人を追放して、ユダヤ教とキリスト教の聖地であったところにイスラム教の簡素な寺院を建てただけで、実は、六九一年、ウマイヤ朝の君主、アブエド・エル・マレクによって建てられたものだとか。イスラム教の言い伝えでは、このドームは、マホメットが昇天したときの足跡が残っている岩の真上に建っているとされている。岩の下には四角い洞穴があり、四隅にはそれぞれアブラハム、ダビデ、ソロモン、天使ガブリエルの名を持つ祈りの場所がある。この建物は十字軍時代には聖堂騎士団の司令部ともなっていた。十六世紀にスレイマン大帝がアルメニアの職人に作らせたコーランの句入りの彩色タイルが、金色のドームと鮮やかなコントラストをなしている。その前で腰を二つに折り頭を地面につけて熱心に祈りを捧げているのは、敬虔なイスラム教徒の群れである。

そこからオスカー・シンドラーの墓に行く。昼食はイスラエル博物館にて。イスラエル風前菜が多種多彩に並べられている。ローストビーフ、チキンパプリカ炒め、ローストポテトなど。コーヒー、ミントティー、レモネード、水。

イスラエル博物館はイスラエル文化遺産の宝庫である。クムランの洞窟から発見された死海写本も見学。中は暗く、弱い照明を頼りに一巡するのはなかなか疲れる。ヤド・バシェムではナチス・ドイツによるホロコーストの展示を見学。以前訪ねた、ポーランドのアウシュビッツ、ビルケナウの二つの強制収容所の方が衝撃は大きかった。より身近な家族を亡くした遺族としては、あまりに残酷な映像は避けたい気分の表われと考えるべきか。建物の出口は、三角形の空間に向かい緩やかに上昇する坂道になっていて、希望への道を象徴している。

夕食は、昔の駅を改装したレストラン街にて。旅も終わりに近づき、今日はお別れディナー。旅行社のつけで乾杯！

イタリアンの前菜とメインディッシュは三種類から選択。モロッコ風チキンを選ぶ。ハンバーガーか鱸のグリルにするべきであったと悔やむ。

九日目　十一月二十六日

鶏鳴教会を訪ねる。正面に向かって左手に、イエスが歩いたといわれる階段が残っている。人の手が加わらぬ不揃いな四角い石の階段。下り坂のすり減った石の階段が数段つづく。教会の建物はローズ色の煉瓦と白い石で造られた素朴な形で、一九三一年に大祭司カヤパの官邸跡とされる場所に建てられた。ペトロの離反の予告が成就したことを記念している(「鶏が鳴くまでに、あなたは三度わたしのことを知らないと言うだろう」ヨハネ、マタイ、ルカによる福音書)。ゲッセマネで捕えられたイエスはここに連れてこられ、一晩留置された後、裁判を受けた。ここからは、第一、第二神殿時代およびビザンティン時代の遺跡が発掘されている。

洗礼者ヨハネゆかりのエン・カレム(葡萄畑の泉の意)へ。エン・カレムは、洗礼者ヨハネの家族が住んでいた「山里のユダの町」(ルカ、一)と伝えられる地で、ヨハネの生家、聖母マリアが訪れたヨハネの母エリザベツの家など、ヨハネにかかわるものが点在する。エルサレムのはずれにあるこの村は、さながら絵のように美しく、当時の雰囲気を今に伝えている。聖ヨハネ教会にて、蝋燭に火を灯し帰国の安全を祈る。

ここにはヘブライ大学付属ハダッサ病院という特別な施設がある。一九四八年のエルサレム分割により、一九六一年ハダッサ病院は、エン・カレムに移された。何が特別なのかといえば、この病院は宗教、人種の枠を超え、イスラエルに住む人々のすべてを無料で受け入れていることである。病院の優れた医療技術を知って、はるばる外国から治療を受けにくる人も少なくない。大学病院として、薬学部、歯学部、看護学部も併設している。とりわけ有名なのは、フランスのユダヤ人画家マルク・シャガールによる作品「イスラエル十二部族」のステンドグラスが飾られた病院内のシナゴーグである。ステンドグラスの窓には、それぞれ後にイスラエル十二部族の祖先となったヤコブの十二人の息子たちが描かれ、ヤコブが死を前に息子たちを祝福した場面（創世記四十九章）が、象徴的に表現されている。

この後、イスラエル最大の都市テルアビブへ。テルアビブの名は、テオドール・ヘルツェルの著書「アルト・ノイランド（古くて新しい国）」をヘブライ語（春の丘）にいいかえたもので、祖国への回帰を表している。ここは現代イスラエルで最初にできたユダヤ人の街であり、商工業、貿易、政治経済を動かす中心地である。また文化活動においても、世界的に有名なイスラエル・フィルハーモニーや多くの劇団の根拠地である。街の大通りを歩いていくと、二十世紀バウハウスの流れをくむ世界遺産のホワイトシティの家々が現れた。それらの建物は、一つとして同じものはなく、それぞれに様々な趣向が凝らされていて、いつまでも見飽きることがない。

ゆるやかな坂道を登ると、オスマン朝時代の街並みが美しいヤッフォに行きつく。石畳の道やドーム状の門、石造りの階段が目に留まる。突然、砲丸のようなものにぶつかりそうになった。前方、道の真ん中に、直径六十センチはあろうかと思われる大きな球形の石塊が太い針金で吊るされ、上部からかなり大きな樹が空に向かって伸びている。〈アート〉と記されている。

奇抜な発想である。また、イスラエル大理石の石壁には、ヴェネティアン・ブルーの陶板焼きがかかっていて、あまりの美しさに近寄ってみると、それは表札であった。ブルーの地に線描きの羊の絵と横書きの文字が刻まれている。アートのようだ。

海に面した通りに出て、地中海を臨む。砂浜に素朴な彫刻が施された石の門がある。棕櫚の木と紺碧の海。地中海沿いのレストランで昼食をとった。レストランの名前は〈老人と海〉。たくさんの前菜、イカと海老のフライ、アラブの甘いお菓子、コーヒー、ティー、水。ここで食べた新鮮なイカや海老の味を、私たちは生涯忘れないだろう。これまでも、これからも、おそらく味わえないであろう味。みんな、何度もお代わりをして「おいしい」を連発した。そして、地中海の海老とイカの新鮮さ、甘さを堪能した。

空港に行く途中でカルメル市場に立ち寄る。新鮮な野菜、果物、そして豆類、ドライ・フルーツが山積された光景もこれで見納め。最後に柘榴ジュースの飲み納めをした。

テルアビブ空港では、ふたたび大仕事が私たちを待っていた。出国の手続きである。前夜、紫乃さんから出発の際に聞いた以上にシビアな注意を聞かされている。今回も無闇に英語など口にしないこと。係員から問いかけられたら名前や国籍、入国目的、荷物の数など要領よく答えること。入国目的は観光ということ。買った品物を聞かれ提示を求められたら、堂々と見せること。怪しまれないため。買ったものの申告？　普段旅の途中ではほとんど買い物はしないが、はて何を買ったやら…と、急に心配になる。荷物を調べる物々しい装置が二つもあり、私は無事通過したが、同じグループの三、四人は、中を開けて調べられていた。これでもとてもスムーズに行った方だとか。幸いその後は、何事もなく最後の質問と荷物の検査を終え無事帰国の途へ。

二十一時二十分、トルコ航空にてテルアビブからイスタンブールへ。

十日目　十一月二十七日

イスタンブール空港で乗り継ぎ、零時五十分関西空港に向けて出発。

紫乃さんのメモより―

乾いた大地、果てしなく続くネゲヴの砂漠
長い年月が創りあげた渓谷、クレーター、地球の芸術
海抜マイナス四百メートル　死海に浮遊
聖書の足跡を辿り　イエス・キリストの道を往く

（2013・11）

——ビザンティンの旅

ビザンティンとかビザンツという名前を知ったのはいつ頃だったろう。ラヴェンナの聖ヴィターレ教会で、ユスティニアヌス一世とテオドラのモザイク壁画を観たときか、いや、もっと前だ。いったい、それがどのようなものなのか、何の知識もなく心の片隅に引っかかっていることが多い。ビザンティンの旅に出ようとして、概略を調べる。

ビザンティン帝国の歴史は、いつ始まったのか。一般には、コンスタンティヌスがボスポロス海峡の岸辺で帝国の新都を荘厳に祝った三三〇年五月一一日を出発点とし、帝国最後の皇帝が城頭での戦闘に倒れ、トルコ軍が市内に突入した一四五三年五月二九日を終着点とする。異教の帝国がキリスト教の帝国となり、首都ローマがコンスタンティノポリスに優位を奪われたときが、コンスタンティヌス（大帝、在位三二四～三三七年）の治世とビザンティン史の開幕を告げるものであるとしても、ローマ史とビザンティン史の間に明確な断絶があるわけではない。帝国の統一を取り戻そうとしたユスティニアヌスが失敗するまでの三世紀近くの間も、ビザンティン史はローマ史の継続のように見える。この間に、蛮族の侵攻に脅かされたギリシアとローマの遺産は徐々にビュザンティオンに移され、周辺の国々からの強い影響を受けてビザンティン帝国の基盤となるさまざまな性格を受容した。二世紀の素晴らしい〈パクス・ロマーナ〉の時代（五賢帝の時代、九六～一八〇年）が終わったのち、帝国には危うく破滅に陥りかねない時期があった。継承の規則が欠如していたためである。国内では、兵士たちの恣意的暴動によって皇帝たちの擁立や廃位が絶え間なく繰り返され、国の外でも、ハドリアヌスが国境線に沿って築いた広大な防壁が蛮族の攻撃で粉砕され、イタリア全土が脅かされていた。経済的危機は、商業の停滞、農地の荒廃、あるいは放棄、租税の収納不能、貨幣価値の下落にあらわれた。宗教的道徳的には、アウグストゥスが復活を図ったラテン風の異教がかなり以前から受け入れられなくなり、東方の宗教や迷信が帝国中に伝播し、奇妙な信仰や奇怪な典礼が併存し混同されていた。

コンスタンティヌス以前のローマ帝国が異教の帝国であり、コンスタンティヌス以後の帝国がキリスト教帝国となったことが歴史上重要な事実であるとしても、それはまた最も複雑な問題の一つでもある。コンスタンティヌスとキリスト教の関係で最も重要とされていた文書は、教会史家エウセビオス（二六四頃〜三三九）の『コンスタンティヌス大帝伝』であったが、この伝記の大部分はもっと後の時代のものである（P．ルメルル『ビザンツ帝国史』以下『帝国史』と表記）。たとえば、ミルウィウス橋におけるマクセンティウスとの戦闘に先立って見られたという幻影である。「汝これにて勝利を得ん」という言葉とともに空中に現れた眩い十字架、「この印を盾にせよ」と命じたコンスタンティヌスのキリスト教への回心と勝利の話は、『コンスタンティヌス大帝伝』には載っているが、同時代のいかなる文書の中にも見当たらないという。フランスの著名なビザンツ学者ポール・ルメルルは、この幻影に関する部分はすべて正典外で、著者の手によるものではないとして、キリスト教の勝利という象徴的な意義をこの決戦に認める歴史解釈に疑問を投げかけている。

コンスタンティヌスは、はじめ異教徒であり、太陽崇拝の信奉者であった。ガリアのある神殿で、コンスタンティヌスの前にアポロンが勝利の女神に伴われ、月桂樹の王冠を携えて現れたが、その王冠の内側には、コンスタンティヌスに長期の治世を約束すると解した印が付されていた。このときから彼は熱心な太陽神信奉者になったという。のちに発見された貨幣がその証拠であり、同じ貨幣に並んだコンスタンティヌスと太陽神（アポロン）の肖像がそれを物語っている。

一方で、コンスタンティヌスには何の関わりもなく、帝国におけるキリスト教徒の状態は変わろうとしていた。三一一年にはガレリウスが真の寛容令を下す（『帝国史』）。この勅令は、キリスト教が承認されること、キリスト教徒は秩序を乱しさえしなければ集会を開く権利を有することを宣言していた。キリスト教を承認する勅令を最初に出したのは、コンスタンティヌスではなくガレリウスということになる。

コンスタンティヌスとはどのような人物であったのだろうか。

コンスタンティヌスは、二七〇年代前半に、下層農民出身の軍人コンスタンティウス（のち一世）の長男としてナイッススで生まれ、小アジア生まれの熱心なキリスト教徒であった母ヘレナから大きな影響を受けて育った。その運命は、二九三年、父コンスタンティウスがディオクレティアヌス帝（在位二八四～三〇五）によって帝国西北部を担当する副帝（カエサル）に任命されたとき、大きく変わった。

ディオクレティアヌスは、コンスタンティヌスのすぐ前の皇帝というだけでなく、帝国の救済に不可欠な二つの問題――領土の防衛と帝位継承の規則化――を解決した人物として知られる。帝国の広大な領域をただ一人の皇帝で守るのは不可能と考えた皇帝は、マクシミアヌスを《アウグストゥス》（正帝）として西方の防衛を託し、みずからは東方の防衛に当たった。さらにディオクレティアヌスは、二九三年、二人の正帝に、二人のカエサル（副帝）ガレリウスおよびコンスタンティウス一世を任命し、二頭政治を四帝統治制（テトラルキア）に変えた。それまで帝国に欠けていた継承に関する法規範が与えられたのである。ディオクレティアヌスが構築した分轄統治体制テトラルキアは、三世紀に頻繁に生じた帝国内での反乱を未然に防ぐと同時に、外部からの攻撃に対しても、迅速・効率的に対処することを可能にするために作られたと解されている。

しかし、これまでの政治システムと比べて、テトラルキアの仕組みに原理的に顕著な改革があったわけではなく、継承に関する法規範が定められただけで、新しいものは何もなかった。東の正帝ディオクレティアヌス帝がすべてをとり決め、他の三名は正帝の決めたことを執行する代理人に過ぎず、姻戚関係による権力体制にも何の変化もなかった。ディオクレティアヌスの娘が副帝ガレリウスと結婚し、コンスタンティウス一世が西の正帝マクシミアヌスの養女テオドラを二度目の妻とした事実を見れば明らかである。その結果、コンスタンティヌスの母ヘレナは離縁され、彼自身も人質のようにディオクレティアヌスやガレリウスの下で働かされた。いわば犠牲者である。

三〇五年、ディオクレティアヌスは自ら皇帝位を退き、マクシミアヌスも退位させた。マクシミアヌスを帝国に関与させるに当たって、この制度がうまく機能するように、自分が譲位する場合はマクシミアヌスも譲位すべしという条件を設けていたのである。東の正帝には副帝のガレリウスが昇格し、副帝にはマクシミヌス・ダイアと呼ばれる士官が迎えられると、コンスタンティヌスの父コンスタンティウス一世も副帝から西方の正帝となり、副帝にはセウェルスが任じられた。帝国の西半分、特にガリア（現在のフランスを中心とする地域）とライン境地域、ブリテン島が管轄区域である。コンスタンティウス一世は、まもなくブリテン島北部に遠征し、コンスタンティヌスもガレリウスの下を逃れ、この遠征軍に参加した。

この遠征中の三〇六年、コンスタンティウス一世は、ブリテン島北部の町エボラクム（現ヨーク市）で死去する。本来、テトラルキアの仕組みでは、副帝セウェルスが昇格して西方の正帝になるはずであったが、ブリテン島の軍隊は、亡き皇帝の息子コンスタンティヌスを、父と同じ正帝と宣言した。東の正帝ガレリウスは、この事態を認めず、西の正帝に副帝セウェルスを昇格させ、コンスタンティヌスは副帝とした。しかし、ガレリウスの処置は、厄介な事態を招いた。先に退位していたマクシミアヌス帝の息子マクセンティウスが皇帝と宣言されたばかりか、退位したはずのマクシミアヌスまでが復権を求めて活動を再開した。もはやテトラルキアは機能していなかった。

東の正帝ガレリウスはこの事態の解決に苦しみ、譲位したディオクレティアヌスを招いて協議したが、混乱は収まらなかった。翌三一一年、マクセンティウスとコンスタンティヌス間の緊張が急速に高まるなか、東の正帝ガレリウスは世を去る。その時点で帝国には、正帝を主張する者が四人もいた。リキニウス（西方が混乱に陥っていたとき、ガレリウスによって西方の正帝に任じられながら、東方に留まっていた）とコンスタンティヌス、東方のマクシミヌス・ダイア正帝、ローマ市で帝位を僭称するマクセンティウスである。

リキニウスとコンスタンティヌス、マクシミヌス・ダイアとマクセンティウスという対立の構図が明確になった三一二年、コンスタンティヌスはイタリアに侵入し、マクセンティウス軍と戦う。ミルウィウス橋の戦いである。敵軍の倍以上の兵力を擁していたにもかかわらず、マクセンティウスは短時間のうちに敗れ、勝者コンスタンティヌスは、ローマ帝国の西半分の支配権を手に入れた。

翌年、コンスタンティヌスはリキニウスと北イタリアのミラノで会談し、キリスト教を公認することを取り決めた。リキニウスは、会談後すぐにマクシミヌス・ダイアを破り、ローマ帝国の東半分を支配下に入れる。会談にしたがい、キリスト教を公認するミラノ勅令が公布されたが、まもなくリキニウスはキリスト教徒の迫害を行うようになり、コンスタンティヌスとの関係は悪化、三二四年にはアドリアノポリスの戦いで両者は激突し、コンスタンティヌスが勝利して単独皇帝となる。

こうして、コンスタンティヌスは帝国唯一の皇帝として残った。すでに三人の息子が副帝に任じられ、皇帝の権力を再び統合するとともに世襲制を設けていた。テトラルキアは、その一かけらも残っていなかった。

キリスト教徒としてのコンスタンティヌスの奇妙に複雑な姿は、「行動において力強く、実践道徳に関する措置において毅然としていた」にもかかわらず、「優柔不断で影響を受けやすく」、「判断を下した事柄をいつまでも考え直す傾向にあった」（A．ピガニオル）という点によく示されている。果敢な判断力と稀に見る実行力を持つ人物でありながら、粗暴な面が彼の欠点であったとも伝えられる。最初の結婚で得た長男クリスプスは、三一七年に副帝に任じられ、順調に後継者として成長し、リキニウスとの戦いでも艦隊を率い有能な指揮官として父親の勝利に貢献した。そのクリスプスを、コンスタンティヌスは三二六年春、突如処刑し、第一の帝位継承者をみずから葬り去った。続いて、その年の夏には二人目の妻ファウスタを処刑している。この陰惨な事件についてはいくつかの伝承がある。クリスプスが義母ファウスタに関係を迫ったとの讒訴を信じて、公正な調査もせぬまま処刑したが、まもなく、ファウスタの方がクリスプスを誘惑しようとして拒絶されたので讒訴したという真相を知り、激怒した大帝は蒸気の部屋に妻を閉じ込めて殺したという。他にも、自分の息子たちの帝位継承をねらったファウスタがクリスプスを陥れようとしたとか、大帝の母でクリスプスの祖母であるヘレナが、孫のために復讐を企てたといった話もある。

コンスタンティヌスのキリスト教への改宗と支援は、ミルウィウス橋の決戦の話を基に伝えられることが多く、しばしば、キリスト教の勝利を表すものとして象徴的な意味を持つとされてきた。しかし、この解釈は、むしろ、三二四年のアドリアノポリスの戦いにあてはまるという（「キリスト教徒を弾圧するリキニウス帝とキリスト教徒を支援するコンスタンティヌスの戦い」

南川高志『新・ローマ帝国衰亡史』）。マクセンティウスは、「キリスト教徒迫害に熱心だったわけでなく、キリスト教に理解を示した統治家であった」し、アドリアノポリスの戦いこそ、コンスタンティヌスにとって、ミラノ勅令発布後、キリスト教徒迫害を行うようになったリキニウス帝との、単独皇帝としての帝位をかけた決戦であった。

キリスト教の伝承は、翌年の三一三年をミラノの勅令が下された年として重要視し、この勅令がコンスタンティヌスの回心の目覚ましい証拠とする。しかし、ルメルルは、三一二年にコンスタンティヌスがキリスト教信者であったということを確証するものは何もなく、「ミラノの勅令と呼ばれているものがキリスト教を認めたというのは誤りである」（『帝国史』）という。古銭学に基づいた研究でも、コンスタンティヌスがはっきりとキリスト教に傾いたのは三二〇年以降であり、三二四年のハドリアノポリスでのリキニウスに対する勝利の後も、キリスト教を公式の宗教として押しつけず、各人は自由に自分の信仰に従うことができると宣言している（同）。ルメルルの説によれば、コンスタンティヌスの回心とキリスト教のかかわりはそれほど単純ではなさそうだ。

キリスト教の信条にまつわる経緯にも揺らぎがある。単独皇帝となった翌年の三二五年、キリスト教の宗教論争に介入し、ニカイア（現トルコのイズニク）公会議を招集した。そこで、父なる神と子なるイエスは同質とする信条（ニカイア信条）を採択して、アリウスの唱える、子が父に従属するとする学説を退け異端とし、彼を流刑にした。しかし、その後コンスタンティヌスはアリウスの学説に接近し、この学説を採るニコメディアのエウセビオスの影響を受け、三三五年にはアリウスの追放処分を解除している。死の床で皇帝に洗礼を施したのも、このエウセビオスであった。以後、東のローマ皇帝の宮廷ではアリウス派が強い力を持ち、ニカイア信条を説くアタナシウスは五度にわたって追放処分を受けている。

アリウス派という名称は三世紀にシリアに発し、四世紀にアレクサンドリアの司祭アリウスによって広められた一つの教義を指している。アリウスは、三位一体を成す三つの人格が平等であるとは認めず、「父」と「神」は永遠であるが、「子」は「父」の創造物として、キリストの神性を間接的に否定した。アリウス破門の決定は、一つの教会会議で確認されたにもかかわらず、次の教会会議では破棄され、この争いによって東方のキリスト教全体が分裂した。コンスタンティヌスは対立を和解させるため、ニカイアで最初の世界公会議を開き、主教たちが一つの文章に同意し、署名した。これが《ニカイアの信条》である。ここで、「子」は「父」と同質であると宣言された。三位一体の教義が初めて正確に表現されただけでなく、初めて皇帝の権力が教義の問題に介入したことになる。ただ、この介入は、ルメルルも認めるように、「帝国の重要な歯車の一つとなったキリスト教会の内部の平和と秩序を維持すること」が目的であったらしい。確かなことは、彼が一部のキリスト教徒が示そうとしているような〈一途な〉キリスト教徒ではなかったということである。彼がキリスト教に行きついたのは、徐々に、一連の事情によってであった。

単独皇帝になったコンスタンティヌスの関心は帝国の東に傾き、ビュザンティオンが将来の帝都となるよう設備を整え始める。ローマ世界は、すでにローマという一つの首都を持っていたというのに、何故彼はローマを離れたのであろうか。

コンスタンティノポリスは、新しい用地に建てられた新しい都市ではなく、マルマラ海と金閣湾という広大な自然港の間に突き出た三角形の半島の突端には、すでにビュザンティオンという古い植民市があった。ビュザンティオンは、ヨーロッパとアジアの接点にあり、古代から麦の輸送路であったボスポロス海峡という通商の要地に位置し、長きにわたって繁栄してきた。コンスタンティヌスは、そこに新しい都を建造し教会などを建て、自らコンスタンティノポリスと名づける。コンスタンティヌスが「天才の閃き」(ルメルル)によってビュザンティオンを選択したのは、三二四年、リキニウスに対する勝利によって東方を手にしたときである。この選択には、戦略的、経済的、政治的な配慮があった。戦略的配慮からいえば、当時、帝国に加えられていた最大の脅威は、ゴート人とペルシア人によるものであったが、ローマは二つの舞台からあまりに遠く隔たっていた。それに対して、難攻不落の要塞コンスタンティノポリスは、北と東の蛮族に対する海陸両方からの出撃基地として、この上なく有益な地点にあった。経済的配慮からすれば、海峡の通行の自由を維持し、地中海と黒海沿岸、ヨーロッパとアジア間の通商を確保するのに必要不可欠の場である。また政治的見地からしても、二世紀にすでに歴然としていたイタリアの頽廃は加速する一方で、ローマは古い特権に固執するばかりの死せる都であり、対する東方ギリシア世界は、その富と文明によって生気ある一角となっていた。ディオクレティアヌスがみずから東方の防衛に当たり、マクシミアヌスに西方の防衛を託したとき、すでに、ギリシア的東方に、ラテン的西方への優位が認められていたと考えられる。多くの大都市は、新しい都市を飾るために芸術作品や記念建造物の柱や彫刻品を剥ぎ取られた。有力者たちには新しい邸宅が提供され、人民たちには、ローマで行われていたように、一年分の糧食支給の制度が設けられ小麦が無料で配布された。コンスタンティノポリスが文字通りの首都となる一方、ローマは見放され忘れ去られて、過去の栄光にすがるだけで何の益もなく空疎な行事を繰り返していた。救いがたいほどに頽廃しきっていたラテン的西方と、活気にあふれるギリシア的東方との対立が浮かび上がる。コンスタンティノポリス建設は、ラテン世界に対する東方的なヘレニズムの勝利の証であるとともに、「ビュザンティオン文明」という新しい文明の出発点を示すものであった。

ローマは、波浪のごとき蛮族の侵略のもとに滅亡への一途を辿っていた。アラブ人による征服が間近に迫り、西方では、古代文化のすべての遺産が、ローマ市とともに消滅する危険に曝されていた。そのとき、新しい都市が、残存していたギリシア・ラテン文化のすべてを集結し、それらをコンスタンティノポリスに引き寄せた。新たな都市は、その力と富と威光によってこれらの遺産を守り歴史に留めた。コンスタンティヌスのもっとも偉大な功績は、最適の時機に帝国の首都を移すことによって、これまでのローマ帝国の歴史的文化遺産のすべてを救い得たことにある。

古代ギリシア人は、その文明形成に際して、先進的なオリエントから多大な影響を受け、自分たちをヘレネスと呼び、それに対して他の集団はバルバロイと呼んでいた。最初、その呼称に軽蔑の意味は含まれていなかったが、ペルシア戦争を経験したギリシア人の意識のなかに、オリエントは「敵」であり、「他者」であるという認識が芽生え、ペルシア人は「野蛮」で「女々しい」異民族となった。ローマ人も同様の認識を継承し、ローマ帝国の政治を担う人々にとって、ペルシアこそ真の「敵」となり、「他者」となった。

ローマ国家をすべて手に入れたコンスタンティヌス大帝にとって、偉大な統治者に相応しい功業はペルシア討伐であった。三三六年から始まったペルシアの攻撃的行動に対応すべく、翌三三七年、大帝はコンスタンティノポリスを出発するが、病を得て、間もなくニコメディアで死を迎えた。大帝は死の床で、アリウス派の司教エウセビオスによってキリスト教的な儀式を受けた。史家エウトロピウスの記述や貨幣の銘から、「大帝がそれまでのローマ皇帝たちと同様に、死後に神格化されてローマの国家神（ディウス）の列に加えられた」（南川高志『新・ローマ帝国衰亡史』）ことが知られている。大帝は、公的には「キリスト教徒皇帝」ではなく、実際には、洗礼を受けることを死の直前まで延ばしていたのである。

コンスタンティヌスの性格の複雑さは、後継者問題にもあらわれている。大帝には帝位継承者として三人の男子が存在したにもかかわらず、さらに別の親族をも帝国統治の重要な地位に就けていた。別の親族とは、父コンスタンティウス一世が二度目の妻テオドラから得た子供たちとその子孫で、二人の異母弟ユリウス・コンスタンティウスとフラウィウス・ダルマティウス、さらにダルマティウスの二人の息子たちである。これら多くの親族を皇帝権力に近い地位につけた皇帝の意図は、何であったのか。タキトゥスのいうように、「多くの後ろ盾で自分を守ろうとした」のであろうか。

大帝が周到な後継者対策を講じていたことが、予期せざる惨劇を引き起した。葬儀が終わり、大帝のローマ帝国は、三人の息子たちによって分割統治されることになるが、三正帝誕生に至るまでの時期に惨劇が起こる。軍隊が大帝の親族らを襲い殺害してしまったのである。殺害されたのは、大帝の異母弟ユリウス・コンスタンティウスとフラウィウス・ダルマティウス、そして、その息子、小ダルマティウスとハンニバリアヌスであり、いずれも高い地位に就けられ、息子たちには副帝の称号が与えられていた。親族のうち、二人の男子だけが生き残った。ユリウス・コンスタンティウスの息子ガルスとユリアヌスである。二人は異母兄弟で、このとき、ガルスは十一、二歳、ユリアヌスは六歳であった。虐殺を免れた理由としては、ガルスは病弱、ユリアヌスはあまりに幼かったことが挙げられる。この暴動については、誰の指示で、何を理由になされたのか、十分な経緯や背景を決定づけることは難しい。彼らが何らかの陰謀の犠牲になったという見方は当時から存在し、陰謀の首謀者としては、継承のために最も精力的に動いたコンスタンティウス二世が疑われた。生き残ったユリアヌスや史家アンミウス、ゾシモスは、犯人はコンスタンティウス二世と明記しているが、コンスタンティウス二世は当時まだ二十歳に過ぎなかったことを考えて、主導者としては、おそらくコンスタンティウス二世の周辺の人物であろうといわれている。この惨劇のために、皇帝は頼りうる人材をすべて失い、官僚や宦官の力にすがって政治を行うことになった。南川氏は、この事件が、「後に顕在化する官僚・宦官政治が始まる起点になった」（同）と指摘している。

三皇帝の分担は、二十一歳の長兄コンスタンティヌス二世が帝国西部のガリア、スペイン、ブリテン島を、二十歳の次兄コンスタンティウス二世はローマ帝国の中で最も豊かではあるがペルシア戦線に臨む危機をはらむ帝国東部を統治し、十代半ばの末弟コンスタンスが帝国中央にあたるイタリアとアフリカ北岸、ドナウ沿岸のイリュリクムを領有していた。

しかし、大帝死後わずかの期間に息子たちの間で争いが起きる。先ず、領土分割に不満を持つ長兄コンスタンティヌス二世が、三四〇年、アルプスを越え末弟コンスタンスの領土に侵入、北イタリアの都市アクィレイア付近で両軍は対峙し、コンスタンティヌス二世は敗北して戦死、遺体はアルサ川に投棄された。これによって、帝国は西半分をコンスタンス、東半分をコンスタンティウス二世が統治することになった。

やがて三五〇年、コンスタンスの領土ガリアで反乱が起き、反乱軍はコンスタンスを捕えて殺害し、マグネンティウスを皇帝とした。大帝の息子としてただ一人生き残ったコンスタンティウス二世に選択肢は多くなかった。弟が殺害され、父帝から受け継いだ領土を簒奪者に奪われたのである。ペルシア戦線を離れ西に向かい、弟の領土を奪い返して大帝の帝国全土を完全に掌握する他に道はない。三五一年九月、コンスタンティウス二世とマグネンティウスの両軍は、属州パンノニアのムルサ（現クロアチアのオシエク）で対決したが決着はつかず、さらに数度の戦いの後、三五三年、敗れたマグネンティウスの自殺によって反乱は終息した。

皇位を継承したコンスタンティウス二世は、メディオラヌム（現ミラノ）を宮廷所在地と定めた。統治に当たった皇帝の最初の施策は、マグネンティウスに忠誠を誓った者の捜索と処罰である。その手先になったのは、のちに「鎖のパウルス」と呼ばれ、無辜の人々をも罠にかけて陥れ、魔女狩りのごとき迫害をした官僚であった。コンスタンティウス二世のガリアにおける支持基盤を組織する上で、この人物の行動が大きな障害となったことは否定できない。マグネンティウスの残党狩りの過程で、在地の人々の恨みを買ったといわれる。

同時代を生きた史家アンミアヌス・マルケリヌスは、コンスタンティウス二世を「病的といってよいほどに、猜疑心が強く疑り深い人物」と描いている（『歴史』）。その性格は、帝国統治全般に及び、厳格さは、宗教面でより歴然とあらわれ、キリスト教の定着を図るあまり、異教の神殿を閉鎖し神々への供犠行為を禁止した。

異教とは、一神教であるキリスト教からみる他の宗教を示し、特にギリシア・ローマ社会に伝統的に受け継がれてきた多神教の神々を信仰する宗教を指した。人間味あふれる神々が登場する神話が知られている一方、人が神々と交信するために、動物を生贄に捧げてその血を祭壇に注ぎ、肉を焼く供犠行為が儀式として求められる。ローマ帝国の社会では、古来の神々の神殿は単に宗教施設であるばかりか、民衆の生活に密着した文化や娯楽、商いの場であったが、コンスタンティウス二世は、神殿を閉鎖させ、供犠と偶像崇拝を行ったものは処刑し、その財産を没収した。異教ばかりか、同じキリスト教のなかでも、自らが支持するアリウス派以外の信条は認めず、三位一体説を主張するアタナシウスを追放刑に処した。ローマ社会は次第に精神面での寛容さを失っていく。

コンスタンティウス二世は戦争や巡行が多かったため、移動の多い皇帝の政府は、官僚や宦官によって動かされ、重要事項は元老院議員を加えた皇帝顧問会議で決定された。皇帝は強い権力者ではあったが、広大な帝国を単独で統治することは至難の業であり、結果的に、官僚や宦官、一部の有力な元老院議員に頼っていた。後期ローマ帝国は皇帝独裁の専制主義国家といわれるが、実際は皇帝側近による独裁国家であった。

虐殺を免れた大帝の親族、大帝の異母弟ユリウス・コンスタンティウスの遺児たちはどのような扱いを受けていたのだろうか。単独皇帝コンスタンティウスは、年長のガルスを副帝として東方領に派遣していた。しかし、ガルスと皇帝が送った部下との対立が激しくなり、ガルスを北イタリアに呼ぶべく、新しい道長官を送ったところ、道長官は、ガルスに忠誠を誓う軍隊によって殺害されてしまう。ガルスは皇帝の召喚命令に従ってイタリアに向かうが、三五四年の十月イタリアに近づいたあたりで逮捕され、副帝位を剥奪され、かつてコンスタンティヌス大帝が長子クリスプスを処刑したと同じ場所で、皇帝の部下を殺した罪で処刑された。

翌年、ガリアのアグリッピネンシス（現ドイツのケルン）で皇帝に対する叛乱が起き、すぐに制圧されたものの、ガルスを処刑した後、東方統治に向かわねばならない皇帝には、ガリアの状況が気懸りであった。東に向かうに際して、自ら信認する人々を民政・軍政両面に配置し、さらに皇帝権力の存在を示すために、唯一残された親族ユリアヌスをガリアに送る。それは、ユリアヌスにとってこの上なく不運なことであった。

ユリアヌスは、三三一年、ガルスと同じくユリウス・コンスタンティウスの子として生まれた。ガルスの異母弟である。母バシリナは、小アジアの貴族の娘であったが、ユリアヌスが幼い頃に他界し、父も軍の暴動によって殺され、異母兄ガルスと二人きりの孤児となった。幼少年時代はガルスとも離され、母方の祖母から贈られた小アジアの北西部、ピテュニアの所領で過ごした。ここでユリアヌスは母の教育係であった宦官のマルドニオスからホメロスやヘシオドスなど古代ギリシアの文学を学ぶ。また、コンスタンティヌス大帝晩年に大きな影響力を持った司教のエウセビオスの教育を受けたことも記録に残るが、ユリアヌス自身はそのことにま

った く言及していない。

その後三四二年、ガルスとともにカッパドキアのマケルムに移され、ここで六年間を過ごす。エウセビオスの死去により監督係がいなくなったので、皇帝を憎んでいるかも知れない兄弟を東方に隔離したとの説もある。マケルムでの生活は隔離、監禁に等しいものであったという。三四八年、二人はコンスタンティノポリスに戻され、ユリアヌスは比較的自由に古代ギリシアの文芸や哲学を学ぶことができた。名高い修辞学者リバニウスの講義録を取り寄せ勉学に励むうち、彼の心は次第にキリスト教信仰から離れていく。

ガルス処刑の影響はユリアヌスに及び、ガルスの死後ミラノに召喚された。ユリアヌスの危機的状況を救ったのは皇帝の妃エウセビアである。ユリアヌスに好意を示し、皇帝に遺された唯一の男性親族としてユリアヌスを庇護しようとした。辻邦生の小説『背教者ユリアヌス』は、両者の間に恋愛関係を設定し、小説の主軸としてこの時期のユリアヌスの状況を詳しく描いている。

アテネ遊学を許されたユリアヌスは、ギリシアの文芸や新プラトン主義哲学に親しみ、太古以来の神秘的礼拝の儀式にも参加し、その秘儀にも与った。このままアテネで学問に励む日々が許されたなら、文芸や哲学を愛するユリアヌスに、まったく別の未来が開けていたに違いない。しかし、ペルシアに向かうコンスタンティウス二世には、帝国西半分を統治する皇帝の代理が必要であった。三五五年一一月、皇帝は、遊学中のユリアヌスをギリシアから呼び寄せ副帝とし、妹ヘレナと結婚させる。ユリアヌス二十四歳、ヘレナはユリアヌスより年長であった。文学と哲学に親しみ、政治や軍事から切り離されて過ごしてきた年若い皇族は、突如、激烈な戦闘が続く辺境属州ガリアへと送り出されたのである。ユリアヌスは後にこう記している。

「その地はその頃ひどく乱れた状態にあった。…私は軍の指揮官として派遣されたのではなく、ガリアに駐屯する将軍たちの部下として送られたのである。彼らは…敵と同じくらい私を見張るように命じられていた。私が叛乱を起こしたりするのではないかと恐れていたからである」(『アテナイの人々への手紙』)。

哲学者エウナビオスが書き残した『哲学者およびソフィスト列伝』も、ユリアヌスのガリアへの派遣は、皇帝の周辺が企てた陰謀であると記している。

「ユリアヌスは副帝としてガリアに派遣された。これは、かの地の人々を統治することだけが目的ではなく、ユリアヌスが皇帝の職務を果たしている間に非業の最期を遂げる、というのが狙いだった」。

ユリアヌス自身が前面に出てくるのは三五七年からである。皇帝が、東方のペルシア王シャープール二世の攻勢に一層悩まされるようになった時期と重なる。猜疑心の強い皇帝も、帝国西半については、ユリアヌスや将軍に委ねるしかなかったのであろう。指揮官としての真価が問われる戦いは、現在のフランスのドイツ国境に近いアルザス地方、ストラスブール郊外で行われた。敵アラマンニ族の軍が、兵力の点で圧倒的に優勢であったにもかかわらず、ローマ軍は勝利を収め、兵士たちはユリアヌスを「アウグストゥス」（正帝陛下）と歓呼した。この戦いの後も、ユリアヌスはさらに敵対する部族に攻勢をかけ、パリに設けた根拠地に入るまで攻囲しては降伏させ、帝国軍の援助になるようフランク族の兵士を皇帝のもとへ送った。従来の皇帝たちのように、貢納金によって休戦を贖うことはせず、もっぱら軍事行動で威圧した。コンスタンティウス二世に捧げた『頌詩』では、叛乱を起こしたシルウァヌスが蛮族に金銭を払って安全を買ったと述べ、『アテナイの人々への手紙』では、コンスタンティウス二世自身を「蛮族」に対して柔弱で、戦うことよりも交渉によって金銭を払うことを好む、と批判している。もはや物静かな哲学青年の面影は見られない。ラインを越え「蛮族」の捕虜になっていた二万人の人々を救い、数多の町や砦を回復した。若き副帝は、アラマンニ族との厳しい戦闘を経て有能な指揮官として育っていく。しかし、妥協を知らぬかにみえるユリアヌスの軍事行動は単に好戦的と解すべきでなく、ローマ領、とりわけガリア地方に安寧を取り戻し人々の共生を図るための努力であった。民政でも記録に残る改革を行い、人頭税と土地税として課せられていた標準額を七十二パーセントも削減して税負担を軽くするとともに、ガリア出身の人材や詩文の才によって活躍できる者を帝国政府に登用した。

副帝ユリアヌスが任地の人々の信頼と期待を得、ガリアが皇帝権力と結びつこうとしていたとき、ユリアヌスの努力を無にしかねない命令が東方から届く。ササン朝ペルシアのシャーブール二世がローマの支配圏に侵攻し、ティグリス川源流に近いアルメニア南西部の町ディヤルバクルを包囲攻撃して破壊した。コンスタンティウス二世は、ユリアヌスに援軍を要請し、ブリテン島とパリにあった四つのユリアヌス直属宮廷軍補助部隊など六百名を送るように求めた。その数は、ユリアヌスの兵力の半分か三分の二に当たり、ユリアヌスにとって極めて厳しい内容であったが、副帝は、あえて命令に従いパリに軍を集めて出発させることを受け入れた。皇帝は当然のこととして、援軍を待つことなくコンスタンティノポリスを出発し東方に向かう。しかし、東方への移動を命じられた部隊には、多数のガリア出身者がいた。兵士たちの間には、苛酷な命令を下す皇帝に対する不満と怒りが広がり、ユリアヌスを正帝と宣言し、皇帝に反抗するクーデタを起こした。ユリアヌスの生涯を語る上で最も劇的なこの事件には、二つの解釈がある。一つは、ユリアヌスに同情的な史家アンミアヌスなどの記述による、ユリアヌスの立場が受動的で兵士たちに無理強いされてやむを得ず帝位を引き受けたとする解釈、もう一つは、それとは全く異なる歴史像で、ユリアヌスが主導的役割を果たしたという解釈である。パリでのクーデタは、道長官と騎兵長官の不在を狙ってユリアヌスの側近らがたてた計画的陰謀であるとされるが、正確なところはわからない。しかし、ユリアヌスは、兵士の前で正帝の位に就くことを受諾した後も、直ちにコンスタンティウス二世との戦いの準備を始めたわけでなく、ガリアの政情維持に努めていた。

その態度が急変したのは、皇帝があくまでユリアヌスを副帝として留め、ガリアの政情を受け入れないとわかってからである。このとき、すでに、皇后エウセビアも妻ヘレナも他界し、皇帝とユリアヌスの間の義兄弟の繋がりは失われていた。まもなく、ユリアヌスは、かつて父や兄弟が殺害されて孤児となった事件、コンスタンティノポリスで生じた軍の暴動の首謀者が、コンスタンティウス二世であったことを公然と表明するようになる。さらに、三六〇年一一月、副帝即位五周年をガリア南部ヴィエンヌで祝う式典では、これまでの質素な身なりを改め、皇帝の衣装であらわれ、あらゆる宗教の信仰を認める寛容令を出した。異教復興を目指す「背教者」ユリアヌスの出現である。「背教者」とは、キリスト教側から見た呼称であり、ユリアヌスがキリスト教と同時にギリシアの異教のなかで教育されて育ち洗礼を受けていたにもかかわらず、教会はのちに彼の名に「背教者」という形容詞を結びつけた。彼もまた、心からキリスト教徒であったことはなかった。キリスト教が自己の優越性を誇る一神教であったことと関わっている。ユリアヌスはすべての宗教を認める立場であったが、古代ギリシアの文芸や哲学を学ぶうちに、ギリシア・ローマ風宗教（異教）に親しむようになっていた。伝統的なギリシア・ローマ風宗教の復活を試みたユリアヌスは、キリスト教会側からは「背教者」と見なされたのである。

皇帝との対決を決断してからのユリアヌスの行動は、誰にも予想できなかった俊敏さを発揮する。軍隊を三つに分け、二隊は陸路東を目指し、自らは三千人の精鋭とともにドナウ川を一気に下って、さらに東へと進んだ。ユリアヌスの軍隊には、ガリア出身の兵士が多く含まれていた。皇帝の命令には逆らって東に向かうことを拒否した兵士たちが、ユリアヌスの政権の樹立のために従軍した。マグネンティウスの支持者狩りを強行し、ガリアやブリテン島の人々を粛正したコンスタンティウス二世に対する怒りが、ユリアヌスを支持する大きな力となった。ユリアヌスも『アテナイの人々への手紙』では、コンスタンティウス二世を父や兄の仇とみなしているばかりか、コンスタンティヌス大帝を古来の法と慣習の破壊者と記している。ユリアヌスは、ここに積年の想いを書き記すとともに、みずからの異教信仰を明らかにし、その復興の意思を告げたのである。

しかし、コンスタンティウス二世とユリアヌスの対決は実現しなかった。ペルシアから西に向かった皇帝は、小アジアを移動中、南東部キリキア地方で病に倒れ死に至った。ユリアヌスは戦うことなく、市民たちの歓迎の嵐の中をコンスタンティノポリスに入る。カルケドンに法廷が開かれ、宦官エウセビオスや鎖のパウルスら、前政権で高位の職にあった者は死刑や追放刑に処された。注目すべきは、ユリアヌス自身はこの法廷から距離を置き、裁判官のほとんどがガリア以来の部下で構成されていたことである。新皇帝は、ガリア時代と同じく、財務や税制に対する改革を行い、前時代に暗躍した書記官や宦官、大量のスパイを追放し、制度を悪用する官僚たちを厳しく取り締まった。ローマ皇帝政府のようなキリスト教徒の迫害は行わなかったが、キリスト教に対する従来のような特別な好意的援助は廃止した。すべての宗教を公平に扱い信仰の自由を認め、ユダヤ人のためにもイェルサレムの神殿を再建しようとした。剣でなく、ペンで、キリスト教徒の誤りを正そうと懸命の努力をした。ルメルルはこう記す。「ユリアヌスの異教は高尚なものであって、キリスト教徒たちが告発して満足していた卑俗な迷信とはかけ離れたものであった」（『帝国史』）。

しかし、純粋で思弁的な彼の宗教信条は、終生、他の異教徒に理解されることはなかった。シリアの中心都市アンティオキアの有力市民との厳しい対立関係は、さらにユリアヌスの孤立を深めた。ここは、ヘレニズム時代から土着の文化とギリシア文化が混在し、異教の神殿・神域があり、師と仰いだ修辞学者リバニオスが住むギリシア文化の拠点であっただけに、ユリアヌスの失望と孤独感は一層大きかったに違いない。

ユリアヌス自身、有力者たちを理解することができなかった。伝統宗教の復興を目指すあまり、犠牲獣を捧げて神々と交信する儀式を重視しこれを実行しようとしたが、市民たちは祝祭の宴会と演劇でそれを果たそうとした。

また、景勝地ダフネのアポロン神の神域には、かつて神託を求める参詣者で賑わったカスタリアの泉があった。この泉を復興しようと考えたユリアヌスは、兄ガルスが副帝時代に殉教者バビュラスに捧げた神域内のお堂を移転するように命じた。しかし、再建中のアポロン神の神殿は放火とみられる火災によって焼失する。激怒した皇帝は、アンティオキアの教会を閉鎖し祭具を没収した。

皇帝のこの行動は、キリスト教徒ばかりか、キリスト教徒以外の人々の反発をも招いた。ユリアヌスが、ガリアの統治を委ねていたサルティウスの忠告も聞き入れずペルシアへの遠征を決断したのは、アンティオキアで深まった失望と孤独感が大きく作用したのであろうか。ユリアヌスのローマ軍は、各地で砦を占拠しつつ、ユーフラテス、ティグリス河を渡って侵攻したが、やがてペルシア軍の攻撃を前に退却を繰り返さざるを得なくなる。ティグリス河畔マランガの戦闘で、ペルシア兵の槍に斃れたユリアヌスは、皇帝旗に包まれてメソポタミアの砂漠へと消えていくのである。

文芸をこよなく愛しながら、不本意な方向に運命を捻じ曲げられた哲学青年に、意義深い政策を遂行するに足る時間は与えられなかった。治世はわずか一年八か月、その政策はキリスト教徒を怒らせたばかりか異教徒をも困惑させ、ペルシア側を優位に立たせることになった。しかし、副帝時代のガリア滞在時における彼の幾多の改革は、ライン河沿いのフロンティアをローマのコントロール下に置き、政権中枢に第三の新しいローマ人を引き入れ、帝国西方をしっかりと皇帝権力に結びつけた。その功績は記憶されるべきである。

ユリアヌスのキリスト教徒に対する措置はただちに取り除かれたが、異教徒たちは不安を感じることなく、テオドシウス一世の治世まで祭祀を続けることができた。しかし、熱狂的キリスト教徒であったテオドシウスは、三九二年、キリスト教を国教とする勅令を出す。犠牲《いけにえ》の奉納やすべての異教の祭祀は禁じられ、これを無視する者は大逆罪や冒涜の罪として起訴されることになった。神殿はキリスト教徒によって破壊され、あるいは教会に変えられた。キリスト教から見た異教の祭祀として、オリンピック競技会は三九三年、エレウシウスの秘儀は三九六年に廃止された。

六世紀はユスティニアヌス（在位五二七〜五六五）の世紀と称されるが、ルメルルは、その治世について「ビザンツにおける、壮大な規模に亘る失敗のように見える。この過ちは正常な必然的進展を中断することであった」と記す。五世紀の皇帝たちが西方に対する権利を理論上保持していたとしても、実際はそれを放棄し、東方の救済のために犠牲にしていたときに、ユスティニアヌスは治世の初めからその視線と野心を西に——過ぎ去ったことに——向けていた。帝国の死せる部分を復活させるための大きな努力が、生きている部分を疲弊させてしまった。

ユスティニアヌスの対外政策の指導理念は、ローマ帝国の再現であり、西部での行動の自由を得るために、急遽ペルシア戦争に切りをつけ、アフリカ、イタリア、スペインの一部などを奪還した。しかし、東方ではペルシアとの戦いが再開され、フン族やスラヴ族の侵攻が帝国を脅かす。ユスティニアヌスはもはや戦わずして貢納金を支払い、巧妙な駆け引きによって蛮族に距離を置かせておくこと以上に干渉せず、帝国を《広大な要塞》（Ch・ディール）に変貌させるしかなかった。

また、ビザンツの歴史と切り離せない、スラヴ人の侵略という最大の危機が訪れたのも、ユスティニアヌスの治世下においてであった。ユスティニアヌスの時代に「バルカン半島におけるスラヴ問題が根を下ろした」（A.バシリエフ）のである。

ユスティニアヌスの業績のうち最もよく知られているのは、『ローマ法大全』と呼ばれる法典編纂である。西ヨーロッパが、十二世記以後に社会生活や国家の機能の原理を再び学ぶことになるのは、手も加えられずに近代民法に採り入れられ、その基盤となっていたユスティニアヌス法からである。I.ポクロフスキーは「ローマ法が世界を二度まで甦らせ、統合した」と述べている。ビザンツの歴史のうち、最も輝かしいとされる六世紀の文化が「ユスティニアヌス風」と呼ばれるほど、時代に及ぼした彼の力は大きかった。六世紀の最も美しいモザイクが保存されているラヴェンナの聖ヴィターレ、聖アポリナーレの教会とコンスタンティノポリスの聖ソフィア大聖堂を挙げるだけでそのことは十分に理解できる。ルメルルによれば、「たとえユスティニアヌスがしばしば誤りを犯したにせよ、彼の治世全体が、帝国の運命にとって長く残る過ちであったにせよ、結局のところ、彼は偉大であったということを認めなければならず、固有の意味でのビザンティン文化がユスティニアヌスから始まったというのは妥当である」（『帝国史』）。

ビザンツの歴史の中で、七世紀は最も暗い時代の一つである。「それは重大な危機の時代であり、帝国の存在そのものが問われる決定的な時機であった」（Ch・ディール）。その危機は、西方と東方の対立を生んだ統一の欠如に、正統説派の国でありながら、単性説（キリストを神性と人性をもつ単一体と定義する派に対し、唯一の性質しか認めない派）が広まった属州（特にエジプトとシリア）からなる東方そのものに原因があった。ユスティニアヌスは《統一ローマ》を復活させるために心血を注いだが失敗し、その代償は、次の世紀に東方の最も豊かな地方をアラブ人に征服され、バルカン半島にスラヴ人が永続的に定住し、ブルガリア人国家が形成されることによって支払われた。

七世紀における大きな出来事――主たる犠牲国であるビザンティンのみならず、他の諸国にとっても――は、アラブ人による征服であった。人はときとして、アラブ人がその窮乏や悲惨のなかから汲み取っていた死に物狂いの力、さらには彼らの宗教に対する熱狂の闘争的な激しさを引き合いに出すが、はるかに重要な要因は、ビザンツ軍の量的、質的欠乏と各属州における行政の貧困であった。しかし、その決定的要素はビザンツが内蔵していた宗教政策の不手際、特にユスティニアヌスの後継者たちが争い続けていたキリスト単性説信者たちへの対応の不手際さにあった。エジプトや、シリア、パレスチナといった単性説が支持されていた地方が、ビザンツから分離することを願い、より寛容と聞かされたアラブ人を支配者として選ぶに至ったという。

因みに、ユスティニアヌスが心を奪われ熱烈に愛し、彼と同じ五二七年に戴冠したテオドラが統治において果たした役割については広く知られるところである。テオドラは競馬場の熊の番人の娘で、かつて踊り子であり、女役者であり、品性は並外れて軽薄であったといわれるが、帝位についてからの彼女には非の打ちどころがなく、自らの仕事に全身全霊を打ち込んだ、と伝えられる。しかし、テオドラは生涯を通じてみずから単性説論者の弁護人をもって任じ、テオドラに啓発された皇帝は、単性説派に寛容の措置を講じ単性説派の主教アンチモスを総主教の座に就かせた。教皇アガペッスは彼らを破門し、死刑執行や厳しい措置をとったにもかかわらず、テオドラはこれに報復し、死に至るまで単性説論を棄てなかった。東方を脅かしていた敵を前に、帝国を無力なままに放置したこの西方政策は、東方のキリスト教徒に宗教的統一を与える最後の機会を失わせることになった。宗教的統一は、帝国をアラブ人の侵攻から守るための絶対不可欠な条件であった。

トインビーは、一般にギリシア・ローマ文明と呼ばれる地中海文明を舞台とした古代文明をヘレニック（ギリシア）文明と名づけた。ヘレニック文明はローマ帝国の崩壊とともに死滅し、二つの子供文明に受け継がれたと説く。

それに対して井上浩一は、二つの子供文明、ビザンツ文明と正教キリスト教文明は異なるものとし、「西欧文明とビザンツ文明は、ギリシア・ローマ文明を共通の母体としつつ、それぞれ別個の文明として展開され」、「ロシアや東欧、オスマン・トルコにその遺産を伝えつつ、中世の終わりに死滅した文明」(『ビザンツ　文明の形象と変容』以下『ビザンツ』と表記)。』と考えている。

ビザンツは古代ギリシア・ローマ文明を選択的に継承した。ある文明が先行する文明から遺産を受け継ぐとき、すべてを継承するわけではなく「選択的に継承する」。「選択的に継承する」とは、拒否するものがあるということである。先行する文明の基本精神を拒否するとすれば、二つの文明の間には断絶あるいは変容が生じる。母なるギリシア・ローマ文明は、自立、独立の精神を称え、隷属を恥とした古典・古代の市民の文明であり、ビザンツ文明は、民主制・協和制を拒否し、皇帝支配こそ正しい政体とするビザンツ人の歴史認識から生まれた。そこには大きな転換があったはずである。自立・独立を旨とし隷属を恥とした古代ギリシア・ローマ人と、専制君主である皇帝への服従をよしとしたビザンツ人の違いである。

ビザンツ文明の起源は、古代ギリシア・ローマ文明の変容に求められる。いつ、どのようにしてギリシア・ローマ文明からビザンツ文明が生まれたのか。

ビザンツ人は自分たちのことをローマ人と呼び、自分たちの国はローマ帝国であると主張していた。そのようなビザンツ人の意識は、ローマ法の歴史によって証明されるという。ローマ文明の最大の遺産ともいえる〈ローマ法〉は、西欧では早くに忘れ去られてしまい、ようやく十二世紀から徐々に復活する。それに対して、ビザンツ帝国では、六世紀のユスティニアヌス時代にまとめられた『ローマ法大全』が、九世紀にはギリシア語版『バシリカ法典』として再版され、以来ずっと国家の基本法典であり続けた。

ギリシア古典文化もまたビザンツ帝国において継承され、ビザンツ人は古典文明を継承していることを何よりも誇りにしていたという。しかし、ビザンツ人はギリシア文化、ローマ帝国の継承者を自認していたにもかかわらず、その政治体制に関する認識においては、古代ギリシア・ローマを自分たちの世界とは別のものと捉えていたように見える。

ビザンツ人による歴史書で、古代ギリシア・ローマを扱う「年代記」の叙述には大きな特徴があり、ギリシア史部分はトロイア戦争のあと、突然アレクサンドロス大王に飛んでいる。また、ローマ史も建国神話――トロイアから逃れてきたアエネアスから始まり、ロムルスとレムスのローマ市建設に至る――のあとは、直ちにカエサル、アウグストゥス以下の帝政に移る。ギリシアのポリス時代やローマの共和制にはほとんど触れていない。

「彼らにとってのローマとは、カエサル、アウグストゥス以降のローマ帝国であり、ポリス時代のギリシアも自分たちの過去ではなく、あえていうならばペルシア帝国の方が自分たちにつながる世界であった」（『ビザンツ』）。

古代ローマ文明は都市文明であり、都市ポリスの特徴は何よりも自治にあった。都市の自治は、ビザンツ帝国へと存続した多くのローマ都市に受け継がれたのだろうか。ギリシア・ローマ古代都市がそのままビザンツ帝国に受け継がれたとはいえないが、ローマ時代のものとは異なった性格や機能をもって存続した。

古代都市がポリス（都市国家）と呼ばれたのに対し、十世紀のビザンツ帝国では、ポリスと呼ぶのはコンスタンティノポリスであり、その他の都市はカストロンと呼ばれることが多い。カストロンとはラテン語の castrum（城塞）からの借用語である。ビザンツ時代に存続した都市は、古代都市ポリスとは異なる特徴を持っていた。ギリシア語でポリスと呼ばれていた古代都市は、十字に交差する幹線道路を軸としてその中心にアゴラ、浴場、水道、円形闘技場、神殿などがあり、カストロンと呼ばれたビザンツ都市は、道路が不規則に走る雑然とした町並みで、城壁をはじめとする防衛施設や教会、修道院が目立っていた。

のちにビザンツ帝国の都コンスタンティノープルとなるビュザンティオン市には、典型的な古代都市ポリスの特徴が見られた。ビュザンティオン市は、紀元前七世紀にさかのぼるギリシア植民都市で、ヘレニズム時代を経てローマ帝国の支配下でも繁栄していた。またビュザンティオンは商業都市でもあり、独立した都市国家として民主政体をとっていた。マケドニアのフィリッポス二世に包囲された時も、アレクサンドロス大王の時代にも、独立を保ち、ローマ時代になっても「自由都市」「同盟都市」として自治を認められていた。

西暦二世紀末、ビュザンティオン市はローマ皇帝セプティミウス・セウェルスの攻撃を受け、三年に亘る熾烈な抵抗ののち、一九六年に降伏した。セウェルス皇帝は「ローマ人でなく野蛮人のような」厳しい処置を加え、「ポリスとしての自由と名誉」（ディオン・カッシオス『歴史』七五巻）を奪い取る。ビュザンティオン市は村に格下げされ、ペリントス市の管轄下に置かれ納税義務を課せられた。城壁や劇場、浴場などはすべて破壊された。ポリスとは、単なる居住区ではなく、「自由と名誉」を有する法的・政治的な組織であった。ポリスが民主政をとっていたように、ビュザンティオン市では、市民が主権者であった。古代ギリシア・ローマ文明の大きな特徴は、民主政・共和政という政体にある。この古代民主政は、ローマが地中海世界を統一すると同時に、政体を帝政へと転換したことによって消滅したが、都市にはなお共和政の精神が残っていた。ビュザンティオン市に対するセウェルス皇帝の措置は、ひとえにビュザンティオン市が古代都市ポリスであったこと、都市が自治権をもつ政治的な単位であったことを示している。セウェルス皇帝はポリスとしてのビュザンティオン市を徹底的に破壊したかったのである。

三、四世紀には多くの都市でカストロン化が見られ、城壁が建築されたが、ローマ帝国東部の都市は、六世紀半ばまで平地に広がる古代都市ポリスの姿を残していた。修道院はまだ少なく、「パンとサーカス」の施設をはじめとする公共建築物が多かった。「パンとサーカス」とは、円形闘技場・競馬場・劇場といった娯楽施設、公共浴場を舞台とする市民生活、商業と政治の場である二つの広場（アゴラ）、それに、娯楽の日々を支えていた「パン」である。西暦一〇〇年頃のローマ市では、「五万ないし二十万人に無料で穀物が配給され…大部分の市民が穀物配給の恩恵に与っていた」（『ビザンツ』）。ローマ国家は市民に「サーカス」と総称される見世物も提供していた。人気があった剣闘士競技と戦車競争は、いずれもその起源は模擬戦争にあり、市民の好戦的な感情を煽るものであった。

古代ギリシア人は、文明は都市にあり、都市は人間的な暮らしの原点と考えていたが、時代がギリシアからローマに移ると、これらの施設は娯楽の要素が強くなり、ローマ市民は見世物の中で多くの時間を過ごすようになる。それを可能にしたのは、国家による食糧の配給、すなわち「パン」であった。食糧を与えられ、見世物に熱狂する市民たちを批判した、二世紀の諷刺詩人ユウェナリスの詩が残されている。

かつては指揮権、執政官の地位、軍団、その他何でも授けた者たちが、
今では手をこまねいて、こんなにも熱心に、ただ二つのものだけを求めている――
パンとサーカスを！（『諷刺詩集』第十篇）

「パンとサーカス」はローマの市民生活、その繁栄と頽廃を象徴する言葉である。古代ギリシア・ローマ文明は、人間の能力・欲望・理性を肯定するヒューマニズムを基調としていたが、

古代ヒューマニズムには、人間讃美を説きつつ、人間を道具として扱う奴隷制や非人間的な経済制度のような暗い側面も秘められていた。「パンとサーカス」の快楽はみずから働くことなく、施しを期待する頽廃的な市民を生み出し、豊かさと自由を謳歌したビュザンティオンも酒と娼婦の堕落した町と非難される。より徹底した批判は宗教という形をとってあらわれた。キリスト教による都市批判は、とりわけ「パンとサーカス」に向けられる。その意味で、キリスト教は根底にヒューマニズム批判をもっていた。

ところで、映画などでお馴染みの、古代ローマの市民生活を象徴する「パン」と「サーカス」――剣闘士競技や公共浴場などは、ビザンツ文明に受け継がれたのだろうか。

ローマの観光名所コロッセオは、剣闘士競技の舞台となった円形闘技場で、収容能力五万人といわれた。闘技場では武装した剣闘士奴隷同士が互いに闘い、あるいは猛獣相手に命がけの戦いを繰り広げた。剣闘士競技が好んで市民に提供されたのは、ローマが戦争国家であったことと関連している。ローマの「サーカス」とは、市民を戦場へと誘う模擬戦争であった。

キリスト教は早くから剣闘士の見世物を非難していた。初代キリスト教皇帝とされるコンスタンティヌス一世は、三二五年の勅令で剣闘士という存在を認めないと宣言している。キリスト教は「パンとサーカス」の都市生活と相容れなかった。コンスタンティヌス一世の禁令以降、コンスタンティノポリスの円形闘技場は、見世物の施設という性格を失い、犯罪者の処刑場として用いられるようになった。ローマ帝国の都市で民衆を熱狂させた剣闘士の見世物は四世紀には消滅に向かい、ビザンツ帝国には受け継がれなかったという。

剣闘士競技と並びローマ人の人気を二分した戦車競走は、二頭ないし四頭の馬に戦車を曳かせて走らせるもので、特に帝国東部で人気があった。映画『ベン・ハー』のクライマックス・シーンはアンティオキアの競馬場が舞台である。市民の熱狂ぶりは、教会や知識人の批判からうかがわれる。コンスタンティノポリス総主教ヨハネス・クリュソストモス（在位三五八～四〇四）も、競馬が市民を興奮させ、騒乱を引き起こすと非難した。「パンとサーカス」の頽廃を嘆くユウェナリスの声は、コンスタンティノポリスにもこだましていたのである。

剣闘士競技が四世紀に消滅したのに反して、戦車競走はビザンツ帝国に受け継がれた。一二〇四年、ヴェネツィア人は、第四次十字軍とともにコンスタンティノポリスを占領し、競馬場を飾っていたヘレニズム時代の見事な彫刻、四頭立ての青銅の馬を持ち帰り、聖マルコ教会に配置した（ギリシアの土産物屋には青銅の馬を象ったものが並んでいる）。この事件をきっかけに競馬は徐々にすたれていく。ビザンツ帝国の競馬は、みずからがローマ帝国であることを内外に示すための宮廷儀式であり、「パンとサーカス」の化石とも形容される。

観劇はどうであったのか。ギリシア・ローマ市民が観劇を好んだように、コンスタンティノポリスでも、劇場は古代風の劇場、大衆劇場のほか、パントマイムや怪しげなヌードショーまで市民の人気を集めていた。教会は劇場にも嫌悪感を顕わにし、ユスティニアヌス一世の妃テオドラが若い日に出演していた大衆劇場を標的として、知識人からも劇場批判が出された。古代ギリシア演劇からの堕落を非難していたという。ギリシア・ローマ文学では悲劇や喜劇が最も重要なジャンルであったのに対し、ビザンツ文学史における演劇はほとんど空白である。エウリーピデースやアイスキュロスの作品は教養人の読み物として伝わっていたに過ぎず、上演はされなかった。六世紀、テオドラの時代を最盛期として、市民の生活と結びついていた演劇は姿を消していく。

もう一つの娯楽施設、「公共浴場」も広い意味で「サーカス」であった。古代ローマの浴場は単なる風呂屋ではなく、様々な機能を備えた複合施設であり、市民たちの社交の場として活用された。こうした役割を持つ公共浴場は、ビザンツ帝国にも受け継がれた。セウェルス皇帝——カラカラの先任皇帝——は、ビュザンティオン市の名誉回復に際して自らの名をつけた浴場を建造し、コンスタンティヌス一世もゼウクシッポス浴場の全面修復をした。それは、コンスタンティノポリスが第二のローマになるために受け継ぐべき制度でもあった。

公共浴場を舞台とする古代ローマの市民生活、浴場文化はコンスタンティノポリスにいったんは受け継がれたが、七世紀以降、古代ローマの浴場文化は消滅した。ビザンツ帝国にただ一つ残されたローマ浴場は、コンスタンティノポリスの宮殿に存在する。バシレイオス一世とその息子レオーン六世は宮殿内に大浴場を建造し、一〇三四年ロマノス三世（在位一〇二八～三四）は宮殿の大浴場のプールで泳いでいるところを襲われ、暗殺されたという。またアレクシオス一世（在位一〇八一～一一一八）は、トルコの君主を競馬に加えて浴場にも招待している。これもまた、「わが国はローマ帝国なり」というビザンツ帝国のアイデンティティの表明であった。

新しい都コンスタンティノポリスに受け継がれた、ローマ都市文明の象徴「パンとサーカス」は、七世紀に、後期ローマ帝国の支配体制の崩壊とともに完全に消滅した。見世物に批判的であった教会も「パン」には協力的であったが、国家財政の破綻や七世紀の異民族侵入によって国家の危機は深刻化し、ついに六一八年、ヘラクレイオス皇帝は「パン」の廃止を宣言する。「パンとサーカス」消滅の直接の原因は、帝国の穀倉であったエジプトがペルシア人に占領され、国家や都市がその制度を維持・運営する経済力を失ったことにある。九世紀に帝国の支配体制が回復したときにも「パンとサーカス」は復活しなかった。このことは、「パンとサーカス」の消滅が経済力の問題だけではなかったことを示している。ビザンツ人は、古代のローマ人が好んだ公共浴場での社交生活を好まず、教会との関わりにおいても異なっていた。カトリック教会では、個人は教会を介して神と結ばれるとされるのに対して、ビザンツには、神と個人の直接的な結びつきという原始キリスト教の特徴が残されていた。

しかし、彼らの個人主義は、近代の個人主義とは異なり、超越的な権威、神や皇帝への服従を伴う個人主義であった。「彼らは、自分たちを保護してくれる都市共同体を失い、孤独と不安のなかで、(中略)自分たちを導いてくれる強力な権威を求めた。ここにビザンツ文明の第二の特徴としての権威主義が浮かび上がる」(『ビザンツ』)。ビザンツ文明における権威主義は、超越的な存在、専制君主としての皇帝に象徴され、ビザンツ人は、みずから「皇帝の奴隷」と称し、皇帝自身も「地上における神の代理人」として絶対的な権力を行使するとともに、神であるキリストにひれ伏す。

また、コンスタンティノポリスの競馬が宮廷の儀式へと変化したことに見られるように、ビザンツ人は儀式を好んだ。古代ローマ文明を象徴する浴場や競馬、演劇を儀式という形で残したところにビザンツ文明の特徴がある。それは自分たちが「皇帝の奴隷」であることを確認する儀式でもあった。競技においても、激しい興奮はビザンツ人の好むところではなく、彼らが好んだのは安定と荘重、秩序を重んじる儀式文化であったという。

では、姉妹文明である西欧は、ビザンツ文明をどのように見ていたのだろうか。ギリシア・ローマ文明が死滅しその遺産を子供文明が継承しつつあった時期、つまりローマ帝国が東西分裂を迎えていた時期には、東ローマ帝国の方がはるかに先進地域であった。これは注目すべき事実である。ギリシア・ローマ古典文化は帝国東部のギリシア語圏において受け継がれ、ローマ帝国の都も三世紀末にはすでに東に移っていた。西欧文明は出発点においてビザンツに遅れをとっていたのである。ゲルマン部族国家の君主たちは、東ローマの皇帝からコンスル、パトリキオスなどの称号を貰っていた。グレゴリウスの『歴史（フランク史）十巻』も、ユスティニアヌス一世からマウリキウスに至る六世紀コンスタンティノポリスの皇帝たちを「皇帝(imperator)」と記す一方で、フランクの支配者は「王（rex)」と呼んでいる。ローマ皇帝の下に蛮族の王たちがいる、というビザンツの主張が受容されていた（『帝国史』)。

ビザンツに対する劣等感を克服しようとする西欧の最初の挑戦は、フランク王カールの皇帝戴冠（八〇〇年）である。ローマ教皇レオ三世によるカールの戴冠は、歴史的には西ローマ帝国の復興とされるが、それは単なる復古ではなく、ビザンツ帝国との対抗関係から生まれたものであった。

自分は東の皇帝と対等であり、自分も皇帝であるというカールの主張は、八一三年にヴェネツィア条約（ビザンツとフランク間で締結）で認められたが、自らの皇帝称号をビザンツに認めてもらうべくビザンツに働きかけていたことに、西欧の劣等感があらわれている。カール自身がビザンツを意識しつつ皇帝を名乗っていたという彼らの微妙な意識は、ビザンツ皇帝に対する呼称にあらわれている。初期のころ、東の皇帝は、「コンスタンティノポリスの皇帝」「ローマ人の皇帝」などと呼ばれ、のちに中世の西欧は、ビザンツを一貫して「ギリシア」と呼んだ。そこには、自分たちこそが古代ローマ帝国の継承者であり、コンスタンティノポリスの皇帝は僭称者であるという主張がみえる。ビザンツの方でも、西欧との対抗上、自分こそがローマであると、ことさらに強調するようになった。

八〇〇年の「カールの戴冠」は、ヨーロッパが、ギリシア・ローマ文明の継承者という地位をビザンツから奪い取ってゆく歴史の出発点である。ローマ教皇レオ三世は、当時ビザンツ皇帝が女帝エイレーネー（在位七九七〜八〇二）であるのを見て、皇帝は男でなければならない、現在ローマ皇帝は空位であるとして、カールの戴冠を挙行した。これによって西方にもローマ皇帝が誕生した。ローマ皇帝は地上にただ一人、コンスタンティヌス大帝の伝統をひくコンスタンティノポリスの皇帝のみであるという、ビザンツ帝国の威信を大きく傷つける事件であった。

ビザンツ皇帝に対抗して皇帝を名乗るためにローマ教皇の権威を借りたことは、その後の西欧世界の構造に決定的な影響を与える。西欧がローマ教皇を中心とするカトリック世界となる道筋は、ここで決定づけられた。

カールの帝国が分裂し、東フランク王オットーの時代を経て、十一世紀半ばの東西教会分裂までこの状況は続いた。オットーはみずから「ローマ皇帝（ローマの皇帝）」と称したにもかかわらず、皇帝称号を認めてもらうべく、コンスタンティノポリスに使者を送り続ける。交渉が難航するのをみて、ローマ教皇ヨハネ十三世は、ビザンツ皇帝ニケフォロス二世（在位九六三〜六九）に書簡を送り、妥協を促した。しかし、その際、ヨハネ十三世の用いた呼称（オットーに「ローマ人の皇帝」、ニケフォロスには「ギリシア人の皇帝」）が、ビザンツ側を憤激させ交渉は決裂する。ローマ教皇がビザンツ皇帝を「ギリシア人の皇帝」と呼ぶことは、西欧文明がビザンツ帝国に対抗しつつ、自らのアイデンティティを「ローマ」に求めようとしていたことを示している。中世の西欧は、ビザンツを「ギリシア」と呼ぶことで、自分たちこそがローマ帝国の後継者であると主張していたにもかかわらず、その時期においてなお、皇帝称号の承認をビザンツに求めていたのである。やがて十一世紀の半ばには東西教会が分裂し、この状況は一変する。もはや、みずからの皇帝称号をビザンツに承認してもらうには及ばない。

東西キリスト教文明の最終的な分裂の時期は、西欧が権力を手にしたこのときである。十一世紀末から始まった十字軍はヨーロッパ拡張への第一歩であり、東西の姉妹文明は、十字軍を通じてはじめて本格的に対峙した。西欧人は、同じキリスト教文明でありながら、ビザンツが自分たちとは異なる文明であることに気づく。十字軍は、ビザンツに「狡猾なギリシア人」という非難の言葉を浴びせ、とりわけ戦争観やその戦闘方法に対して強い違和感を抱き、「イスラムと正々堂々と戦わないどころか、手を結ぶことも辞さない」として、ビザンツ人を卑怯、卑劣と罵倒した。

一二〇四年の第四次十字軍によるコンスタンティノポリス征服は、長く続いたビザンツ・コンプレックスから西欧を解放するものであった。都を失ったビザンツ人は、ギリシア文化にアイデンティティを移し始める。それまで「ローマ人」と自称していたビザンツ人が自らを「ヘレネス（ギリシア人）」と称し、ギリシア人意識のもとで古典文化の復興が進む。ビザンツ帝国最後の王朝名を称するパライオゴロス朝ルネサンスである。

しかし、ビザンツが自らのアイデンティティとしてようやく手にした「ギリシア文化」についても、西欧は、正統な後継者の地位を奪い取ってゆく。彼らは、十二世紀ルネサンスで、イスラムから古典作品を受け継いだ後、イタリア・ルネサンスの時代には、ビザンツからギリシア古典を獲得した。パライオロゴス朝ルネサンスの成果である古典作品の写本は、オスマン・トルコの軍勢が迫るビザンツからイタリアへと運ばれ、このルネサンスに貢献したのである。

西欧は、一千年をかけてギリシア・ローマ文明の正統な後継者という地位を、ビザンツから奪取し、ルネサンスによる古代ギリシア文化の復興をもってその過程を完成した。ビザンツ帝国が歴史の舞台から姿を消していくのは、まさにそのときである。近代の西欧は、消え去ったビザンツ文明を自らの価値観に従って再解釈し、歴史を書き変えてゆく。

ビザンツに対する西欧の学問的関心は、ギリシア古典の写本に対する関心から始まり、その過程で〈ビザンツ〉という新しい呼び方が生まれた。その後、ビザンツという言葉は、侮蔑的な意味合いを帯びながら、各国語のなかに定着していく。〈ビザンツ的〉といえば、英語では「複雑で理解しがたい（官僚制）」、ドイツ語では「権威におもねる（曲学阿世の徒）」、フランス語では「些末なことに拘る（宗教議論）」と、いずれもあまりいい意味では使われない。近代の西欧はビザンツをギリシアとは呼ばなくなる。ギリシアは自分たちのアイデンティティの源となったからである。今や、ビザンツはギリシアでもなくローマでもない。ギリシア・ローマ古典文明とは別世界の、あるいは堕落したギリシア、東方化したローマとしてビザンツと呼ばれるようになる。

ビザンツへの関心が高まったのは、ルネサンス期のギリシア古典研究に続き、絶対王政下の十七世紀フランス（特にルイ十三世、十四世の宮廷）で、「専制支配という共通の政体に基づく、コンスタンティノポリスの宮廷儀式への関心から」（『ビザンツ』）と考えられている。それに対して、絶対王政を批判していた啓蒙思想家にとって、専制国家としてのビザンツ帝国は非難の対象であった。モンテスキューは、『ローマ人盛衰原因論』で、「東ローマ帝国の歴史は、反乱、裏切りの繰り返しに他ならない」と酷評し、十八世紀フランスの代表的啓蒙思想家ヴォルテールも、「この軽蔑すべき全集（＝ビザンツの歴史）には美辞麗句と奇蹟しか収められていない」として、ビザンツを「人間精神の汚点である」と誹謗する。歴史家E・ギボンも、「宗教と野蛮の勝利」と述べ、ビザンツ人は戦闘精神を持たず、臆病であると記す。十字軍精神に燃える中世の西欧人が、イスラム教徒と妥協し戦いを避けようとしたビザンツ人を非難したのと相通じるものがある。

歴史学の世紀といわれる十九世紀においても、ビザンツへの評価はきわめて低かった。十九世紀の自由主義史観によれば、「西欧の歴史は、ギリシアの民主政、ローマの共和政、中世の封建制・自由都市、ルネサンス、宗教改革、市民革命へと発展し続けたことになる。西欧は、自分たちの歴史を自由と民主主義、人権の発展として描く」（『ビザンツ』）。対するビザンツ帝国には、君主独裁制の国家、政教一致の自由なき社会という否定的な歴史像が与えられ、西欧文明に対して根底から批判を下したマルクスでさえ、ビザンツを「最悪の国家」と呼んだ。

ルメルルは、ビザンツの没落は「権威主義に基づいて築かれ、みずから改革する気力も柔軟性も失った国家に内在する諸制度の老朽化」（『帝国史』）によるものとし、二つの大きな原因として、十字軍と東西の宗教的対立を挙げている。十字軍はビザンツを決定的に滅亡させ、ビザンツは疲弊しきっていた。パライオロゴス家の時代は、引き延ばされた死の苦悩に過ぎず、何度か甦りはしたものの、ヴェネツィアとジェノヴァに商業上の主導権を握られ、独立国家としての復権は許されなかった。トルコ人による領土征服以前に、西方が帝国の経済を制圧していたのである。唯一の救済手段は、キリスト教徒の防衛のためにギリシア人とラテン人が協調することにあった。しかし、協調には至らなかった。彼らの協調を不毛に導いた最大の理由は、まさにその宗教上の理由にあった。最後の王朝の皇帝たちのあらゆる努力の前に立ちはだかった教皇庁の強権発動、あるいはラテン人の無理解や貪欲、あるいはギリシア人の頑迷さ、それらすべてが和平の構築を失敗に終らせた。

その混迷の深さは、以下の文に示されている。「トルコ人は仇敵であるが、分裂を企てるギリシア人は仇敵より悪い」（ペトラルカ）「コンスタンティノポリスでラテン人の司教冠が幅を利かせているのを見るくらいなら、トルコ人の頭巾［ターバン］が支配しているのを見る方がましだ」（ビザンツの高官）。

ビザンツが単独でトルコの勢力の重みに耐えなければならなかった所以である。

ビザンツ帝國が、近代西欧の知識人や歴史家の言葉どおりの独裁主義であったなら、帝国はもっと早い段階で滅びてしまっていただろう。しかし、ビザンツ帝国は、絶え間なく出現する外敵、十字軍、異端運動、聖像崇拝禁止の嵐、テマ軍団（ビザンツ帝国中期の軍事的な地方制度）の反乱など、多くの危機に襲われつつ、千年に亘って存続した。専制君主制のもとでビザンツ帝国が存続できた理由を、どのように解すればよいのだろうか。

帝国は十一世紀もの間、東西の歴史のなかでつねに重要な、しばしば決定的な役目を果たしてきた。蛮族侵入の嵐を前に、古代世界の遺産がまさに消え失せようとしていたとき、自らが侵入者の攻撃に斃れる寸前に、ローマのぐらつく手からその遺産を受け取り、それを保護し豊かな沃土を与え後代に伝えた。それがビザンツの役割であった。頽廃し、再起不能となっていた異教の文化を、ある意味でより人間的な、より厳しい良心の要求に応えられるキリスト教の文化に創り上げた。伝統を存続しつつ、美術や思想におけるペルシア、イスラムとの長い交流の実を付加した。この遺産は、そののちも学者や伝道者、商人や兵士たちの手によって、出逢ったすべての民族に伝えられてきた。

トルコによる征服ののちも、ビザンツは最後のメッセージを西方に伝えてきたのである。

五月十二日

成田発ターキッシュ・エアラインズTK〇五一便にてイスタンブールへ。十八時十五分着。ここでTK一〇二九便に乗り継ぎ、ソフィアへ。空港よりバスにてホテルに移動すること三十分。二十時五十五分、ホテル・ケンピンスキに到着。一行は女性ばかりの八名とわかる。部屋に入り、日本から持参の弁当を開ける。すでに真夜中近い。機内食の不味さは多くの人の認めるところ、作家の阿川弘之氏が外国旅行の度にいつも弁当を持参すると知りさっそく真似てみたが、他の乗客が機内食を食べている中で、独り自前の弁当を広げるのはかなりの勇気がいる。とうとう最後まで開けられなかった。そういうわけで、異例の夕食となった。

五月十三日　快晴。気温十五〜二十度。

ソフィアを訪れるのは二度目である。この前は小さな貿易商を営む友人に同道。彼女が商談をしている間、知り合いの高校生にガイドを依頼した。彼は高校二年生、ブルガリアでは高校在学中に兵役を務めることが義務づけられている。ちょうど休暇で戻っていた。幸いなことに、ブルガリアの高校ではドイツ語かフランス語が必修になっていて、彼はフランス語を選択していた。少年は危ぶむ私を無理やり市電に無賃乗車させ、さまざまな冒険に誘って、楽しい一日を過ごさせてくれた。ヴィトシャの山に向かうと、今頃はもういい大人になっている筈の青年の顔が目に浮かぶ。

ソフィアは、ブルガリア西部、ヴィトシャ山の麓に位置するブルガリア共和国の首都である。紀元前七世紀、周囲を山に囲まれたソフィア渓谷に古代トラキア人によって築かれ、五世紀半ばまではローマの支配下にあった。六世紀にビザンティン帝国のユスティニアヌス帝によって再建されたが、八〇九年には第一次ブルガリア帝国が成立、一〇一八年からふたたびビザンティン帝国、一一八五年からは第二次ブルガリア帝国とあわただしく支配者が変わった。その後、一三八二～一八七八年の約五百年間はオスマン・トルコの支配を受け、聖ソフィア教会に因んで〝ソフィア〟と呼ばれるようになった。

今日のガイドはボリス、オペラ〈ボリス・ゴドノフ〉の話をすると、そのボリスだといい、オペラ好きのお父さんが名付けたという。「お父さんの希望の星ね」というと、頬を赤らめた。

ソフィア南西部郊外のボヤナ聖堂に向かう。この聖堂は、十世紀末ないし十一世紀初めに建てられた東の部分、十三世紀の第二ブルガリア帝国時代の建造である二階建ての中央部分、十九世紀半ばに付け足された西の部分と三つの部分から成っている。最も古い東部はアプシスが十字架プランをなし、中央部は十三世紀半ばにカロヤンとその妻デシスラヴァの寄進による二階建てである。一階は一族の墓、二階は一族の礼拝堂と複雑な構造である。

内部壁面には、フレスコ画がほぼ完全な形で保存され世界遺産に指定されている。このフレスコ画には十一世紀、十三世紀、十四世紀と三層にわたり二百四十人もの人物像が登場し八十九場面が展開されている。最古の東翼の天井には「全能者キリストと四人の福音書家」から「キリストの受難」、そして中央翼には「聖ニコラウスの生涯」や奇蹟が十八場面に描かれる。入り口上部のタンパンには、聖母子、聖アンナとヨアキム、祝福するキリスト、下段の聖人は聖カテリーナ、聖マリーナ、聖テオドール、南側壁龕には「博士たちと議論するキリスト」、北側壁龕には「聖母の寺院奉献」が並ぶ。ひときわ目を引くのは、寄進者カロヤンと妻デシスラヴァの美しい肖像である。最初にフレスコ装飾がなされたのは東翼部で、アプシスの下の部分と北壁、西壁の上部などにも一層目のフレスコの断片が残っている。二層目のフレスコは古いフレスコの上に描かれたらしく、北壁のインスクリプションによってこの層のフレスコが一二五九年に描かれたことがわかる。深い洞察力と生き生きした表現力をもつ画家の名は不明で、ただ「ボヤナの巨匠」と呼ばれるタルノヴォ派の画家による中世ブルガリア美術の記念碑的作品。中央棟の部分も同じ画家が制作したとされ、東ヨーロッパの中世美術の中でも最も保存状態が良く、完璧な姿をとどめている。完成度の高いブルガリア中世美術の最高傑作とか。これらの作品が、ダ・ヴィンチ誕生の二百年前、ジヨットのフレスコ画の半世紀前に描かれたことに驚く。これまで見てきた数多くの聖堂やフレスコ画と比較しても、素朴さのなかに滲み出る、本質だけが生のままの姿で示される見事な造形。その場を離れた後も心に残る圧倒的な美しさ。角が削げ、崩れかかった石や煉瓦を積み重ねた建物や塀、永遠のときを刻む教会のたたずまい。

聖ニコラウスは、四世紀の聖人で、中世以来ずっと篤い信仰を得てきた。史実は確かではないが奇蹟の物語は多く、ビザンティン美術、ルネッサンス美術を問わず、数多くの作品に登場する。パレスチナへの旅の途上、嵐に遭い船が転覆しそうになったとき、波を叱りつけ嵐を鎮めたことから、船乗りや旅人の守護聖人として崇められてきた。またトルコ南部が大旱魃に見舞われ、人々が飢饉に苦しめられたとき、小麦を満載した船の船長を説得して小麦を提供させた話もある。こどもを守る聖人であり、聖ニコラウスに祈ると子供が授かる話など、サンタクロースのモデルとなった聖人でもある。

ソフィア市内に戻り中心部に入る。聖ペトカ地下教会はオスマン支配下のもの。モスクより高い建物が禁じられていたため、半地下になっている。

四世紀に建てられた聖ゲオルギ教会の周囲には、セルディカと呼ばれたローマ時代の遺跡がある。ここは、オスマン・トルコの時代にはモスクになっていた。

聖ソフィア教会は聖ゲオルギ教会に次いで古く、この場所にはローマ時代から教会があったというが、現在の建物は六世紀にユスティニアヌス帝によって建てられたもの。細長い格子窓が並ぶ、シンプルなレンガ色のファサードである。中には入らず先を急ぐ。

ひときわ大きくそびえるのは、アレクサンダル・ネフスキー大聖堂である。ブルガリア正教の総主教座が置かれ、バルカン半島最大の教会。天辺は金色、二層目、三層目の丸屋根はグリーンがかった水色で矢鱈に大きな教会である。四つの教会や聖堂を見て思うことは、聖堂の大きさと魂あるいは信仰とのかかわりである。少なくとも、あるべき宗教とはまったく無関係に、ただ権力の象徴として存在するように見える。

聖ソフィア教会の後ろにあるレストラン〈PRIYAFATA〉にて昼食をとる。運ばれてきたものは恐ろしく塩辛いミートボール。ギョフテというハンバーグ。野菜の他は食べられるものがなく、塩分の強さだけが舌に残る。この味は旅の間中ずっとつづいた。

ブルガリアからマケドニアへ二百三十キロの道をたどる。途中キュストゥンド町手前のガソリンスタンドで休憩。ブルガリア国境からマケドニア国境へのパスポート・コントロールがある。ブルガリア側はキュエシェボ、マケドニア側はデベバエロの町。国境の手前でバスを降り、スーツケースと機内持ち込み用バッグを両手に八十メートルほどの平地を歩いての国境越えである。様々な国境越えがあるものだ。フランスからスペインへの列車の旅を思い出す。まだEUが成立していなかったころ、列車内でパスポート・コントロールも両替もした。二つの国の時差は一時間。たった八十メートルで時差一時間。ガソリンスタンドにて再び休憩。右膝が痛みはじめる。マケドニアのスコピエに到着したのは夕刻で、かなりの時間が経過している。ホテルはホリデイ・イン・スコピエ、町の中心にある川沿いのホテルである。夕食はホテル内レストランにて、野菜スープにミックスサラダ、鯛のグリル、誰かがくれたお醬油がよく合った。

五月十四日　雨のち晴

ドライバーのエロルさんに朝の挨拶をする。「ドブロ・ウトロ」。ブルガリア語（ドブロ・ウットロ）とあまり違わない。マケドニアといえば、私の記憶の中では古代マケドニア王国のアレクサンドロス大王ぐらいであったが、七世紀頃に王国として建国され、ギリシアとペルシアの間に位置し、ペラを首都としていた。今では共和国である。フィリッポス二世（在位前三五九～前三三六）の時代には、軍事的にも経済的にもギリシア世界の最有力国となった。息子のアレクサンドロス大王は、全ギリシアを制覇したのち東方に遠征してペルシア帝国を征服、東西にまたがる世界帝国（アレクサンドロス帝国）を築き上げた。その偉業は、ギリシア文化とオリエント文化の融合としてのヘレニズム文化を生み出す契機となった。しかし、没後の後継者争いは政治的統一を瓦解に導く。その後ローマの属州となったマケドニアは、ローマ帝国分裂（後三九五）により東ローマ領となる。五世紀以降は西ゴート族、フン族、スラヴ人の侵略を経ておおむねスラヴ人の居住区となった。

「マケドニア」とはマケドニア共和国のほかにギリシアやブルガリア、アルバニアにまたがる地域の総称でもある。マケドニア地域の南部を領有し、その地域名として既にマケドニアの名を使用していたギリシア政府は、マケドニアに対して国名を変更するよう強く抗議した。そのため国際社会における暫定的呼称は「マケドニア旧ユーゴスラビア共和国」となったが、現在では多くの国が「マケドニア共和国」として外交関係を保っている。

この国は、バルカン半島の中央に位置し、南はギリシア、東はブルガリア、西にアルバニア、北はセルビアおよびコソボと四方を外国に囲まれた内陸国である。周辺諸国との国境はいずれも高い山脈が連なる高山地帯で、当然、国土は全体として山勝ちで、南西部のアルバニアおよびギリシアとの国境には、オフリド湖とプレスパ湖という美しい湖がある。

スコピエは、マケドニア共和国の首都であり、全人口の四分の一はここに居住し、政治、文化、経済、学術の中心をなしている。街の中央を流れるヴァルダル川の北側がイスラム教地区、南側がキリスト教地区に分かれる。

マケドニア博物館は盗難事件のため現在閉館中。紀元前七〇〇〇年の地母神やイカロスの像があるはずだが、見ることができない。驚いたことに、事件は博物館の館員や市の職員が絡んでいるとか。貧しく失業率が高いこの国では、最近サイバー攻撃の片棒を担いだ住民のことが報道されていた。午前中はスコピエ市内の小観光。広いマケドニア広場にはアレクサンドロス大王の立派な像が建っていた。石橋（カメン・モスト）は、十五世紀にオスマン帝国のメフメト二世の命で建造され、この界隈で唯一の橋。全長二百十四メートルのストーン・ブリッジをゆっくり歩いて渡る。ヴァルダル川はマケドニアを縦断してギリシアに入り、テッサロニキの西で北エーゲ海へと流れ込む。

スコピエ博物館は旧鉄道駅である。一九六三年に発生したマグニチュード六・一のスコピエ地震により崩壊し、日本人建築家の丹下健三氏によって新しい都市計画が作成されたことが知られている。大時計は今も一九六三・七・二六午前五：一七と表示したまま、止まっている。噴水がやたらに多い。オールド・バザールの址。要塞は紀元六世紀に建造されたものだとか。ムスタファ・パシャのモスクへ。ここはマザー・テレサの出身地である。マザー・テレサ記念館は三階建てで、マザー・テレサが洗礼を受けた教会や彫像があり記念品が展示されている。

正午、バスを降りてスコピエの町の入り口にあるレストラン〈MAKEDONSKA KUKJA〉にて昼食。野菜に山羊チーズかけのサラダ、ポークチョップ、デザートは胡麻をまぶしたクレープ。クレープはこの旅ではじめて完食。十三時十五分、バスはオフリドに向けて出発。百八十キロの距離である。

途中、スコピエの南西郊外、ヴォドノ山（一〇六六メートル）の中腹、ゴルノ・ネレズィ村に建つ聖パンテレイモン修道院に寄る。皇族アレクシウス（皇后の甥）により一一六四年に建造され、医学の聖人である聖人パンテレイモンに捧げられたという。地域の石材と赤茶色の煉瓦を用いて造られた小さな聖堂は、青い空と緑の林に守られ周囲の風景にすっぽりと溶け込んでいる。ここにもビザンティン美術史上重要なフレスコ画が残されていた。一五五五年の地震で中央ドームが壊れるなどの被害を受けたにもかかわらず、しかもオスマン帝国支配下であったというのに、修道士たちは資金集めに難渋しつつ、失われたフレスコ画を見事に修復した。一八八五年には、この十二世紀と十六世紀のフレスコ画の上から新たなフレスコ画が描かれ、貴重な前作が覆われてしまったという。一九二六年、美術史家ニコラ・オクニエフの手で、十九世紀のフレスコ画が剥がされ、古いフレスコ画が蘇った。

十二世紀のフレスコ画は、当時の美術史の枠を守りつつ、感情表現やドラマティックな構成がなされているという点で、きわめて高レヴェルのものである。なかでも特に優れているのは、「聖母の嘆き」と「キリスト降架」である。多くの教会の「聖母の嘆き」と比較して、このピエタが優れているのは、感情表現のすばらしさにおいてである。聖母がたった今、息絶えたばかりの息子をかき抱き嘆き悲しむ姿が見事に表現されている。右腕を息子の首にまわし、左腕を伸ばして抱きかかえるように頬を寄せ、悲しみをこらえている姿から、息子を失った一人の母の、悲哀と苦痛が溢れ出ている。同時代の他の教会のフレスコ画では、感情はほとんど表現されず、固い表情に動きがないのに対して、この聖母マリアは、息子の亡骸に覆いかぶさるようにして泣いている。ひそめた眉、溢れる涙、歪めた唇、それらのすべてが聖母の嘆きを顕わしているのである。

この図像はイタリアに伝わり、後のジョットなど西欧美術の図像表現に繋がった。後にジョットがスクロヴェーニ礼拝堂に描いた「ピエタ」を見ても、百四十年も前に描かれたこの作品の方が感情表現においてずっと優れている。息子を亡くした母の哀しみの表現において、パンテレイモンのフレスコ画はジョットを超えている。「キリスト降架」は、足に釘を打たれたままのキリストを十字架から降ろそうとするアリマタヤのヨセフと、息子に頬を寄せ抱きしめようとするマリアが描かれ、母の悲しみが観る者の感動を誘い、これまでの抑制的な描写を大きく超えた。

南壁の「キリストのエルサレム入城」には、見物する市民の中にこどもを肩車する女性の姿、西壁の「聖母誕生」「聖母寺院奉献」には産湯に浸かる聖母マリアと見られる嬰児、北壁の「ラザロ復活」では墓石を力任せに動かしている男という風に、人物の姿がリアルに示される。キリストの足元にいるラザロの姉妹の一人は、キリストの足に接吻し、もう一人は、ラザロの復活を疑うかのように振り返って見ている。聖書の場面を再現する登場人物たちの内面が細密に表現されているのである。

外はまばゆい新緑の草原。放たれた羊や犬が修道院の庭を悠然と歩きまわり、白い猫がゴロゴロ寝転がっている。喧騒から遠く隔たり、平和そのもののパンテレイモンを後にオフリドに向かう。右手にシャラ山脈のコーラブ山（二七四七メートル）が見える。標高一二一〇メートルのストラージャ峠で休憩、バスの駐車場には、寒そうに肩をすくめた行商のお兄ちゃんがいる。残ったマケドニア・デナリでピーナツを買った。バスの中では、ガイドとドライバーがマケドニア語で何やら喋っている。どちらかがアルバニア人でもう一方はマケドニア人だというが、どちらがどちらかよくわからない。窓外は一面の新緑、緑一色のトンネルを抜けて人の顔も緑色に染まっている。

オフリド到着。町から七キロ外れた湖岸のホテルに投宿。夕食はホテル内のレストランにて、ビュッフェスタイル（サラダ、スープ、ビーフ、ギョフテ、ソーセージ、温野菜、フルーツ、ケーキ）。

五月十五日　曇り

オフリド湖は、ヨーロッパ最古の湖の一つである。マケドニアとアルバニアの国境にあり、その美しさは宝石にも譬えられる。内陸国マケドニアの〈海〉。表面積三五八平方キロ（琵琶湖の約半分）、湖岸線のうち約三分の二弱がマケドニア領、残りがアルバニア領である。

湖の東岸にあるオフリドの町は、古代マケドニア王国時代に始まり、紀元前二世紀末にはローマに征服された。早くからキリスト教が伝わり町の名もオフリド（丘の上の意）となった。ユスティニアヌス帝以前の初期キリスト教時代には、すでに聖堂が建てられていたという。その頃布教に来たのが、キリルとメトディウスの弟子、聖クリメントと聖ナウムである。二人は、ここにサン・クリメント修道院と学校、さらに聖ナウム修道院を開き、九世紀末には、聖クリメントのキリル文字による聖書翻訳により、スラヴ人への布教の拠点となった。中世ブルガリア帝国時代には総主教座が置かれ、宗教・文化の中心都市として中世美術が花開いたが、ビザンティン帝国との戦いで帝国は敗退し、オフリドはビザンティン帝国の支配下に入った。

今日は特別の寒さである。五月も半ばというのに気温は摂氏十度。右膝がひどく痛む。オフリドのメインストリートを通って旧市街を歩く。聖ソフィア大聖堂に到着。聖ソフィア大聖堂は、オフリドの中世の教会としては最大で、大主教座が置かれていた。教区は、北はドナウ河、西はアルバニア海岸、東はテッサロニキ湾に及んでいたという。建立時期は明確ではないが、大主教レオの時代(一〇三七年~五六年)に改築された。内部に残るフレスコ装飾(十一~十四世紀)は貴重な作品である。内陣部分のフレスコは、十一世紀のもので、コンスタンティノポリスの総主教や六人のローマ教皇、スラヴ人の聖人、聖キリルと聖クリメントが描かれている。旧約聖書の場面からは、アブラハムの物語や「炉に入れられるユダヤ人」「ヤコブのはしご」。天井に描かれた「キリスト昇天」などが特に印象的。

二十世紀後半に発掘されたローマ劇場は、二千年前に造られたもので、ローマの円形劇場などと比較するとかなり小ぶりであるが、夏のフェスティバルにも使用され、座席にはローマ時代にその席の権利を持っていた者の名が彫られている。

聖クリメントの木が繁る広場を通ってクリメント教会の前に出た。白い丸屋根の建物の前には藤の花であろうか、薄紫の花が一面に咲き乱れている。ここは、オフリドで最も古い教会の一つ、見事なフレスコ画が残されている。町の守護聖人聖クリメントの遺骸がパンテレイモン聖堂から移されたことから、聖クリメント教会と呼ばれるようになった（聖遺物は、後に聖クリメント・パンテレイモン聖堂に戻される）。この町では聖クリメントへの信仰が篤く、クリメントを名乗る男性が多い。昨日から三日間旅をともにすることになったガイドさんもクリメントさんで、その名に違わず、大きな体躯に上品な物腰と柔和で優しい目をしている。

内部のフレスコ画の大部分は、一三〇〇年頃にミハイルとエウティキスという二人の画家によって描かれたもので、普通はあまり残されていない画家の署名が例外的に残っている。活き活きとして優美な筆遣い、力強さに満ちた作品群は、それまでの中世美術から一歩進んでいることから〈パレオロゴス・ルネサンス〉と呼ばれ、後のイタリア・ルネサンスに影響を与えたという。蝋燭やお香の煙で黒ずんだフレスコは修復され、聖母の生涯、キリストの受難を中心に、幅広いテーマで描かれた作品が展示されている。

美しい湖を背景に、聖クリメント教会の向かいにイコン美術館が建ち、イコンの傑作〈受胎告知〉が収められている。美術館を出て、真珠の店や手漉き紙工房などに立ち寄る。紙工房ではイコン美術館の〈受胎告知〉の複製画と栞を買った。

今日は波が荒くボートは出ない。聖ヨハネ・カネオ聖堂まで山側の傾斜のある細い道を歩く。オフリドのランドマークともなっている湖を見下ろす聖堂は、アルメニアの影響を受け、十三世紀末に建てられたものといわれるが、十七～九世紀には廃墟同然となっていたため、多くのフレスコ画が失われ、ドームと内陣部分に傷んだフレスコ画がわずかに残る。聖堂の入り口は鍵がかかり誰もいない。湖から吹きあげる冷たい風を避けてお堂の陰で待っていると、ようやく番人が帰ってきた。フレスコには三世紀にこの地で布教したとされる聖エラスムス、九世紀にスラヴ人に布教した聖クリメント、十四世紀初めの大主教コンスタンティン・カヴァシラの姿が描かれている。オフリド湖に面して建つ聖カネヨ聖堂の風景には、人々の心を魅惑せずにおかないものがある。まるで原初の信仰の源が潜んでいるかのような、穢れのない清らかさとでもいおうか。

教会を出て湖岸沿いにさっきとは別の道を行く。来るときは丘側の小灌木の繁る道であったが、帰りは湖岸の水際に吹きつける強い風を受け、湖とは思えぬほどの荒い波しぶきを浴びて、肩をすくめ上着を体に巻きつけて一歩一歩進む。湖岸の細い小径は湖水に洗われ、敷かれた板の上をおぼつかない足どりで歩く。ようやくレストランに着く。聖ソフィア聖堂の前に来ていた。遠く感じたはずである。湖に突き出た半島状の地域をぐるりと回ってきたのだ。

昼食のレストランDAMARの食事は、膝の痛みと湖から吹きつける風の冷たさに耐えて歩き続けた苦労をすべて吹き飛ばす程の味であった。野菜スープ、ミックスサラダ、オフリド鱒のグリルにパン・ケーキとアイスクリーム。そのどれもが美味しく、一同大いに満足した。なかでもオフリド鱒のグリルは格別の味であった。こんなことは滅多にない。食の僥倖に感謝。

食後、永良さんとタクシーでホテルに帰る。油断してサポーターを持って来なかったせいか、突然の寒さのせいか、膝の痛みが再発し、歩いているうちにだんだんひどくなってきた。ホテルのバスで膝を温め、ついでに洗濯をする。夕食に行く元気もなく、持参のおかゆで済ませる。その上、脚がこむらがえりになった。漢方薬を持って来ていたのに、スーツケースの底に紛れ込んで探し出せず、忘れてきたと思う。オフリドの聖堂を見ることが、この旅の第一目的であったというのに。

五月十六日　曇り時々晴　　十一度〜十七度

オフリドからナウムへ。今日は昨日に比べてやや暖かい。バスはオフリド湖の東岸に沿って南下する。ナウムまで三十五キロ。

左にそびえる山にはまだ雪が残っている。五月も半ばを過ぎているのに、車内は暖房中である。いくつかの村落を抜け国立公園の中を通る。ウォールナットの木が茂っている。家具用だとか。石灰岩の山は、雨水が地下に浸透し水たまりができないため、この樹に適しているという。このあたりは第一次世界大戦の戦場であったそうだ。トーチカ状の穴らしいものがいくつも見える。車内はようやく十度近くなる。

聖ナウム修道院は、九〇〇年頃、湖の南端、アルバニアとの国境に聖ナウムによって建てられた。聖ナウムは九一〇年に没し、この教会に埋葬されたという。オスマン・トルコがやってくる以前に修道院は廃墟になっていたらしい。オスマン統治下の十六〜十七世紀に古い土台を利用して現在の教会が建てられ、ドームや聖ナウム礼拝堂はその後増築されたものである。フレスコはといえば、聖ナウム時代のものは現存せず、この時代の教会にフレスコが描かれていたかどうかも定かではない。現在のフレスコは一八〇六年アルバニアのトルポによって描かれたものだとか。面白いのは、ここのフレスコの主題である。いわく「クマに馬具をつける聖人」「聖ナウムの遺体を盗む僧」「精神病者を癒す聖人」「修道院の入り口で捕まった馬泥棒」など。一説では、聖ナウムは精神病者を癒すことができたとされ、一六六二年ここに病院が置かれたという記録もある。

バスで次の目的地に向かう。聖堂らしい建物が見えてきたと思うと、聞きなれない奇妙な鳴き声が聞こえてきた。孔雀である。十羽以上もの孔雀の牡が見事な羽を思いきり広げ、ミャーミャーと声高く啼いている。求愛の声だろうか。つややかな璧青の羽毛を広げたところは、直径数メートルもあろうか。華麗ともいえる美しさ。首から腹部と尾までがロイヤルブルーの羽毛で覆われ、長く伸びた尾はエメラルドブルーにグリーンと黒という豪華さである。羽には大きな目玉のようなものが点々とついていて、この数が多いほど強い権力を持っているとか。見ていて飽きない。それに比べて、あの声の異様さは何だろう。まったく興醒めとはこのことだ。美しい姿に似つかわしくない。フランス人のグループと出会う。フランスのおばさん達も、おばさんはおばさん。わいわいがやがやフランス語を喋る。日本のおばさんはフランスのおばさんと少し喋り、「オルヴワール」といって別れた。

クルビノヴォ村へ、五十キロの道を行く。山や峠では雪が降っているため、峠道は危険で通行できないという。遠回りでオフリド湖をぐるっと回っていくことになった。クルビノヴォ村はプレスパ湖の東にある。プレスパ湖はギリシア、アルバニア、マケドニアの三か国にまたがる湖で、表面積の約五分の四がマケドニア領である。湖面の標高は八五三メートル、地殻変動でできた湖としては、バルカン半島で最も高い場所にある。オフリド湖との標高差が一五〇メートルもあり、プレスパ湖から流れ出た水はカルスト台地の地下を通り、湧水となってオフリド湖に注ぐ。ちなみに〝プレスパ〟とは、吹雪の意だそうである。

ブナ峠を通過、ここからは林檎畑がつづく。

クルビノヴォ村へは、途中で大型バスを降りてミニバスに乗り換えなければならない。一一九一年に建てられた聖ゲオルギ聖堂は、私にとって特別な場所となった。ミニバスを降りてからも傾斜のある丘の上へと続く道なき道を辿ると、緑の木々の間にひっそりと小さな聖堂が建っていた。旅の初め、ボヤナ聖堂で得た印象を超える、より一層深いもので心が満たされる。このお堂と比較すると、ボヤナ聖堂は、途方もなく立派で巨大なものといわなければならない。こちらは比べものにならないほど遥かに小さく、極小といってもよく、さらに限りなく素朴である。いかにも、一千年も昔の村人たちが、日曜ごとに礼拝に通っていたお堂といった感じで、これこそ、〈聖ヨハネ・カネオ聖堂〉とともに、信仰の原点を示すものといえる。様々な色や形の異なる石が不揃いに並べられ、壁土でくっつけられてできた建物は、村人たちが野良仕事の合間に時間をかけて造り上げたかと思わせるような佇まいであった。

お堂の前の敷石に腰を下ろしていると、小鳥の声が聞こえてきた。聞き慣れた声は、ヨーロッパに多く住むつぐみであろう。姿はあまり冴えないが、私はこの鳥の美しい声に魅せられてきた。思えば、初めてのパリ暮らしでもこの啼き声にしばしば慰められた。緑の静寂のなかでの、小鳥の声の他に何も聴こえない静謐の一刻《ひととき》は、信仰に縁のない者にも聖なるものへの憧れを感じさせる。ファサードにはフレスコ画の微かな名残がある。

改修によって木の天井が設けられ、南北にあった扉口は閉ざされ窓になったと聞く。聖堂の中には照明がなく、用意してきた懐中電灯で照らしながら、キリストと聖母マリアの生涯が描かれたフレスコ画を見ていく。画家の表現の特徴であろうか。描かれた人物の顔は頬がこけ、鼻が尖り、厚めの唇はぎゅっと結ばれている。また、手足が長く、衣服の襞が大げさに現実離れして描かれている。ビュッフェやモジリアニの絵をアルカイック風にした感じである。

この聖堂は素朴な外観の内なる美において、又、内蔵されるすぐれたフレスコ画の豊富さにおいて、見る者の心を捉えずにおかぬ力を秘めている。優美な天使の図柄はマケドニア紙幣にも使われているとか。訪れる人は少なく、それゆえに保存状態にも恵まれている。隠れた名画といえる。

東西南北の四つの壁面に描かれたフレスコ画は、受胎告知から聖母子、キリストの洗礼、磔刑、十字架降架などが並ぶ。他の教会とは異なるものをいくつか見つけた。キリストが起こした奇蹟、〈ラザロの蘇生〉は、ビザンティン聖堂で好んで描かれる場面で、〈聖母被昇天〉がカトリックに多い図像であるのに対し、ビザンティン聖堂では、多くの場合、西壁に〈聖母の眠り〉が描かれる。〈キリスト変容〉も西壁中央に描かれることが多い。〈十字架降架〉では、釘を外されたイエスの右手にマリアがすがり、ヨゼフは悲しみに身をよじらせている。十字架上部の横木には、〈ＩＮＲＩ〉（「ナザレ人イエス、ユダヤの王」）ではなく、「栄光の王」と記されている。〈聖母の嘆き〉では、キリストに覆いかぶさるように頬を寄せるマリアが描かれ、この図像もイタリアに伝わった「ピエタ」の原型とされる。もっとも興味深かったのは、〈冥府降下（アナスタシス）〉である。カトリックの教会などでは、これまで見たことがなかった。キリストは復活すると、まず冥府に下り、キリストの復活を待ちわびていた人々を「最後の審判」に先立って、天国に連れて行ったという。最初にアダムを、続いてイヴと殺された次男アベルを助け出そうとしていて、左側には、旧約聖書のなかの王ダヴィデとソロモン、洗礼者ヨハネの姿がある。

クルビノヴォからギリシアのカストリアへ一三〇キロ。バスはクルビノヴォからやや北上して東に曲がり、ガソリンスタンドで休憩後、ビトラの町を通過して南下し、マケドニア国境ニキの町に到着。マケドニアからギリシアへの国境越えである。ここで、ガイドのクリメントさんやドライバーのエロルさん達とお別れ。三日前、ブルガリアからマケドニアへの国境を越えたときと同様、国境の手前でバスを降り、スーツケースと小荷物を押してパスポート・コントロールを受ける。ギリシア国境で新しいバスに乗り換えて出発。ガイドさんはアティナさん、ドライバーはデミトリスさんとギリシア風の名前だ。マケドニアとの時差は一時間。標高二五〇〇メートルの山の中を通ってカストリアへ。

マケドニアの国境に近いカストリアに到着。カストリアは、典型的なマケドニア・スタイルの古い建物が残る湖畔の主教座都市である。かつてビザンティン時代から中世にかけて七十を超える聖堂があったとされ、今も九世紀のフレスコ画が残る聖ステファノ聖堂、十世紀のアギイ・アナルギリ・ヴァルラム聖堂など、五十余りの小聖堂が活動している。カストリアは、オレスティアダ湖の西岸に突き出たカストリア半島の付け根に位置し、早くから毛皮産業で知られてきた。毛皮産業の歴史は古く、ビザンティン帝国時代のコンスタンティノポリスで、カストリア出身の商人たちが資産家への奉納品としてロシアの毛皮を贈っていたことに遡る。十五世紀からカストリアに居住していたユダヤ人が、バルカン半島や中央ヨーロッパ諸国を相手に毛皮商を始めたという。周囲の山では石灰石の採掘も盛んで、湖からは鱒が獲れる。街の中心部には、ビザンティン帝国時代の教会群やオスマン帝国期特有の建造物が多く残っている。

オレスティアダ湖の名はギリシア神話に登場する妖精オレイアードが語源である。戦略上重要な位置であったため、ビザンティン帝国とブルガリア帝国の間で熾烈な争奪戦が繰り広げられ、一三八五年頃にはオスマン帝国がカストリアの町を掌握、その後五三〇年に亘ってオスマンの支配が続いた。

夕食はホテル内レストランにて。グリークサラダ、ザジキ、ヨーグルト、仔牛のグリル、フレッシュ・フルーツ。

五月十七日　晴　十度～二十度

聖堂群と美術館見学の日。カストリアの町の中心で、タクシー三台に分乗して出発。ビザンティン美術館は改装中のため閉館中。代わりに、マフリオティッサ聖堂（セオロゴス聖堂）に行く。左の入り口に罌粟の花の群生があった。ギリシア語でパパルナ。よく見かけるかわいい花。一面に咲いている。鍵番の人と一緒に聖堂を見学する。かつて七十二あった教会のうち今は五十四の教会が残るとか。ここは宗教的に重要な町で主教座が置かれている。

聖ステファノス聖堂は、九世紀に遡る市内最古の教会の一つ、ナルテクスには九世紀のフレスコ「最後の審判」が残っている。内部は三廊式で身廊の天井が高い。十二、三世紀の改築の際、身廊にフレスコが描かれた。身廊天井には、三つのメダイヨンが並び、東から「パントクラトール」「日の老いたる者（としてのキリスト）」「インマヌエル（幼子キリスト）」が描かれている。色調は全体に暗く、紫紺色が時を経てくすんだように見える。旅の初めから気づいていたが、ビザンティンの聖堂で描かれた幼子イエスは、大人顔で体格も大人びている。大人の男性をそのまま縮尺して描いたかのようにみえる。尋ねてみると、救世主としての人格に幼い風貌は相応しくないという。優れた力と聖性を備えた存在が幼くてはならぬという考えだとか。しかし、このインマヌエルの顔は整ってはいるが大人の縮小ではなく、たとえようもなく愛らしい。

聖アナルギリ聖堂は、町の北側に位置する三廊式の聖堂。小さな聖堂だが、カストリアでは最大級の教会だとか。「アナルギロス」は「一文無し」を意味し、報酬を得ずに奇蹟の力で病を癒す聖人を指す。複数形の「アギイ・アナルギリ」は、通常、報酬を取らずに医師として活躍したコスマスとダミアノスの双子の兄弟を意味し、この聖堂は彼らに捧げられたもの。聖堂の建築は、十世紀後半から十一世紀前半とされ、外壁には煉瓦の組み合わせによりキリストのモノグラムや車輪形、ジグザグ模様などの装飾がなされ、扉口の外壁にはコスマスとダミアノス像を描いたフレスコ画が残っている。内部のフレスコ画が最初に描かれたのは十一〜十二世紀であるが、十二世紀後半に壁画を漆喰で塗り込めて新たにフレスコ画が描かれた。十二世紀のフレスコ画は、二人の画家が制作したとされ、一人はクルビノヴォの聖ゲオルギ聖堂の画家で、クルビノヴォより以前の一一八〇年代に制作されたものとされている。聖ゲオルギ聖堂のフレスコ画で見た、こけた頬、尖った鼻、長い手足、大袈裟な衣服の襞など、現実離れした表現の特徴から同じ画家だとわかる。

昼食はチキンとライス入りスープ、山羊のチーズの入ったミックスサラダ、ポーク・シチューに胡桃のケーキ。

食後、テサロニキへ二百キロ。緑におおわれた山。パパルナの群生とエニシダ、ようやく五月の美しい風景に出会った気がする。やや暖かく、膝の痛みも少しやわらぐ。ヴェルギナで、フィリッポス二世やその妻、アレクサンドロス大王の息子（四世）らの墓と博物館を観る。アレクサンドロス大王の墓はない。

五月十八日　晴

テサロニキに到着。アテネに次ぐギリシア第二の都市。アレクサンドロス大王の異母妹テッサロニカの名に因んで名づけられたとか。ニカは勝利の意。ビザンティン帝国時代には、コンスタンティノポリスに次ぐ都市として繁栄した。アリストテレス大学を中心とする学術都市であるとともに見本市や国際会議が開かれる文化都市。紀元後五十年代には伝道途上のパウロが二度立ち寄り、三世紀末、ローマ帝国が四帝分治制（テトラルキア）になったとき、ガレリウスが統治する領域の首都となった。コムネノス王朝期の経済成長時代には北部ギリシアの中心であった。

ホワイト・タワーを観る。十五世紀にヴェネツィアが築いた城壁の一部で、十六世紀にはオスマン・トルコの牢獄として使われていた。叛乱兵を投獄し処刑したことから「血の塔」と呼ばれ、その呼び名を不名誉と思ったトルコは白く塗りつぶし周囲を公園とした。公園内には、エーゲ海とオリンポス山を背にアレクサンドロス大王の騎馬像が建つ。紺碧の海に白い雪を頂いたオリンポスの山々をカメラに収める。

アギオス・ニコラオス・オルファノス小聖堂は、ちょうど日曜日のミサの最中で、思いがけずミサに参加することができた。長い蝋燭を持った幼児も、まだ二、三か月の乳児も聖母像に唇を近づけて祈りを捧げる。歩行困難な老女も礼装し息子に背負われてミサに来る。聖堂の中では、長老も信者も老人も幼児もみんな盛装し蠟燭を手に賛美歌を歌っていた。〈歌うミサ〉である。私たちは時を忘れ、かなりの長時間ミサの中にいた。「サマリアの女」「ユダの接吻」などを観る。

街の西はずれ、城壁に隣接して建つのが、アギイ・アポストリ聖堂である。十四〜五世紀の建立。ギリシア十字プランに三つの後陣付き、建築も壁画もイスタンブールのコーラ修道院とよく似ている。壁面を覆うフレスコの、高い部分には「冥府降下」「降誕」「変容」などの場面、低い部分には新・旧約聖書などの場面が描かれている。「冥府降下」には十字架を持ったまま、白髪の老人に手を差し伸べているキリストの姿がある。

アギア・ソフィアは、七世紀中葉の建立。大型ドームの「キリスト昇天」は九世紀のモザイクで、キリスト昇天を見守る使徒たちが思い思いのポーズをとり、その間に金色に輝く木々が見える。アプシスの金地の中には聖母子が座っている。

昼食レストラン　ＡＧＯＬＡ

シーフード・メゼ（ミックスサラダ、イカのフライ、カタクチイワシのフライ、タコとエビのグリル）

小麦のケーキ

ローマ皇帝ガレリウスを讃えて街の中心に造られた記念門を観にいく。煉瓦を覆っている石板には、ペルシアやメソポタミア、アルメニアに勝利した場面が彫られていた。

ビザンティン美術館を訪ねる。一九九四年の開館。初期キリスト教時代の教会や教会のものだけでなく、三世紀からビザンティン帝国が滅びる一四五三年までのフレスコ、モザイク、イコン、彫刻、日用品などが年代順に展示されている。一三〇〇年頃の祭事用布「ビザンティン帝国の黄昏」に興味をそそられる。

アギオス・デミトリオス聖堂は、不治の病を癒されたイリリクム副知事レオンティウスが、聖人が殉教したとされるローマ浴場跡に建てたもの。ディミトリオス（二七〇―三〇六）はテサロニキの守護聖人で迫害により殉教したとされる。内部には六世紀のモザイクパネルがある。興味深いことに気づく。六世紀のモザイクが動的な描写にすぐれているのに対し、イコノクラスム論争が始まる七世紀のものは、明らかに厳格な正面観で画面の人物は正面を向き直立不動の姿勢をしていて、全く動きがない。クリプトに行く。聖ディミトリウスが収監され、殉教後に葬られたローマ浴場の跡という。

今日はギリシア統一地方選挙が終わり、広場に面したホテルの部屋は、人々の歓声や楽器に合わせて歌う声が騒がしい。騒音は十時過ぎまで続いた。

五月十九日　晴　二三度

テサロニキからイスタンブールへ。

午前中、出発まで自由行動。ホテルを出て海岸に向かう。エーゲ海の向こうにオリンポスの山が見える。オリンポス山とエーゲ海を背景にアレクサンドロスの像。またいつかオリンポスとエーゲ海を見ることができるだろうか。地中海の水は意外と汚れていて匂いもしない。黒衣の老婦人に会う。目が合って声をかけるとロシアから来たという。夫か恋人を亡くしたのだろうか…。スラヴ化した歴史を知った今、考えさせられることも多い。しばらく海岸沿いに歩き、引き返して街の方に行ってみた。海岸に並行して大通が通っている。ウインドウ・ショッピング。Tシャツ屋に入って安い土産用を二枚、二十四ユーロ。ホテルに戻り、階下のカフェで買ったクッキーとアール・グレイの紅茶で昼食にする。十三時ホテルを出発、バスでテサロニキ空港へ。TK一八八二便にてイスタンブールへ。イスタンブール空港からホテルへ三十分。ガイドはギョクセル、運転手はエルジャン。十七時、ヒルトン・イスタンブル・ボスポラスホテルに到着。ホテルの奇妙な構造に戸惑う。下に降りてZ階の七〇号室、フロントはL階でさらに二層上である。

イスタンブール空港は乗り継ぎの際にたびたび通過したが、トルコに入るのは初めてだ。ヨーロッパ大陸とアジア大陸にまたがり、北の黒海と南のエーゲ海・地中海を繋ぐボスポラス海峡・黒海・ダーダネルス海峡によって隔てられている。ヨーロッパ側は大部分が平野で、ジョルジア（グルジア）、アルメニア、イラン、イラク、シリア、ブルガリアに隣接している。イスタンブールの中心を貫くボスポラス海峡は黒海、マルマラ海、そして金角湾に注ぎこんでいる。市民は、ここがかつてローマ帝国、ビザンティン帝国、オスマン帝国の首都であったことを誇りにしているとか。

夕食はホテル。そろそろ疲れが出てきて出かけずに済むとなるとほっとする。ビュッフェスタイル、今夜はラスト・ディナー、ドリンクサービスがあった。ワインとビールで乾杯。五月二十日が誕生日の永良さんにプレゼントとハッピー・バースデー。

五月二十日　晴　二十四度

朝からカーリエ・ジャミイ＝コーラ修道院に行く。十世紀の記録によれば、二九八年にニコメディアで殉教したアンティオキア司教聖バビラスと八十四人の弟子たちがここに埋葬され巡礼地となり、礼拝堂が建てられたとか。六世紀にはユスティニアヌス帝が墓地と礼拝堂の上に修道院を再建した。その後、修道院は総主教など著名人の墓所として使用されている。何度も修復工事や再建がなされ、大きなドームを載せた建物も増築された。中でも、十四世紀の哲学者であり宰相でもあったテオドロス・メトキティスは、ラテン帝国による占領と一二九六年の地震により荒廃した修道院を再建し、図書館やドームも加え、南側の礼拝堂にはフレスコの装飾を施した。当時としては斬新な方法でフレスコやモザイクが年代順に並べられている。「キリストに教会を捧げるテオドロス・メトキティス」という画題は他で見たことがない。また車輪のような円形の中央に聖母が描かれ、大天使が輪になって囲んでいる図などもある。「キリストの冥府降下」では怪物が首をもたげ、キリストまで体を後ろに引いて逃げ出そうとしているように見える。

コーラ修道院からパントクラトール修道院を通って南東の方向にあるアヤ・ソフィア聖堂に行く。ハギア・ソフィア（神の叡智）に捧げたこの教会は、皇帝ユスティニアヌスの命によって建設され、ビザンティン世界では最大の聖堂であった。ユスティニアヌス帝は、建築に当たり、白大理石はマルマラ島、緑の斑岩はギリシアのエウボイア島、ピンク大理石は内陸のアフィオン、黄色大理石は北アフリカ産といった具合に、各地方で産する最良の素材を用いるように命じた。柱はアスペンドゥスやエフェソス、エジプトなどの古代遺跡から持ってきたという。大理石で飾られていない壁の部分には美しいモザイクが施されている。コンスタンティノポリスは一二〇四年から六一年にかけて、十字軍によるラテン帝国に占領され、ハギア・ソフィアはかなりの被害を受けたが、一四五三年、メフメト二世の征服後、ここはモスクとなった。

モザイクはユスティニアヌス帝時代のものはほとんど残っていない。九~十四世紀の各時代の皇帝が寄進したモザイクが残されていて、色彩も線描も、比較的残存率はよさそうだ。「聖母子」は九世紀のもの、くっきりと美しい姿である。珍しいところで「セラフィム（熾天使）」などもある。セラフィムは天使の位階の一つ、アヤ・ソフィアの「セラフィム」は、顔も手足もなく中央の星と六枚の翼だけで表現されている。十四世紀の作画を復元したものである。

長い行列に並んでみると、ユスティニアヌス帝が毎日触れていたという柱の穴で、そこに指を入れ、ぐるりと回す間に願い事をすると願い事が叶えられるという。

午後空港へ。ラウンジにて石川さんとビールを飲みながら話す。何日間かの旅の仲間と、こうして何度出会っては別れてきたことだろう。おそらく今だけの感慨であろうけれど、再び会うことのない人との別れを惜しむ。

十七時十分イスタンブール発ターキッシュ・エアラインズにて帰国の途へ。

五月二十一日

十時二十五分、成田着。

空港にて、別のグループの岡山の女性と出会う。伊丹空港まで同道して話をするうち、彼女は八十歳で、ギリシア語を十年間も習ったのち、どうしてもギリシアに行きたくなり今度行ってきたという。どうしてギリシア語を？　という私の問いかけに彼女は話してくれた。乳がんを患った後、しばらくして肺への転移が見つかったこと、それを克服して、その寂寥を紛らすために、ふと近くにあったギリシア語講座に通い始めたこと。そしてどうしてもギリシアに行ってみたくなったことを。次はどちらに？　と問いかける私に、彼女は少しほほえみ、これが最後です、といった。私にも最後の旅となる日がすぐそこに来ている。

（２０１４・５）

——ポルトガルへ

ポルトガルに行くつもりはなかった。

ずっと昔、一度ポルトガルに行ったことがある。仕事でパリに行っていた頃、友人たちとリスボンに行き、サン・ジョルジェ城の広場で夕日を見るため友達四人とベンチに腰を下ろし、日没を待っていた。昼間あれほど暑かったのに夕暮れが近づき肌寒くなっていた。カーディガンに手を通そうと一瞬リュックを放した。ほんの数秒のことである。両脇に友人がいたし、背後に人の気配も感じなかったのに、リュックは消えていた。誰一人気づかなかった。

考えてみると、ジュースを買ってベンチに座る前に数人の若い怪しげな男たちとすれ違った。警察は、彼らが隙を狙い、長い竿の先につけた鉤状のものか何かで引っ張ったのだろうと言った。リュックの中には様々な通貨（EU成立前である）やT.C.にパスポート、航空券、カメラ、カードなどの他、友人のものも入っていた。初めてのポルトガルは私のなかで最悪のイメージになった。

にもかかわらず、再びポルトガルに行こうと思った。行かなくてはと思った。

知人から贈られた一冊の本の中に修業中のゴヤが描いた『聖フランシスコ・ザビエルの死』があった。中国を目前にして上川島の粗末な小屋に仰臥し、黒い僧服を身に着け胸に十字架を握りしめている臨終のザビエルの像である。『広辞苑』には「日本に渡来した最初のイエズス会士。スペインのナバラ王国の貴族。一五四一年東洋伝道のためインドからマラッカなどを遍歴、四九年（天文一八）鹿児島に来り、平戸・山口など日本各地に伝道、五一年離日。中国に入ろうとして広東付近で病没」とある。また、ザビエルの名を冠する教会が日本にもいくつかある。これほど知名度の高いザビエルとはどんな人物だったのか。しかし、ただそれだけの興味ならポルトガルに行こうとは思わなかった。その書物の少し先に書かれていたことが、私をザビエルとポルトガルに向かわせたのである。

「ザビエルを生んだカトリック王国スペインは、ヨーロッパ・キリスト教国の中でもユダヤ人迫害と抑圧の歴史を最も深く刻んだ国であった。（中略）フランシスコ・ザビエルは神の名においてスペイン・カトリックの恐怖政治が公然と行われた時代の息子であり、したがって彼の歩みもイベリア半島のユダヤ人迫害および虐殺の歴史と決して無縁ではなかった」（小岸昭『隠れユダヤ教徒と隠れキリシタン』以下『隠れユダヤ教徒』と表記）。

紀元七〇年に祖国を失った離散ユダヤ人にとって、数世紀に及ぶ長い期間、スペインは約束の地であった。七一一年にモーロ人に征服されたこの国をキリスト教君主のために再編成し、アラビアやギリシアのさまざまな学問、医学・占星術・天文学などをヨーロッパに伝達して多大の貢献をした。にもかかわらず、一三二八年にはナバラ王国で、イベリア半島で最初の大きなポグロムの一つが発生し、一三九一年にはセヴィーリャで最も凶悪な反ユダヤ人暴動がおこった。「スペインはユダヤ人を一掃しなければならない。ユダヤ人はスペイン全体を奴隷化する陰謀を企んでいる」という狂信的なフェランド・マルティネス副司教の反ユダヤ主義的な説教に扇動され、たけり狂ったキリスト教徒の暴徒たちが、セヴィーリャのユダヤ人居留地に押しかけ数千人ものユダヤ人を虐殺した。死を免れ捕虜となった者はアラブ人に売られ、逃げるユダヤ人を匿ったキリスト教徒たちの家も襲われた。迫害を避けるためには、外国に逃れるか、父祖の信仰を棄てカトリックに改宗する他に道はなかった。こうして改宗ユダヤ教徒が生まれる。改宗者「コンベルソ」は、新キリスト教徒「クリスティアノス・ヌエボス」あるいは「マラーノ」(「豚」)と呼ばれた。破局の前触れとなる出来事は、アラゴンの王子フェルナンドとカスティーリャの王女イサベルの結婚(一四六九)である。王国の拡大で世界的強国の女王となったイサベルは、「聴聞司祭トルケマダの支持を取り付け」、教皇シクストゥス四世に「異端審問所を設置する請願書」を提出した。その結果、一四八一年に最初の裁判が開かれ、男女六名が生きながら火炙りの刑に処せられた上、その財産も没収された。スペインでの公開の火炙りの刑「アウトダフェ」の始まりである。

一四九二年には三つの大きな事件があり、それぞれがからまり合っている。すなわち、グラナダ陥落による国土再征服運動（レコンキスタ）の完成、カトリック両王のユダヤ人追放令署名、コロンブスの新大陸を目指す帆船の出航である。王国の計理官や財政顧問を務めていたマラーノは、レコンキスタに対する多大な貢献をした。また、女王側近のマラーノたちも、コロンブスの航海の支援をしたが、ユダヤ人追放令の署名を阻止することはできなかった。一四九二年のスペインからのユダヤ人追放（二十世紀以前の歴史において最大といわれる）で、五万人のユダヤ人がキリスト教の洗礼に応じ十数万人が難民となって祖国を後にした。そのうち十二万人が国境を越えてポルトガルに向かったという。嵐の海で溺死したとか奴隷として売られたという話を聞いていたため、危険な海を渡る必要もなく、言葉も習慣も似た隣国へのコースを選んだのである。ポルトガル在住のユダヤ人やポルトガル政府が難民を歓迎したわけではない。国王ジョアン二世だけは、永住権を望む富裕なユダヤ人から多額の納付金を、入国希望者全員からは八か月という条件つきで人頭税を徴収するために、受け入れを認めたという。（『隠れユダヤ教徒』）。

しかし、ここでも、一四九六年末、ポルトガル国王マヌエル一世のスペイン王家との婚姻によって、ユダヤ教信仰は禁止される。スペイン女王イサベルは、スペイン王女イサベルとの結婚の条件として、マヌエル一世にユダヤ人追放令を強要した。スペイン系ユダヤ教徒たちに残された道は、強制的な洗礼を受け先祖からの信仰を心に秘めて、「良きキリスト教徒」を装うことであった。

フランシスコ・ザビエルは、一五〇六年四月七日、ナバラ公国のザビエル城で生まれた。その十二日目にリスボンで惨劇が起きている。修道士たちが新キリスト教徒（マラーノ）殺戮を煽動し、わずか二日で二千人以上の命が奪われた。ザビエルがリスボンに姿を現すのは三十四年後であるが、その間にも、ユダヤ人に対するカトリック王国ポルトガルの恐怖政治は着々と形を整えていた。

一五四〇年六月末ザビエルは、ローマ駐在のポルトガル大使ペドロ・マスカレンニャスとともにリスボンに到着した。病気の前任者に代わりインド宣教の大役を引き受けるためである。イグナチオ・デ・ロヨラの秘書ザビエルは、イエズス会に伝道者派遣を要請してきたポルトガル国王ジョアン三世に謁見し、東洋の使徒としてインドに渡るはずであった。

一五三一年の大地震から目覚ましい復興を遂げたリスボンには、海外貿易に乗り出した富裕な商人の働きで世界中のあらゆる貴重な品々が運び込まれていた。ヴァスコ・ダ・ガマのインド発見からおよそ四十二年、アフォンソ・デ・アルブケルケがゴアを征服してからすでに三十年経っていた。

リスボン到着の四日後、ザビエルは、イエズス会初期会員の中でただ一人のポルトガル人であるシモン・ロドリゲスとともに国王に招かれた。マヌエル幸福王はすでに没し、息子のジョアン三世が王位を継いでいた。謁見の間、国王はイエズス会とポルトガル国内の聖務について語ったが、ローマから派遣されたこのイエズス会士に、国王以上の熱意を込めて、ある重要な聖務を説得しようとした人物がいた。国王の二番目の弟ドン・エンリケである。ドン・エンリケは生涯純潔を守り通した厳格な禁欲主義者で、若くしてポルトガルの大審問官になっていた。ザビエルがリスボンに姿を現す数年前の一五三六年は、「カトリシズムの正義と純潔を守る禁欲主義者ドン・エンリケの発言権がいよいよ強くなったとき」（『隠れユダヤ教徒』）である。ジョアン三世は、ドン・エンリケの要請により、リスボン、エヴォラ、コインブラに異端審問所を開設する。ポルトガルにおけるマラーノの迫害は、スペインにおける迫害よりさらに執拗で陰険な形をとるようになった。

海洋帝国を築いたポルトガルの、アヴィス王朝には確固たる世継ぎもなく、経済的に衰退の兆しが見えていた。国力回復のため、アヴィス王朝は国外においては宣教活動を、国内では異端審問所の活動を推し進めようとする。そのような時期に、ジョアン三世の、「偶像崇拝」のインドをキリスト教に一元化する政策と、大審問官ドン・エンリケのポルトガル国内の異端者をことごとく駆り出そうとする十字軍精神、それにザビエルのキリスト教普遍主義が都合よく合致したのである。

一五四〇年一〇月二二日付、ペドロ・コダチオおよびイグナチオ・ロヨラ宛のザビエルの書簡がある。

「私たちはこの国の宗教裁判所長官で、国王の兄弟であるドン・エンリケ王子から、宗教裁判所に留置されている人たちの世話をするように幾度も頼まれました。それで刑務所を毎日訪れ、主なる神が彼らの救いのために留置して恩恵を与えてくださっているのだと、彼ら自身が納得できるように話しています。（中略）囚人たちの多くは、主なる神が自分たちの霊魂を救うのに、必要な多くのことを学ぶ機会を与えるという大きな恩恵を施してくださったと言っています」（「聖フランシスコ・ザビエル全書簡」『隠れユダヤ教徒』より）

一五四〇年九月二六日、ついにポルトガル異端審問所最初の火炙りの刑が執行される日がやってきた。日付が示すように、前掲の書簡は、リスボンで初めて挙行された「荘重な火炙りの刑」（ゲオルク・シュールハンマー）の後に書かれたものである。ザビエルはロドリゲスとともに、主としてユダヤ教信仰の廉で収監されていたマラーノの囚人を毎日刑務所に訪れていた。小岸氏は、ザビエルが「野蛮な宗教ショーの主催者側に身を寄せていたにもかかわらず、囚人たちの〈霊魂の救い〉や主なる神の〈恩恵〉についてしか述べていない」ことを指摘し、「このような〈罪人〉処刑に立ち会ったザビエル」が、「ポルトガル・カトリックの残酷な恐怖政治に深くかかわっていたことに疑いはない」という。

ポルトガル異端審問所最初の火炙りの刑が執行された日、ポルトガルでの最も荘重な行事を見るために、リスボン市やその近郊から大勢の群衆が集まってきた。国王や高位聖職者、市の貴族たちが顔をそろえ、審問官と聖職者が大勢の貴族を従えてやってくる。行列の先頭には十字架が掲げられ、アルファマ地区南西のミセリコルディアからすでに火刑台がしつらえられているリベイラ広場まで運ばれた。市警察と神聖裁判所の役人に伴われ、男性九名、女性十四名の計二十三名の囚人が到着する。このとき、フランシスコ・ザビエルとその同僚ロドリゲスは、大審問官ドン・エンリケに二人の死刑囚に付き添うように言われていた。これがリスボン異端審問所でのザビエルたちの聖務であった。そのうち一人はフランス人聖職者であり、もう一人のモンテネグロは、「大いなる異端者として、また神聖なる信仰の敵として焼かれたのだった」。しかしモンテネグロは無実であったという。私はアルファマ地区やリベイラ広場の歴史を何も知らず、ただ観光のために通り過ぎていたことを恥じた。

一五四二年五月六日、ザビエルは旗艦クロイン号でゴアに到着する。一五一〇年、ポルトガルはすでに胡椒の主産地ゴアを征服し、インドにおけるポルトガル植民地の政治的・経済的中心地としていた。一一年にはマラッカを占領、マラッカ王国を滅ぼし、タンジールまでのモロッコ海岸部を支配下に置いている。一八年にはシナモンの産地コロンボも手に入れた。キリスト教を布教し、ゴアなどに司教座と神学校が置かれる。イエズス会はポルトガル国王の保護を受けてアジアでの布教活動を行っていたのである。

ザビエルはゴアの王立病院に起居してカトリックの教理を教えていたが、早くから心を惹かれていたインド最南端の漁夫海岸に向かう。そこはマルコ・ポーロが『東方見聞録』に「量りきれないほどに巨額の真珠が採取される」と記した場所で、ポルトガルの海軍によってイスラム勢力が駆逐されると、一五三六年には「パラヴァス」の大改宗が行われた地方である。

しかし、大改宗が行われたはずのパラヴァスで、ザビエルがどれほど真剣に布教をしようとしても、人々は神に近づこうとしなかった。ザビエルは、せめて新生児たちの受洗だけでもと願わずにおられない。そして政治的な取引によって大改宗が行われた「信者の村」に出かけて行くが、そこは信仰不在の状態であった。ザビエルは記す。「ここはひどい不毛の地で、極貧そのものの状態なので、ポルトガル人たちは住んでいません。この地の信者たちは、信仰について彼らを教え導く人がいないために、信者であるというだけで何も知っていません」（前掲ザビエルの書簡）。大改宗で「キリスト教徒」になったはずのパラヴァスの人々は、相変わらず元のヒンドゥー教徒として暮らしていた。

ザビエルはインド各地での個々の体験についてロヨラ宛書簡に書き残している。

「私が今までに会ったこの地のインド人は、イスラム教徒にしても異教徒にしても、きわめて無知です」（同）。「信者たちに悪事をしようとする人々は、私に対しても悪事を企む者です。私にとって生きているのは苦痛であり、神の教えと信仰の証を示すために死ぬほうがましであると思います」と書く。「信者たちに悪事をしようとする人々」とは、カトリックの教えに従おうとしないヒンドゥー教徒であり、「私に対しても悪事を企む者」とは、彼の「布教の障害」

となる他民族や異教徒を指している。異教徒や他民族の風俗や習慣への理解を欠き、「自らに苦痛を与えている者」としか考えていない。「彼らを除去すれば布教活動がうまくいく」「彼らに死を」という意識が彼の心に忍び込まなかっただろうか。ザビエルを絶望感から救える方法は他になかったのかも知れない。

一五四六年五月一六日付ジョアン三世宛の手紙には「インド地方では説教者が足りないために、ポルトガル人の間でさえもキリストの聖なる信仰が失われつつあります。」と記し、説教者派遣の要望が、次のように続く。

「インドで必要とする第二のことは、こちらで生活している人たちが善良な信徒となるために、陛下が宗教裁判所を設置してくださることです。こちらではモーセの律法に従って生活する〈ユダヤ教徒〉やまたイスラム教の宗派に属している者たちが神への恐れや世間への恥じらいなしに平然と生活しております。これらの人々が大勢、しかもすべての要塞に散らばっておりますので、宗教裁判所や多くの説教者が必要です。」

驚くべきは、ザビエルの異端審問所設置の要望が、明らかに、ユダヤ教やイスラム教を信仰する異教徒を対象としていることである。ここでの「ポルトガル人」には異教徒を拷問にかけ火炙りの刑にするカトリックの聖職者も、祖国のために原住民を虐殺するポルトガル軍人も含まれていない。

このザビエルの提言から十四年後に、ゴアでは異端審問所の活動が開始される。一五七一年、ゴア異端審問官バルトロメウ・デ・フォンセカは、改宗ユダヤ人を「神を殺す者」と呼び、「ゴアを異端者と背教者の死体から得た灰で満たした」という。そして今もなお、そこから道一つ隔てたポム・ジェズ教会には聖フランシスコ・ザビエルの遺体が安置されている。

カトリック国ポルトガルの恐怖政治の歴史を振り返るとき、後年聖人として列聖されたザビエルが、いかに多くの人々に苦しみと残酷な死を齎したのか、いかに非人間的な提言を行ったかを思うと言葉を失う。

ちなみに、臨終のザビエルを描き宮廷画家にまでのぼりつめたゴヤは、一七九三年重い病のために完全に聴覚を失い、アカデミー絵画部長の職を引いたという。地位と名誉を同時に失ったゴヤは、それ以後貴族の肖像画や教会の装飾画、聖人崇拝と訣別して、「スペインの宮廷、教会そして異端審問所の貪欲さと不寛容を糾弾し、マラーノの苦しみに対する哀れみを表現する芸術家になっていく」（『隠れユダヤ教徒』）。

『ロス・カプリチョス（告げ口屋）』という表題の銅版画集では、「異端審問時代に暗躍した密告者」を描き、三百点以上にのぼるデッサンのなかには『ロス・カプリチョス』よりもさらに強烈な、「異端審問の政務」での残虐行為と拷問の様子を生々しく描いた三十枚の素描連作がある。そのうちの一枚「先祖がユダヤ人である咎により」には、長い円錐形の紙の尖り帽子をかぶったマラーノの群れが描かれ、尖り帽子にはそれぞれの罪状が記されている。とりわけ衝撃的な作品は「サパータよ、汝が誉は永遠たらん」であるが、ここに描かれた囚人はシャルル二世とフェリペ五世に仕えた高名な医学者ディエゴ・マテオ・ロペス・サパータで、モーセの十戒を守り、マラーノ系医師たちと親交を結び、ユダヤ教の教えに従うよう説得したとして訴えられた。ゴヤが描いたサパータは、牢獄の壁に鎖で繋がれ、沈黙したまま屈みこんでいる。異端審問から二、三ヵ月後、フェリペ五世の命によりサパータは釈放された。ゴヤはサパータの画像に「汝が誉は永遠たらん」と書き添えている。

『聖フランシスコ・ザビエルの死』を描いた頃のゴヤは、同じスペインに生まれ、東洋でのキリスト教布教に生涯を捧げたこの聖人に特別な敬意を懐いていたという。しかし、「異端審問時代のスペイン社会に対するゴヤ自身の起訴状ともいうべき」晩年の作品を見れば、ポルトガル異端審問所でのザビエルを理想化することは考えられない。ゴヤはこれらの作品によって、「キリスト教社会の異端審問とマラーノに対する抑圧と不寛容、そしてその暗愚主義を批判している」(『隠れユダヤ教徒』)。

もう一つ気にかかっていたのは、パスカル・メルシエの『リスボンへの夜行列車』である。独裁体制下のポルトガルで反体制運動に身を投じた若者たちの姿が描かれている。スイスのギムナジウムで古典文献学を担当する五十七歳のライムント・グレゴリウスは、ある一冊の本に出会いその内容に強く惹きつけられて、著者アマデウ・デ・プラドを追うリスボンへの旅に出る。

一九七四年以来、四月二五日のポルトガルは、首都リスボンを中心に赤いカーネーションで彩られる。「四月二五日革命」あるいは「カーネーション革命」と呼ばれ、公式行事に参列する人は赤いカーネーションを胸ポケットに差し、パレードに参加する市民は同じ赤い花を手にしている。

ポルトガルは一九一〇年十月に王制を廃したが、それから二六年まで続いた第一次共和政は、政治・経済・社会すべてに大きな混乱しか残さなかった。その後、ポルトガルは独裁者アントニオ・オリベイラ・サラザールに支配される「新国家」という体制の時代を迎える。社会に秩序は戻ったものの、抑圧的な政治の下、国民の自由が完全に奪われ、約半世紀に及ぶ暗い時代であった。サラザール体制に対し最も組織的な抵抗運動を示したのはポルトガル共産党であったが、独裁制を終わらせるために働いた軍人たちもいた。六〇年代には自由を求めて学生運動も起こった。アマデウ・デ・プラドや彼の仲間たちのように無名でありながら自由を求めて闘った人々もいたのである。

反体制派による抵抗運動を徹底的に弾圧したのは、悪名高い政治警察ＰＩＤＥ（国防国際警察）である。正式な裁判にかけることなく抵抗運動に参加する者を拘留し拷問にかけた。その目的は告白させるためというよりは、人格を破壊し恐怖感情を引き起こすことにあった。ＰＩＤＥによる拷問は過酷で、人間としての一切の尊厳を傷つけられた被害者たちは、釈放後も幻覚や記憶障害に悩まされ、過去を振り返ることを拒み続けた、という。

一九七〇年代の初め、若いアマデウは、学生時代の親友ジョルジェと独裁政権への抵抗運動に参加する。第二次世界大戦下、フランスのレジスタンスほどにはあまり語られてこなかったが、ナチスドイツに占領されたフランスで起きたと同じようなレジスタンスが七〇年代のポルトガルでも行われていたのである。

高名な判事の息子で医師になる道を選んだアマデウは抵抗運動に参加する。アマデウが若い正義感からしたことを、貧しい仲間たちは「罪悪感から参加しただけだ」と見ていた。医者であるアマデウは、反体制派を弾圧してきたPIDEの幹部の命を、そうと知りながら助けたことで親友と疎遠になり、それが彼を苦しめる。ジョルジェとの友情の亀裂には、二人が同じ女性（エステファニア）を愛したことも関わっていた。

若き日のアマデウを知るジョアンを介護施設に訪ねたライムントは、老人の手の指が折れていることに気づく。PIDEのメンデスの拷問を受け両手を潰されたが、その数か月前にメンデスの命を救ったのがアマデウであった。秘密警察に踏み込まれた後、情報漏れを防ぐために、驚異的な記憶力を持つエステファニアを消そうとするジョルジェと救おうとするアマデウ。

ここに登場する若者たちはすべて英雄としては描かれていない。彼らには苦悩があり、迷いや争いがあった。権力と戦った誇るべき過去は、同時に悔恨に満ちた過去になっている。苦難の時代を誠実に生きた者ほど傷は深く、懸命に生きた者たちの誰もが今も重い過去を抱いている。アマデウの妹アドリアーナ、施設にいるジョアン、生き延びて孤独な暮らしに耐える老いたジョルジェ、故国を離れて暮らすエステファニア。誰も過去を語ろうとしない。アマデウは「革命」の一年前に死んだ。アマデウを埋葬し高校時代の教師でもあった神父は語る。「比類なき知性を持ち傲慢ながら正義感にあふれた美しい若者に誰もが心酔していた」と。

いつも同じ旅ができるわけではない。体力や時間の制約などで旅の条件が変化してくる。若くて体力があったころは仕事があり時間的余裕がなかった。今は時間があっても体力がない。この度のポルトガル行は、本来ならば関心のある歴史的事件にかかわる場所だけを時間をかけてゆっくり周遊したかったが、体力の衰えは自由な旅を許さない。体力の制約がなければどこに行くつもりだったか…リスボンやトマールからエストレーラ山脈、エヴォラ、コインブラ、サグレス、そしてページャ地方にある十五世紀の修道院ノッサ・セニョーラ・ダ・コンセイサンといったところか。望みを果たせた場所も果たせなかった場所もある。望み通りの旅はできなかったが、少なくとも、ザビエルやキリスト教普遍主義の不寛容さあるいは独裁者の圧政によって齎された多くの人々の苦しみと残酷な死を心に深く懐き、犠牲者の眼で見ることを意識した旅であった。

旅の始まりは、ポルトガル西南部、アラビア語で太陽の沈む西の地方を意味するアルガルヴェ地方。アーモンドの木やオレンジ畑を車窓に見て、フェニキア人が築いた港町ラーゴスに向かう。サンタ・マリア教会や旧奴隷市場を見る。教会前の広場には大航海時代の立役者エンリケ航海王子の像。こんなところに、独裁体制から民主化へ舵を切るきっかけとなった一九七四年四月二五日のカーネーション革命を記念するメインストリートがある。四月二五日通りを散策し、白い町ラーゴスを後にした。

サグレスより数キロ先にサン・ヴィンセンテの岬。ヨーロッパ大陸西南端の岬に立つことを楽しみにしてきたが、天候に恵まれず、殴りつけるような大粒の雨と風のなか、傘を飛ばされそうになりつつ岬に向かう。一歩踏み外せば真っ逆さまに海の底だ。残念ながら岬の風景はただ一面の靄で、陸と海の境も見えなかった。

この時代の意識では、海は隔てるものでなく繋ぐもの。

アルガルヴェ地方の中心地ファーロを出発してアルマンシルに向かう。昨夜は夜中に足の痙攣で目が覚めしばらく眠れず。アルガルヴェからアレンテージョへ。アレンテージョは〈テージョ川の向こう〉という意味。黄葉したポプラ並木、スペインとの国境になっているグアディアナ川、川をせき止めた人造湖、広大な平野を抜けてエヴォラへ。エヴォラは古代ローマ時代から商業や農業の中心地として栄え、首都リスボンに次ぐ第二の都市である。昼食後、花崗岩の石畳の道が続くユダヤ人街を歩きジラルド広場に行く。一一六五年にイスラム教徒から町を奪回するときに功績のあった英雄ジラルド・センポバル（怖れ知らず）の名である。白壁に黄色の縁どりが施された家が多い。黄色は黄金色の代替であるとか。旧ユダヤ人街とシナゴーグ。一一〇〇年代後半からディニス王の治世には、シナゴークが点在していたらしい。町の中心にある広場は、ポルトガル国立銀行やルネッサンス様式のサン・アンタオン教会など柱廊のある建造物に囲まれ、異端審問所やアウトダフェの痕跡などはどこにも見られない。広場は歴史のすべてを見てきたのだ。天正遣欧使節団の少年たちも、ディアナ神殿も、アウトダフェも。風景とは、外部にありつつ、同時に私たちの内にある。風景が生きてきた歴史。

一〇月五日通りのゆるやかな坂を上って聖母被昇天大聖堂に行く。十二~十三世紀に建てられた厳めしい要塞のような建物。一五八四年にエヴォラを訪れた天正遣欧少年使節団の一行も、十六世紀に作られたパイプオルガンの演奏に耳を傾けたと伝えられる。

エヴォラのホテルでブラジル人に出会う。そのうちの一人が懐かしげに日本語で「おはよう」という。何年もの昔に故郷を出た祖先の地、ポルトガルを訪ねてきたのであろう。そして自分たちと同じように祖国を遠く離れて日常周辺に住む日本人にも親しみを覚えているのか、その同胞に日本語で語りかける。

いつの間にか空は曇り、バスの窓には雨粒。両側にコルクガシの木。ここは世界一のコルクの生産地、八割以上がアレンテージョ地方で作られる。コルクの肌は十年間隔で削りとる。削り取ったあと、その年を樹木に刻み、そのまま、また十年間皮が厚くなるのを待つ。

アレンテージョを北上し、マルヴァオンに向かう。標高八六五メートルの岩山サン・マメーデの頂にある城壁に囲まれた町である。ここは、一一六六年にイスラム教徒から町を取り戻したアフォンソ・エンリケスによって築造された城塞。複数の城門が設けられ、強風が吹きつけるロダオン門から中に入ると、半ば廃墟となった空間にかつての村役場や聖霊教会の建物が遺され、マヌエル一世の天球儀の紋章がかかげられている。風がおさまり、霧が晴れると、落葉樹の黄葉が美しく静寂感漂う風景が広がった。

テージョ川を渡りトマールへ。ポルトガル最大のキリスト教修道院に行く。途中でイチジクのチーズを買う。素朴な味。

ここは十二世紀、初代ポルトガル王アフォンソ一世によってイスラム教徒との戦いに功あったテンプル騎士団に寄進され、ポルトガルにおけるテンプル騎士団の本拠地となった。十四世紀初頭、フランス王フィリップの圧力で解散させられたテンプル騎士団を、ディニス王がキリスト騎士団として再編成したことからキリスト修道院と呼ばれる。修道院としては珍しい形の八角形のロトンダ、騎士たちが馬に乗ったまま通行するため、このように高い天井を持つ形に設計されたという。初めて見るかたちだ。ジョアン三世が増築したルネッサンス様式の大回廊や僧坊、風変わりな建造物も騎士団とのかかわりを知れば納得できる。

近くのレストランで、ポルトガル料理のバカリャウ・ア・ゴメス・デ・サを食す。干し鱈を玉ねぎとジャガイモで炒めてゆで卵と合わせた料理で、予想外に美味。

コインブラはモンデゴ河畔を見下ろす丘の上に開けた学術都市、コインブラ大学の図書館は古くから世界に知られるが、湿気対策のためすべて木造である。大学は、文人王であったディニス王が一二九〇年に創立した。アマデウの通った大学でもある。バスで丘の上にのぼり、かつてコインブラ大学教授であったサラザールの独裁政権時代に建てられた新校舎群を抜けて旧校舎へ。コインブラ旧図書館は二度目の見学。地下には規則を破った学生を罰として閉じ込めた牢獄が残されている。

遠くにエストレーラ山脈が見える。このエステレル山間の村に、一九一七年にいたる数百年間、不安と恐怖の中で息をひそめて暮らしていたマラーノ系住民たちがいたという。最後の「アウトダフェ（火炙りの刑）」が行われたのは一八二五年で、もはや異端者として逮捕される危険はまったくなかったというのに。

〈プサコの森〉は、コインブラの北、緑深いプサコ国立公園にある宮殿ホテル。昨夕到着したときも雨、今朝もまだ降りやまず。朝〈雨のプサコ〉を出て、驟雨のなか森を抜けユーカリの木々の間をドゥロ渓谷に向かう。ドゥロ川はスペインに水源をもちポルトガル北部を東から西へと流れる全長九百キロの国境河川である。花崗岩台地を切り開きながら西方ポルトへと向かい大西洋に注ぎ込む。北ポルトガル北部の山あいをゆったりと流れるドゥロ川上流には斜面に沿って葡萄畑がつづく。軽い酸味と弱発泡性が特徴の緑のワインやガリシアキャベツの産地である。葡萄の収穫や樽に詰めたワインを帆船で運ぶ様子を描いたアズレージョが美しいピニャオン駅。そこからペソ・ダ・レグアまで列車の旅。

ポルトガル最北端のギマランイスは、初代ポルトガル王アフォンソ一世生誕の地。レコンキスタの援軍としてやってきたフランス人騎士アンリ・ド・ブルゴーニュとカスティーリャ・レオンの王女の間に生まれた。初代国王にはフランス人の血が流れているので、かつては第一外国語がフランス語であった。パリのシテでお世話になった部屋係のサントスさんも、ポルトガルはポルトの出身だった。

夕食はポルトのレストラン（Chez Lapin）で蛸の唐揚げ風、じゃがいも、サラダ。蛸の唐揚げがおいしくて、それればかり食べていると、「たくさん召し上がれていいわね。健康にいいですよ」とKさん。健康にいいから食べるという発想はあまりない。美味しいと思うものしか食べないのである。途中、カフェで、カステラの原型となった、ポルトガル伝統の Pan de Lo を試食。とても美味しい。試食用に切ってくれたパン・デ・ローは日本の店で買うケーキ一個分よりはるかに大きい。一度に食べきれないほどの大きさである。

ポルトの駅舎のアズレージョ。今日は Mrs. Tanaka の Birthday。みんなでバースデイケーキをお相伴。

ユーカリの木々が車窓に並ぶ。パルプの原料として導入されたとか。運河が流れるアヴェイロの街へ。ここも、アズレージョが外壁一面を覆う旧駅舎。宮殿ホテルや伝統産業の塩田風景などが描かれている。アフォンソ五世の王女聖ジョアナが修道所として過ごしたジェズス尼僧院。王女様がどうして生涯を尼僧院で、と思うのは想像力がなさすぎるというもの。途中、加藤さんに教えてもらった、アヴェイロの銘菓オーボス・モーレス ovos moles を試食。卵の黄身餡の入ったポルトガル版最中《もなか》で、日本に買って帰りたいと思うほどのおいしさであったが、持ち帰りは無理といわれ、諦めて部屋で食べる分を買う。

ルイス・アルメイダの話。ポルトガル人、キリシタン大名大友宗麟の知己、外科医、イエズス会士、一五五二年（天文二一）、ザビエルに少し遅れて来日、生涯を伝道に捧げ、豊後国（大分）に自費で病院を建て医療事業に尽力。天草で没。ザビエルと対照的に知名度は低いけれど、日本への貢献度はザビエルより高く、隠れキリシタンの人々は、今も親しみをもって「アルメーさま」と呼ぶ。

バターリャの修道院へ。フェルナンド王亡き後、一三八五年、王権を主張して進出してきた隣国カスティーリャ王の軍隊を破って王位に就いたアヴィス王朝の始祖ジョアン一世が建てたもの。ゴシック様式の礼拝堂には、ジョアン一世と英国から嫁いだ妃フィリパ、そして彼らの息子であるエンリケ航海王子が永遠の眠りについている。左右にはユーカリの木と松。こちらの松は背が高くひょろ長い。

アルコバサには、十二世紀半ばに建てられたシトー会派のサンタ・マリア修道院がある。シトー会派の修道院のような、清貧を旨として装飾を排し簡素な美を追求した建造物が、世界遺産になっていることに違和感を覚えていたが、悲恋物語の主人公ペドロ一世とイネスの棺があると知って納得。イネスはペドロ一世に嫁いできた王妃の侍女であった。

ナザレに到着。プライア地区にあるホテルのレストランにてイワシの炭火焼を食す。前回の旅で、偶然入ったレストランの売れ残りの鰯の方がおいしかった。たった二尾しか残っていなかった鰯の塩焼き。泥棒に出会った旅での数少ない良い思い出。ここの塩焼きは上品に見栄えよく造られているが味は落ちる。「目黒のサンマ」ではないが鰯の塩焼きなどというのは、気取らずもっと自然味を残して焼いた方がおいしいのだ。

翌朝、浜辺に沿って広がるプライア地区、海に向かって細い路地が並行に走る漁師の居住地区ペスカドーレスの小道を抜けて海辺に出る。路地の窓には洗濯物を吊るすロープが張られ、シーツやジャンパー、毛布まで頭上に翻っている。

ナザレの海岸を歩く。短いスカートを何枚も重ね穿きしてエプロンをかけた老女たちが長い椅子に四、五人並んで座っている。話しかけると、陽気に重ね穿きのスカートを一枚ずつめくって見せてくれた。数えてみると七枚も穿いている。海に続く細く傾斜した道を辿る。バスの中では〈暗いはしけ〉がかかっていた。アマリア・ロドリゲスの物憂い調べ。

ジョアン二世の妃レオノール王妃が温泉を見つけた話。硫黄の異臭のする水に沐浴している人々を見て、体の痛みや病に効く温泉を試し、温泉病院を設立したとのこと。

オビドスは、十三世紀後半にディニス王が王妃イザベルに与えた結婚の贈り物。十九世紀まで王妃の直轄領であったという。国王の権力は凄いと感心。青髭よりは良いことをしたのかも知れぬ。

午後、オビドスからリスボンの北六十キロの海辺の町サンタ・クルスへ向かう。晩年の一年余りをこの小さな海辺の町で暮らした壇一雄の家があった。海辺には「落日を拾いに行かん海の果て」の記念碑。限りなくロマンチストであった最後の無頼派。

夕食はバイロ・アルト地区のファド・レストラン〈O Forcado〉で生のファドを聴きながら食事というので楽しみにしていたが、野暮ったく仰々しくグロテスクな衣装と単調な響き。アマリア・ロドリゲスを聴いた者には失望感だけが残った。

リスボンにて、雨の中、バスの窓越しにアルファマ地区のユダヤ人街を見る。リベルダーデ大通りに行き、リスボン西部テージョ河畔のベレン地区へ。駐車場でバスを降りた頃から雨脚はいよいよ激しくなり横殴りの雨のなか、水たまりを避けて歩く。周りの景色も見えない。旅行者たちの傘の隙間からベレンの塔を垣間見る。船の監視塔で地下に牢獄。胡椒取引で得た莫大な富で建てられた聖ジェロニモス修道院も発見のモニュメントも、傘の陰から瞥見するだけで大急ぎでバスにもどる。十日間のうち九日という雨の記録に崇られて、この界隈では、ほとんど何も見ることができなかった。

リスボンからヨーロッパ大陸最西端、北緯三八度四七分、西経九度三〇分のロカ岬へ。ここでもサン・ヴィンセンテ岬と同様、私たちを待っていたのは暴風雨であった。雨粒を含んだ強い風が吹きつけ重くたれこめた雲の隙間からほんの一瞬、白い十字架と青い大海原がちらりと姿を現す。一瞬でも見えただけ、サン・ヴィンセンテよりましである。詩人カモンイスの「ここに陸地尽き、海始まる」の碑文が十字架の基部にはめ込まれていた。

終日フリータイム。ホテルからリベルターデ大通りまで歩き、アヴェニダ駅から地下鉄で一駅のレスタウラドーレス広場に向かう。そこからケーブルカーのグロリア線に乗ってバイロ・アルト地区へ。「サウダーデ」という言葉で日本人に親しまれるモラエスの旧居を探したが見つけられず。サン・ペドロ・デ・アルカンタラ展望台からサン・ジョルジェ城や下町のバイシャ地区を一望。一五八四年に天正遣欧少年使節団一行が滞在したイエズス会の付属教会サン・ロケ教会に行く。質素な外観と華麗な十八世紀バロック様式の内装の著しいアンバランス。バイロ・アルト地区の小道を行くと、十六世紀の国民的詩人カモンイスの像があった。広場を過ぎて急斜面を下るビカ線のケーブルカーにてテージョ河畔へ。両側の屋根すれすれにゆっくりと下る。かつてアウトダフェが執行されたリベイラ広場は市場になっていた。トラムにて国立古美術館に向かう。十五世紀後半、アフォンソ五世の宮廷画家であったヌーノ・ゴンサルヴェスの「サン・ヴィンセンテの衝立」には、サン・ヴィンセンテを背景にエンリケ王子が描かれている。十七世紀初頭、狩野派の画家によって描かれた南蛮屏風や、北ネーデルランドの画家ボッシュによる「聖アントニウスの誘惑」を観る。

フィゲイラ広場、ロシオ広場を経てレストラン Solar dos Presuntos にて昼食。出発前に友人から教えられた店。鰯のエスカベーシュは品切れで、蟹の甲羅のスープ、ドウラーラ・グレリャーラを選ぶ。味は良かったが残念なことに、いずれも、おそろしく塩辛い。寒い地方では塩味が濃い料理というけれど、ここはそれほど寒くないはず。

ケーブルカーのラヴラ線で Martin Moniz 広場に行き、そこから白と黄色のレトロなトラム二十八番で旧市街のシアードまで。大聖堂を車窓に屋根に触れそうな坂道を下る。ラヴラ線だったろうか、加藤さんの「掏摸ですよ、掏摸がいますよ」というひときわ高い声を聞いたのは。二人組の若い男が慌てて電車を降りて行った。

電車を降りてホテルへ帰る道。雨は旅の終わりまで降り続いた。

（2014・11）

——ギリシアの亀

二度目のギリシアは久々の大旅行であった。最初のギリシアは、ギリシアという土地に、ほんの一歩、足を踏み入れただけで、ほとんどが未見のままに終わっていた。早い時期に芽生えたギリシアへの興味は、ローマ皇帝ハドリアヌスという稀有の人物が私の視野の中に姿を現してから一層強くなった。ユルスナールの『ハドリアヌス帝の回想』を知ったのはそれほど早くないが、かつてヴィラ・アドリアーナに行った折、同行した友人を待たせての周遊であったため、もう一度この遺跡を訪ねたいと思っているくらいである。ユルスナールの洗練された表現力に導かれ、この複雑な多面性を持つ人物を知れば知るほど興味深く感じ、彼が深く精通していたというギリシアに惹かれるようになった。

ギリシアは、バルカン半島南部やペロポネソス半島、さらにエーゲ海を中心に存在する三千もの島からなっていて、周囲は東にエーゲ海、西はイオニア海、南は地中海に囲まれている。歴史を辿れば、紀元前二千年にやってきた最初の住民のミケーネ文明から、鉄器をもったドーリア人によるミケーネ文明の破壊、地中海沿岸の各地における諸ポリスの植民地活動、紀元前五世紀にはじまるペルシア帝国との戦いやアテネ・スパルタが加担した二つの同盟間のペロポネソス戦争、紀元前三三八年、マケドニアのフィリポス二世のスパルタを除くギリシア全土統一、アレクサンドロス大王のエジプトからインドに及ぶ広大な帝国の編成とヘレニズム時代。四世紀、ローマ帝国のキリスト教化、三九五年、ローマ帝国の東西分裂、東ローマはビザンティン帝国となり、名実ともにギリシア世界の後継者となる。古来の豊かな伝統に新しくキリスト教（ギリシア正教）の要素が加わり、独自のビザンティン文化が生まれた。一二〇四年には、第四次十字軍がコンスタンティノポリスを占領し、一四五三年、東ローマ帝国は遂にオスマン帝国によって滅ぶ。驚異的な歴史の流れである。

アテネからデルフィへ。オイディプス神話の舞台テーベを通ると、もう雪を頂いたパルナッソス山が見える。以前、詩文の中で何度となく目にした「パルナッソスの雪」を、実際に見るのは初めてだ。乾いた麦の穂に混じって、赤い罌粟の花が一面に咲き、海からの微風に薄く柔らかな花びらを揺らしている。麦畑が尽きると、道は牧草地に入りまもなく草地も尽きて、乾いた丘陵のあいだの谷がひらけた。

デルフィは、かつてアポロンの神託が行われた聖域として、パルナッソス連峰の南麓、プレイストス河の深い谷を前に、天然の野外劇場のように広がり、ほぼ垂直にそそり立つ岸壁を背に、世界から隔絶しようとするかのように荘厳な空気を漂わせている。眼下にはオリーヴ畑、はるか遠くにイテア湾が見渡せる。

遺跡の入口から曲がりくねった参道を登ると、行く手にすぐアポロン神殿があらわれる。アポロン神殿の手前にカストリアの泉がある。昔はカストリアの泉の傍らにアポロン神殿があり、参詣する人々や神託を受ける巫女たちは泉の水で身を清めたという。しかし現在では、泉まで辿る道は草の茂るにまかせた谷間の小径であり、道の入口さえ目を凝らさなければわからないほど、草や蔓草に覆われてしまっている。泉は谷の奥の小高い岩場に囲まれ、背後の崖には滝がかかり、差し交す木々の葉がきらきらと水しぶきに濡れて光る。

アポロン神殿までは緩い坂道なのに、少し登っただけで息が苦しくなる。七年前の左膝靭帯の切断にはじまる体力の衰えは徐々に進み、〝走っているよう〟と評された歩行は今や、亀のごとく遅い。

アポロンは、この地の守護神。その神託が卓越した予知能力をもつという名声が高まるにつれ、ギリシア各地のポリスや植民地から多くの人々が訪れた。神託は、政治問題から商売、結婚、家庭問題まで大小さまざまな事柄にかかわり、おかげでデルフィは、ご利益に感謝してポリスや植民地から寄贈される奉納品や宝物で俄かに裕福になった。参道の両側に、アテネやテーベ、スパルタ、ロードスなどから献上された宝庫や奉納記念碑が建ち並ぶ。なかでもフランスの考古学会が再建したアテネ人の宝庫は、ほぼ完全な姿で残されているとか。南壁に刻まれた献辞によれば、アテネがマラトンの戦いでペルシア軍に勝利したとき、感謝の印としてアポロンに捧げられたものという。

泉からしばらく登った平坦な場所に神殿の廃墟がある。祭壇の神像もなく、内陣であったであろう場所はがらんとして強い日がいっぱいに当たっている。木々に囲まれて並ぶ円柱が青空を白く、くっきりと切り抜いている。台座の隙間から雑草が生えるに任せた神殿は、数本の列柱だけが往時の姿を留め、白い床に、立ち並ぶ円柱の影が色濃く落ちている。時間が急に歩みを止め、万物が声をひそめる。

デルフィでは、「ピュティア祭」として、四年ごとにスポーツばかりか演劇祭も同時に行われていた。聖域に隣接した古代劇場とさらに上に登ったところにスタディオンがある。多くの聖戦が神託のもとに行われ、紀元前六世紀頃にはデルフィの聖域は国際的な外交の中心に発展し隆盛を極めた。しかし三八一年、熱狂的なキリスト教徒であったビザンティン皇帝テオドシウスによって、デルフィの神域は閉鎖され、オリンピックも廃止された。

テッサロニキへ。ビザンティンの旅の終りにもう一度見たいと願っていたオリンポスの山とエーゲ海を再び見られるとは。

ギリシア中央部、テサリアと呼ばれる肥沃な平原の周りをピンドス、オリンポス、ピリオンなどの高い山々がとり囲む。オリンポスは神々の故郷であり、半人半馬・ケンタウロスの地である。平原を二分してエーゲ海へと流れ注ぐピニオス川の上流に、空に向かってそそり立つ奇怪な岩の塔がメテオラである。この日は終日、奇岩群の上に建つ修道院巡り。六万年前トリカラからメテオラ一帯は大きな湖であった。その湖の水がピニオス川を下ってエーゲ海へと流れ出し、その浸食作用でかたい岩の部分が残ったという。

メテオラの修道院は、ビザンティン時代後期やトルコ時代、迫害を受けた者たちの聖域であり、この人を寄せつけない不毛の岩山にビザンティン芸術の中心を築き上げた。ビザンティンの僧侶たちが神を崇め神に近づくために岩山の頂上に修道院を造り上げたのは、十四世紀以降といわれるが、既に九世紀頃より隠者達が岩の割れ目や洞窟に住み着いていたらしい。孤独と人知を超えるものへの崇拝を求めた修道僧たちにとって、メテオラはどのような意味を持っていたのであろうか。

メテオラの麓にあるカランパカのホテルに宿泊。カランパカからカストラキ村を抜け、ドゥビアニ修道院の廃墟から道は登り坂になる。右側にルサヌー修道院が見える。岩山を背に円塔状の建物が険しい峡谷の上に頭を突き出し、橋によって結ばれている。吊り橋のような細い橋を渡り、これもまた辛うじて人一人が通れる細い階段を二つ登って修道院に辿り着く。二つの階段の間に小さなバルコニーがあり、その上に大きな十字架が立っている。ほとんど垂直に近い岩肌に細く刻まれた道は、今にも滑り落ちそうであえぎあえぎ登る。ごつごつした円錐状の岩山が空の高みにいくつも突き出している中を縄梯子のような階段をのぼるのはかなりの緊張感をともなう。ここは尼僧院で、スラックスでは入場できない決まりである。修道院入口で借りたロングスカートを着用して中に入る。クレタ派の画家によるフレスコ画がある。少し南に下ってアギオス・ステファノス修道院に行く。ここも尼僧院。メテオラで最も美しいアギア・トリアダ修道院と、最も重要な修道院とされるメガロ・メテオロンは残念ながら体力に自信がなく、近くから眺めただけで入ることは断念した。

カランパカからオリンポス、パルナッソス、ピンドスの山々を車窓に、コリント湾に面した港町イテアへ。海岸のレストラン〈スカラ〉で鱸のフライ、チーズ・ピラフ、ヨーグルト・ハニーの昼食。食後、海岸の町を散策。美しいリオ・アンティリオ橋を渡りペロポネソス半島のオリンピアへ。コリント湾に沿ってドライブ。エーゲ海の波が波頭を見せその上に細長く靄がかかっている。パルナッソスの山々がくっきりと浮かび上がる。幾重にも奥の奥までひしめき重なり合っている地球の波。その果ては、はるか空の彼方に霞んでいる。窓硝子に額をぴったりつけて、さえぎる雲一つない快晴の天空の向こうのパルナッソスを見続ける。瞬き一つしても惜しい。頂に真っ白な雪をのせて、ゆっくりと少しずつ回りながらパルナッソスは動いてゆく。大昔、煮えたぎっていた熱の玉が一つ、まわりながら冷えていったとき、どうしたわけか、ここにだけ皺が偏ってできてしまったのだ。それからずっと今まで死んだように眠っている。

パルナッソスが見えなくなると、私は大仕事を済ませたような気分になり、そっと目を瞑《つぶ》った。

聖アンドレの殉教の地を通る。夕食はロースト・チキン、カネロニのミート・ソース、サラダ、チョコレート・ケーキとアイスクリーム。今日のバス走行距離は四五七キロ。

午前中、オリンピア遺跡の観光。

オリンピア聖域の歴史はエリス人の侵入と結びついている。もともとオリンピアはピサ人の支配するところであったが、紀元前二〇〇〇年に入りエリス人が北方から来て定住した。紀元前六世紀頃、両者の争いから戦争が起こり勝利したエリス人が最初にこの聖域をゼウスに捧げ、オリンポスの山に因んでオリンピアと名づけた。デルフィと同じく、オリンピアも紀元前一〇〇〇年頃ゼウスが聖域の主となるまでは、レアと思われる女神とクロノスの信仰が続いていた。古代オリンピック競技大会は他の祭りも伴うゼウスの神事であった。伝説では、ゼウスこそ競技の創始者で、最初の競技大会は神々と英雄との戦いであったとか。

オリンピア遺跡を訪ねる。遺跡周辺にはハナズオウ（花蘇芳）が咲き乱れ、濃い紅色の花々と白い石の遺跡が美しい調和を保っている。紅色のハナズオウは、人の手で植えられたのであろうか。ゼウスの神殿や聖火の祭壇には、他の花はまったく見られず、この花だけが咲き誇っている。ヘラの神殿にはゼウスとヘラの像が安置され、オリンピックの聖火はここで採火される。宝庫の東側にあるスタディオン（競技場）へ。アーケードの一部が残る通路を抜けると、幅三〇メートル、長さ一九二メートルのトラックがあった。クロニオン山麓に沿って観客席が設けられ、三万人を収容できる広さなのに、観客は男性に限られていたそうである。今なお残るスタート・ラインのすり減った石板を見ると、緑の木々に囲まれて走るランナーの姿が鮮やかによみがえる。

フィリペイオンは、マケドニア王フィリポス二世が、紀元前三三八年にカイロネイアの戦いで、アテネ・テーベの連合軍を破り、その戦勝記念に献呈した建物。死後息子のアレクサンドロス大王が完成させた。オリンピア博物館で「セイレーン像」や「ガニュメデスをさらうゼウス像」「勝利の女神ニケの像」などを観る。

午後、オリンピアを出発、ミストラとスパルタへ。

ペロポネソス半島南部、標高二、四〇〇メートル級の険しい山々が連なるタイゲストス山の麓に肥沃なラコニア半島が広がる。エヴロタス谷の中央に位置するスパルタは、オリーヴやシトラスを生産する小さな農業の町である。〝スパルタ教育〟という厳しいイメージからは程遠い穏やかな風景が続く。スパルタは、古代ギリシアでアテネのライヴァルとして鎬を削ったポリス（都市国家）であり、かつてギリシア本土においてずば抜けた強国であった。スパルタが衰退した後、フランク族（十字軍の主たる構成種族）がこのあたり一帯を征服し、街と城砦を建設した。ミストラは十三世紀初頭に十字軍の要塞が築かれたところである。

十字軍については、しばしば誤った解釈がなされている。実際には、政治的、経済的利害が圧倒的に大きな要素をなしていたにもかかわらず、西方の観点から、宗教的局面でしか注目されてこなかったため、複合的な現象が、聖地解放というイデオロギーの背後に隠されてしまった、という。教皇たちでさえ、東方を自分たちの権威のもとに引き戻そうと願っていて、必ずしも純粋に宗教的な理想を体現していたわけではない。P・ルメルルによれば、「十字軍とは、名もない賤しい人々の宗教上の熱意を利用した、野心に満ちた封建諸侯・騎士による軍隊」である。ビザンティン帝国滅亡のきっかけとなった第四次十字軍の真の指揮者は、両教会の統一を支持する教皇インノケンティウス三世と、ヴェネツィアの経済的野心の権化として決定的な役割を演じていくヴェネツィア総督ダンドロであった。一二〇四年四月、十字軍はコンスタンティノポリスと帝国を攻略、そのときまで荒らされることなく何世紀にもわたってこの都市に蓄積されてきた膨大な財宝が、西方全土に撒き散らされることになった。

戦利品を分配し、ラテン人皇帝を選ぶことが急務だった。聖ソフィアで王冠を授けられたのはフランドル伯ボードワンで、首都およびその郊外の領域はボードワンとダンドロの間で分割され、その結果、ヴェネツィアは、デュラキウム、イオニア諸島、エーゲ海諸島の大部分、エウボエア島、ロードス島、クレタ島、ペロポネソス半島の数多くの地点、ヘレスポントス海峡、トラキアを手に入れた。十字軍は、ヴェネツィアに植民地帝国と経済的覇権を与えたのである。

ビザンティン帝国の残骸の上に、テッサロニケ王国、アテナイ・テバイ王国、アカイア王国など、ラテン皇帝に臣従を誓った諸公国が組織された。ギリシア帝国のうち残存していたのは、なお独立国家としての役目を果たしていた三つの断片、コムネノス家が支配するエペイロス専制君主国、黒海の東南にあるトレビゾンド帝国、それにニカイア帝国だけであった。コンスタンティノポリスにラテン人皇帝が存在していた間（一二〇四〜一二六一年）、ビザンティン帝国を代表し、ヘレニズムの避難所となっていたのはこのニカイア帝国である。

はじめ十字軍は、この国を決して存続させておくまいと思われていた。彼らは、征服したコンスタンティノポリスを支配するのに不可欠な小アジア（ニカイアは小アジアの入口にあった）を目指して出発したが、バルカン半島でラテン人に対する大規模な反乱が起こり、一二〇五年四月ハドリアノポリスの戦いで十字軍は壊滅した。東方におけるフランク人による支配は、開始されるや否や早々に崩壊し、ビザンティン帝国は、五十年間の混沌を経てニカイアを起点に建て直された。

ミカエル（八世）・パライオロゴスはまずエペイロスの専制君主を打ち破り、ついで一二五九年、アカイア公ギヨーム・ド・ビルアルドワンをペラゴニア（マケドニア西部）で破った。一二六一年七月、フランス人皇帝ボードワン二世とラテン人総主教が西方へ逃走していた間に、ミカエル・パライオロゴスの軍隊は、大した障害もなくコンスタンティノポリスを奪取した。しかし、帝国が復興したとはいえ、東方ギリシア世界は、十字軍とラテン人による支配のため経済的に疲弊し切っていた上、領土は分断され、もはやコムネノス家の帝国の残影に過ぎなかった。繁栄の源泉そのものがギリシア人の手を離れ、ヴェネツィアやジェノヴァといった商業共和国――これが十字軍の最も重要な成果であった――が、彼らの利益のために東方ギリシア世界における通商を牛耳っていた。

「誰もがギリシア帝国を宗教面で支配し、政治的征服を果たし、経済的暴利を貪るために、その窮境につけこむことしか考えていなかった」(Ch・ディール)。

ビザンツでは、相変わらず政治的混乱に端を発する宗教上の争いから、ローマとの統一を巡る論争が絶えなかったが、パライオロゴス家の時代は、アトス山の修道院が最も盛んな活動を見せたときである。この悲壮な時代にあって、これらの修道院は、ビザンツの識者や学究の徒にとって、まさに隠遁と瞑想の場を具現するものであった。そのため、修道士としての生涯を終えるために、この地を求めてやってくる者は少なくなかったのである。

帝国最後の二世紀は、多くの点で悲惨な様態を呈していたが、精神的には決して惨めな世紀ではなかった。《第二のビザンティン・ルネッサンス》と名づけられるように、文学や美術において輝きを示し、古代ヘレニズムの研究や伝統への回帰も見られた。アトス山の最も古い教会の装飾やミストラの教会の美しい作品群が、そのことを物語っている。

ビザンティンについては、すでにかなりの紙数を費やしてきた(「ビザンティンの旅」参照)にもかかわらず、ここを訪れるまで、ミストラが、ビザンティン帝国終焉の地であることを意識していなかった。帝国は、周辺の国々からの余りに激しい精神的、政治的脅威を逃れ、難を避けてコンスタンティノポリスを後にペロポネソス半島へと徐々に退いた。ローマ帝国の広大な領域を思えば、こんなにも遠く、半島の突端まで追い詰められたのかと思う。とはいえ、彼らは、この地で一層の安堵を得るとともに、ビザンツが模範と慰謝を求めていたヘレニズムの栄光に満ちた伝統を、より身近に感じていたことだろう。ミストラ専制君主国は、帝国の一つの属州というよりも、事実上独立した一つの国家であった。ヘレニズムが闇の中に消えようとしたとき、最後の輝きを放ったのが古代ギリシアの地であったことに感慨深いものがある。

スパルタから南へ約六キロの地点に、ビザンティン文化の原型をとどめている遺跡がある。ミストラは、タイゲストス山脈の突端、標高六百メートルほどの山の斜面に造られた教会の町である。ガイドはテレザキスさん。まさしく巨漢と呼ぶに相応しい体躯の持ち主。ローマ時代の剣闘士を思わせる巨大な姿に息を呑む。山頂へはバスで登り、上の町から下の町へと徒歩で下る。頂上には城砦跡があり、そこからはタイゲストスの峡谷が見渡せる。城砦から王宮へ。ビザンツ最後の皇帝コンスタンティノス（十一世）・パライオロゴスは、ここで帝位につき帝国建て直しを図ったが、一四五三年五月二十六日、トルコ軍に攻撃されたコンスタンティノポリスの壁頭で壮烈な最期を遂げた。六〇年、スルタン・メフメト二世はみずからミストラを奪い、トレビゾンドを手中に収めた。中腹には王宮や高官たちの邸宅群、下の町には修道院や教会が点在する。下りの道はほとんど整備されていない。かろうじて人一人が通れる山道で、何人かの人が転倒した。私は転倒こそしなかったが、帰国してから圧迫骨折と診断された。

エピダウロスとミケーネの遺跡も二度目である。今日もテレザキスさんの案内。古典劇のメッカとしてはあまりに有名だが、医神アスクレピオスの聖域として繁栄した。二度目とはいえ、古代劇場の保存状態の良さと驚異的な音響効果には感嘆する。残念なことに、ギリシア悲劇を観ることはできなかった。


一八七六年、ミケーネ遺跡はシュリーマンによって発掘され、この発見は考古学と歴史学上の大事件となった。それまで神話の世界と考えられていた出来事が、歴史的事実であることが裏づけられたからである。

ここは神話の里である。ホメロスの叙事詩『イーリアス』、『オデュッセイア』や古代アテネの悲劇作家アイスキュロス、ソポクレース、エウリーピデースの作品の舞台でもある。数えきれないほどの神話の登場人物が眠っている。

紀元前十六〜十二世紀、バルカン半島を南下して住み着いたギリシア人は、クレタ文明を引き継ぎ、エーゲ文明の末期に当たる、独自のミケーネ文明をつくり上げた。その最盛期は十四〜十三世紀で、東は小アジア、シリア、トロイア、西はシチリアとの交易があった。

城砦に沿ってなだらかな坂道を登ると、ミケーネの象徴、獅子の門が見えてくる。大きな三角石に二頭の獅子の浮き彫り。門を通り抜けると、右下に円形墓地が広がる。ホメロスの詩に伝えられた伝説は、この墓から史実となって蘇った。シュリーマンは、これをアガメムノンの墓と信じたが、実際はさらに古い時代のものであるらしい。トロイア戦争は、スパルタ王妃ヘレネがトロイアの王子パリスに誘惑されたことが原因と伝えられ、ミケーネ王アガメムノンは、スパルタ王である弟メネラウスのために、総指揮官としてギリシアの大軍を率いてトロイアに攻め入る。そして十年間かけて落城させる。ホメロスの『イーリアス』は、この物語にギリシアの諸侯やトロイア王族の話を加え、トロイア戦争末期の出来事が語られる。十年ぶりに故国に凱旋したトロイア遠征の総大将アガメムノンは、留守中に、従兄弟アイギストスと通じた妻クリュタイメストラの刃にかかって最期を遂げる。

しかし、『イーリアス』によれば、アガメムノンがトロイア戦争の勇者とは認めがたい。『イーリアス』には繰り返しアキレウスに助力を乞うアガメムノンの姿が描かれる。当初、アキレウスには、アガメムノンに加勢する意志などなかったが、若き友パトロクレスがトロイアの王子ヘクトールに討たれたことを知り、その仇討をしたのである。アガメムノンはアキレウスの武勲によってようやく弟の報復を遂げたにすぎない。アキレウスが戦いに加わることにより、トロイア王家は滅亡し、アキレウスもトロイア勢との戦に斃れた。クリュタイメストラにも言い分はある。トロイアへの出陣に際して、女神アルテミスへの生贄を要求されたアガメムノンは、妻の助命嘆願も聞かず、長女イフィゲニアを生贄に捧げてトロイアに向かった。クリュタイメストラの怒りはそこから始まる。夫の非道な仕打ちを許せず、復讐の機会を待っていたところに、トロイの王女カッサンドラを伴ったアガメムノンの凱旋である。彼女の殺意は一気に高まった。アトレウス家の悲劇は続き、エレクトラとオレステス姉弟は、父の復讐としてクリュタイメストラとアイギストスを殺害する。この悲劇は、さらに、オレステスの狂乱や、トロイア王家一族（英雄ヘクトールはじめ王妃ヘカベやヘクトールの妻アンドロマケ、妹カッサンドラ）の悲惨な運命へとつながっていく。フランスの劇作家ラシーヌの『アンドロマク』では、捕虜となり隷従の日々を送るヘクトールの妻アンドロマケの苦悩が描かれる。

王の墓はなく、城壁の外とはいえ、反逆者クリュタイメストラとアイギストスの墓が、獅子門の西南部に残っているところが面白い。

今日から船の旅。ピレウス港でセレスティアル・オリンピア号に乗船。早速避難訓練と称して、甲板で救命具などをつける練習をする。あまり有効とも思えず。

ミコノス島に向け出航。夕刻ミコノス島に着く。夕刻といってもまだまだ明るい。エーゲ海の真ん中に輪を描くように一塊になっている島々はキクラデス諸島。キクラデスとは、ギリシア語のキクロス、輪という意味。ミコノス島はその北部に位置し、「メルテミア」と呼ばれる季節風のおかげで夏は涼しく冬も温暖な地中海性気候である。白い壁の家々が並ぶ港町を散策。ディロス行の船着場のところで道は行き止まり、進路を左へ。白い教会がある。パラポルティアニ教会を過ぎ、海賊の襲撃に備えて作られたという白い迷路を歩いていくと、これもまた白い建物に区切られた真っ青な海が目に飛び込んできた。真っ白な家と紺碧の海の素晴らしいコントラスト。ヴュー・ポイントである。老夫婦がその風景をカメラに収めている。話しかけるとフランスから来たという。しばらく話しているうちに、一緒に来たYさんがいないことに気づき後を追う。石畳の道の両側には、驚くほど都会的なブティックやジュエリーショップ、赤や青のテーブルクロスがかわいいタベルナが並ぶ。ふと入りたくなるような店もあるが、友達の姿が見えないので先を急ぐ。クレープ屋の前で、同じグループのFさんに出会う。二人でクレープを食べながら歩く。風車が見えるところまできてもまだYさんの姿は見えない。まさに迷路だ。仕方なく、風車を見に行く。ミコノス島には古代の遺跡はないが、船で訪れる旅行者を最初に迎えてくれるのが丘の上に建つ風車である。かつては粉を挽いていた。セレスティアル号に戻ろうと歩きかけたところでYさんに会った。聞けば、私の後を追いかけていたという。港の東側にある考古学博物館には、トロイの木馬が描かれた壺など、多彩な土器や古代の美術品が展示されているというが、すでに閉館の時間である。

船は深夜、トルコのクシャダスに向け出航。

朝七時、クシャダス到着。クルーズの旅は楽だと聞いていたが、毎朝七時に接岸することになっていて、そのためには六時過ぎに五階のホールに集合しなければならない。ひとつの船に複数の国からきた複数のツアー客が集められ、それを統括するシステムがある。様々な言語の説明が飛び交い、順に下船していく。この時間が結構長く、旅客にとっては限りなく無駄な時間に思える。七時に下船するためには、五時起きである。毎朝このプログラムが繰り返され、全員寝不足状態で、ゆったりと楽しむ船旅など程遠い。食事の際に知り合ったご夫妻に聞いたところでは、個人参加の場合も、ツアー客と同様の行動が求められるらしい。優雅な船旅はもっとハイグレードなものなのだろう。

トルコのクサダシに寄港。下船後エフェソス古代遺跡へ。今日のガイドは日本語の達者なセムラさん。クサダシはエフェソス遺跡への門口。そこからバスに乗り三十分でセルチュク郊外のエフェソスに着く。ここは、紀元前十一世紀、古代イオニア人がアルテミス神殿を中心に都市国家を建設、その後、現在のエフェソス遺跡のある場所に移動したという。紀元前二世紀には共和政ローマの支配下に入り、エフェソス公会議も開かれた地として知られる。神殿、図書館、劇場、公衆浴場、公衆トイレ、アゴラ、完備された上下水道や娼館などの遺跡も保存されている。

ヘラクレスの門から図書館へクレテス通りを行く。なだらかな下り坂が続き、その中ほどに、ハドリアヌスの先帝トラヤヌスの泉の跡がある。長い坂道の両側に並ぶ彫像や列柱。まもなくハドリアヌス神殿が見えてきた。四本のコリント様式の石柱と中央にアーチ。公衆トイレ跡が面白い。仕切りもなく一列に穴が並ぶ青空トイレだけれど、大理石でできていて、おまけに水洗式である。この時代に何と豊かな暮らしをしていたのだろう。クレテス通りを下りきったところにケルスス図書館。アレクサンドリア、ペルガモンと並ぶ世界三大図書館の一つだとか。正面入り口には〈知恵、運命、学問、美徳〉を表す四体の女性像があり、往時の威容が偲ばれる。ローマ皇帝ユリアヌスも学究生活を送っていた青年時代に訪れている。右側のアーチ状の門はミトリダテス王の門。図書館の手前にハドリアヌスの門がある。時代はずれているが、賢帝の誉れ高いトラヤヌスやハドリアヌス、文人皇帝ユリアヌスもこの風景を共有していたのだと思う。

図書館から野外劇場まで続く大理石の道はマーブル通り。通りの下には下水道も完備していたらしい。マーブル通りにある娼館への案内図が面白い。左上に愛を意味するハートの印、左下には娼館の方向を示す足形、右上に女性の顔、右下はお札の絵である。図書館から娼館への地下道もあったらしい。

バジリカの建物跡に残る列柱の上にはコリント式とイオニア式の柱頭。牡牛の頭の彫刻がある。聖堂は当時、金融取引や式典を行う場所であり、裁判所としても利用されていた。

古典期のエフェソスは、女神アルテミスの崇拝で有名であった。哲学者ヘラクレイトスもこの町の出身である。紀元前三五六年、エフェソスのアルテミス神殿に放火すれば後世に名が残ると考え、それを実行した者がいた。神殿は完全に焼尽、市民はこの名を記録に留めまいとして公的記録から削ったが、試みは失敗してヘロストラトスの名は後世まで伝わった。サルトルは、これをテーマに『エロストラート』を書いている。
共和政ローマ帝国末期に権力を握ったマルクス・アントニウスも、プトレマイオス朝エジプトの女王クレオパトラ七世とともにここに滞在した。また、クレオパトラの妹であるアルシノエ四世がクレオパトラとの内戦で敗北し捕虜となり、二人の意向で殺害された地としても知られる。

エフェソスの繁栄は港湾によるところが大きかった。しかし、二つの山から流れ込む土砂の堆積により、港は使用できなくなり、二世紀頃から規模が縮小され、その結果、ここは廃墟となった。

四世紀以降、キリスト教が公認されると、教会会議や公会議の舞台となった。重要なものは、東ローマ（ビザンツ）皇帝テオドシウス二世の勅令下に開催された、四三一年のエフェソス公会議と、四四九年のエフェソス強盗会議である。強盗会議では、単性説と三位一体論が論じられ、前者が正統とされたが、のちに覆された。
また、新約聖書にも「エフェソスの信徒への手紙」がある。

野外劇場から港に延びる幅十一メートル、長さ五百メートルの大理石の道路は、アルカディアン通り。かつて両側には商店も立ち並んでいた。
アルテミス神殿跡に出た。世界の七不思議の一つといわれるが、どこが不思議なのかわからない。湿地に円柱が一本あるだけで、遠くに聖ヨハネ教会が見える。イエスの死後、聖ヨハネが聖母マリアを守りながらキリスト教の普及活動をしていたとか。マリアが埋葬されたアヤソルクの丘も見える。ここは、アテネのパルテノン神殿も中に納まってしまうほど壮大な神殿であったという。

これまで親しんできたアルテミスは、アポロンの双生の妹で狩猟・月の女神であった。しかし、ここエフェソスで信仰されていたアルテミスは、植物の豊作や多産豊穣がより強調され、その像は、たくさんの乳房あるいは植物の実のような装飾をつけている。ヴァティカン美術館で観た、アルテミス像（エフェソス出土）が独特の奇態な姿であったことを思い出す。キュベレー崇拝ともいえる地母神的なものが、豊穣の女神アルテミスと混じり合ったのか。ギリシア神話の中の「狩猟と純潔」の女神とはまるで別のイメージである。セネカの『パエドラ』に登場し、女嫌いのヒッポリュトスが崇拝する純潔の乙女神アルテミスからは程遠い。

七世紀に入ると、エフェソスは、ペルシアやアラブの勢力拡大のあおりを受け、七世紀半ばには城壁が設けられた。八世紀にはアラブ人からの度重なる侵略を受け、東ローマ帝国は、ついにエフェソスを放棄する。その後、港は完全に埋まった。

午後、聖ヨハネが流刑されたパトモス島に向け出航。港からバスでホラの町に通じる坂道を登る途中に、九五年〜九七年まで聖ヨハネが暮らしたという洞窟がある。何台ものバスに分乗してやってきた大勢の旅行者が、岩山の端に細く削られた脇道を、数珠つなぎになって鎖伝いに暗い洞窟に入る。ヨハネがここで天啓を受け黙示録を書いたといわれ、天井には、三位一体を示す三つの裂け目、側面の岩には、聖ヨハネが就寝の際、頭を置き、祈りの際に手をついたという窪みが見られるとか。周りを見ると、全員神妙な顔をして見入っている。

そこから高台にある聖ヨハネ修道院に行く。まるで壮大な城砦のようだ。二十一時、ロードス島に向け出航。

朝、七時、ロードス島に到着。ロードスの名は伝説のニンフ「ロドン」からきたといわれ、ギリシア語で薔薇を意味する。古代咲き乱れていたと伝えられる薔薇は、季節外れなのか一輪も姿を見せない。

ロードス島の歴史は波乱に満ちている。有史以前から人が住んでいたというこの島は、紀元前四〇八年、島の北東端にロードス市を建設、太陽を崇拝し、政治、経済、宗教の中心地として貨幣を鋳造し、初めて海洋法を導入したという。紀元前二世紀には、ローマの同盟国となり、四世紀にはその属州となる。西暦三九五年、ローマ帝国が分裂すると、ロードス島は東のビザンティン帝国の影響下に入り命運をともにした。あるときはビザンティン直轄領であり、ときにはヴェネツィアと組み、また別のときにはジェノヴァに港を貸し、支配者が目まぐるしく変わった。しかし、聖ヨハネ騎士団がこのロードス島に刻みつけた遺跡ほど、異例で多彩なものはない。

ロードスの港は広大な半円型で、船着き場から直接に高く垂直にそそり立つ城壁には、合計五つの城門が、それぞれ堅固な円型の塔に守られて口を開けている。城門の一つをくぐって市街に入る。広場の前に出たとたん眼前にあらわれた立派な建物は、ロードス考古学博物館、かつては聖ヨハネ騎士団によって建てられた慈善病院であった。

病院の建物の北側を、小石を一面に敷き詰めた緩やかな上り坂が、騎士団長の居城に向かって延びている。各国の騎士団館が道の両側に並んでいるため、この道は「騎士通り」と呼ばれ、「騎士通り」を登りきったところに騎士団長の居城の正門がある。迷路のような小道に足を踏み入れると、思いがけないところに広場や教会があった。

『ロードス島攻防記』(塩野七生、以下『攻防記』)によれば、もともと聖ヨハネ騎士団は、イェルサレムを訪れる巡礼者のために建てられた聖ヨハネ病院で、医療活動に従事した欧州の宗教軍事団体であったという。イェルサレムがイスラム教徒の支配下にあった九世紀の中頃、最も早く地中海世界で活躍し始めていたアマルフィの富裕な商人マウロが、イェルサレムを訪れる西欧からの聖地巡礼者のために病院も兼ねた宿泊所を建てた。まだ騎士団でもなかった組織の主権は、やがてイタリア人の手を離れ、ジェラールの名で知られるプロヴァンス人の手に帰した。プロヴァンス人はこの宿泊所を、聖ヨハネを守護聖人にいただく組織として、十字軍前後のイェルサレムの街に進出した。

一〇九九年、烏合の衆の群れであったにもかかわらず、第一次十字軍はイェルサレムを征服した。聖地奪回の目的を果たした法王パスクワーレ二世は、この組織を「聖ヨハネ病院騎士団」として認可する。一一三〇年には、法王インノケンティウス二世が聖ヨハネ騎士団に軍旗を与えた。病人の治療から始まった騎士団がより軍事的性格を持つようになったことを示している。他にも、テンプル騎士団とチュートン騎士団という宗教騎士団が創設されていた。「力で奪った聖地は力で守るという、必要に迫られた」方向転換であった。

これらの騎士団の特徴は、騎士道精神と修道院精神の融合を目指して創設されたもので、世俗の武人の集まりではなかったことである。騎士たちは俗界での身分を棄て、修道僧と同様、規則、清貧、服従、貞潔を守らなければならなかった。妻帯は禁じられていた。

ヨハネ騎士団は、騎士、僧侶、騎士従者、現地人船乗り、医師から成り、それぞれの母国語によって各軍団に分割されていた。中でも、騎士は貴族出身者に限られ、各国の名門子弟が送られていた。ヨーロッパ中世では、武力によって他を守る人は、「青い血」すなわち「高貴な生まれ」の名家の血筋でなければならなかった。聖ヨハネ騎士団は、武器を手に異教徒からキリスト教徒を守る階級と、医術をもって守る人の区別を明確にし、医療に従う人々は、騎士団に属していても、騎士の身分は与えられなかった。

一一八七年、イェルサレムは再びイスラム教徒の手に帰す。パレスティナの十字軍勢力存亡を期す戦闘では、「キリスト教徒を地中海に追い落とすことこそ、アラーの神の意志」と信じるイスラム教徒の狂信に対し、同じ熱意をもって対抗したのは、宗教騎士団の騎士たちであった。富裕で堅実な財政基盤の上に宗教騎士団としての大義名分をもつ騎士団は、アラブ人から見れば「イスラムの咽喉にひっかかって離れない骨」であった。

その後一二九一年、スルタン・カリル率いるイスラムの大軍が、パレスティナをイスラムの手に奪い返した。イェルサレムを追われ、ほぼ全滅状態の騎士団は、高波をくぐって敗走し三百キロ離れたキプロス島に辿り着く。

当時、キプロス島の支配はビザンティン帝国からイギリス王リチャード一世の手に移っていたが、リチャード一世はフランスの小貴族に少額で売り渡し、この一族の支配が続いていた。難民となった騎士団は、キプロス王が土地の所有を許さなかったので、いわば「間借り人として滞在を認められた」のである。最も悲惨な運命を引き受けたのはテンプル騎士団であった。この騎士団の強大な財力とフランスにおける広大な領有地を狙うフランス王は、騎士団を弾劾し、一三一四年、騎士団長の処刑で、テンプル騎士団は完全に壊滅した。異端の罪、秘密結社結成の罪などがその理由であった。

聖ヨハネ騎士団もキプロス島で難民生活を強いられていたが、環境への順応性に長じていたこの騎士団は方向転換を試みた。騎士たちはパレスティナで駆っていた馬をキプロスでは船に変え、イスラム教徒相手に海賊業を始める。むろん創設当時からの医療事業を前に掲げることは忘れなかった。しかしキプロスにとどまる限り、王の方針に左右される間借り人に過ぎない。かつてパレスティナ各地に治外法権の領土を所有していた聖ヨハネ騎士団は、何としても根城をと願っていた。聖ヨハネ騎士団に、好機が訪れる。ジェノヴァの海賊ヴィニョーリが、ロードス島を含めて近海一帯の島々を征服しようと、共同事業を持ちかけてきたのである。ヴィニョーリはすでにビザンティン皇帝からコスとレロスの島を借りていた。条件は、船と兵力両面での共闘で、征服できた土地からの収益の三分の一の支払いで良い、という。

こうして聖ヨハネ騎士団は、一三一〇年、キプロスでの借家住まいからロードスへの完全な移転を終えた。騎士団は以後ロードス騎士団とも呼ばれるようになる。ビザンティン皇帝も、既成事実を認めるしかなかった。フランスでは、テンプル騎士団の騎士たちを焼く火が、燃えさかっていた時期の出来事である。

テンプル騎士団が壊滅したとき、騎士道精神と修道院精神によって異教徒に対抗する組織は、聖ヨハネ騎士団だけになっていた。ロードスの騎士団病院も当時の治療の水準では群を抜いていた。

ところで、ロードスの原住民であるギリシア人は、この支配者をどのように受けとめていたのだろうか。騎士団の財源はもともと豊かであったし、チュートン騎士団はバルト海沿岸に去り、島々に築いた要塞は見張りの役目を果たしていた。原住民にとっても、「またとない、都合の良い支配者」であった。

一方、イスラムの新興国トルコにとって、ロードスにある聖ヨハネ騎士団の存在は、パレスティナ時代「イスラムの咽喉にかかった骨」であったように、相変わらず「キリストの蛇たち」であった。

一四五三年のビザンティン帝国の滅亡と一五一七年のシリア、エジプト征服は、「トルコ民族に、旧ビザンティン帝国領全域に対する〈継承〉の大義名分を与えた」（『攻防記』）。東地中海を自国の内海ぐらいにしか思っていないトルコにとって、ロードス島は「小さいが猛毒を持つ蛇の群れがひそむ巣」（同）であったに違いない。メフメト二世は、一四八〇年、十万の兵からなる大軍をロードス征服に送る。しかし、このときの騎士団は三か月にわたる攻防戦を闘いぬいた。

四十年後、今度は、スルタン・スレイマン一世直筆の親書が騎士団長に届く。彼らにとって目の上のこぶロードス島を攻めるときが到来したのである。

トルコから見れば、ロードスは、ほんの一握りの男たちが守る島であり、ロードス進軍は海賊退治であり、しかも異教徒を成敗するというイスラムの正義に叶っていた。ロードス攻略のためのトルコ海軍は一説によれば七百隻ともいわれるが、西欧の商人たちの情報では三百隻の船に一万の兵、陸軍は十万という。この上に五年前の征服でトルコの支配下に加わったシリアとエジプトからも二百隻の船と十万の兵が参加した。一方、ロードスの城塞都市を防衛する戦力は、騎士六百人足らず、傭兵千五百人余り、ロードス島民で参戦可能な者は三千人であった。

騎士団長は、六か月前に送った救援を乞う使節からの朗報が得られぬままに、再びローマ法王や皇帝カルロス、フランス王へと使節を派遣していた。しかし、新ローマ法王アドリアーノ六世は、ローマの聖ピエトロ大寺院での戴冠式に向かうため、西地中海を航海中であり、王侯たちは彼らの間での戦争に熱中していた。西欧の君主たちが、ロードス島の聖ヨハネ騎士団こそ、「東地中海での最後のキリスト教の砦」と理解していたとしても、彼らには聖ヨハネ騎士団の救援に駆けつける余裕はなかった。このとき、キリスト教世界における二大重要課題は、

一、トルコの攻勢に立ち向かうのを目的とした、全キリスト教国の連合体制の確立

二、ドイツを中心として起こっている、プロテスタント運動への直接的対処

であったという。

異教徒と闘うことを存在理由としてきた聖ヨハネ騎士団は選択を迫られる。徹底抗戦か、住民の命を救うために名誉ある降伏を受け入れるか。「聖ヨハネ騎士団だけが宗教騎士団」という思いが彼らの選択の自由を束縛していた。イスラムを敵とすることで生きてきた人々にとって、住民の命など第二義的な問題と考えるべきではないのか。しかし激闘は続き、ついに騎士団長はスルタンの提示する条件での開城に決断を下す。

一五三〇年、ロードスを追われてから八年後、騎士団はマルタ島に移住した。しかし、一五

六五年、またしても、トルコはマルタ攻略を期して大軍を送ってきた。ロードス時代は二十代後半であったフランス騎士ジャン・ド・ラ・ヴァレッテ・パリゾンが騎士団長になっていた。トルコのスルタンはロードス攻略の指揮官スレイマン、ロードスで共に闘った二人は同じく七十一歳であった。攻防戦はロードスを凌ぐ激しさであったというが、この度はスペイン支配下のシチリアから八千の兵が派遣され、本国を遠く離れたトルコ軍は包囲を解いて退散した。

その後、聖ヨハネ騎士団はナポレオンに敗れてこの島を去り、マルタ島はフランス領となり、次いでイギリス領となった。現在では独立した共和国であるが、首都だけは今もその時の騎士団長の名、ヴァレッタと呼ばれている。思えば、「キリスト教徒を地中海に追い落とすことこそアラーの神の意志」と信じるイスラム教徒と、「最後のキリスト教の砦を守る」使命を信じて疑わないキリスト教徒、いずれも異教徒を滅ぼす目的のために心身を擲って血みどろの戦をした。それは今も同じではないのか。信じる宗教以外の教義を絶対に認めないということは、不寛容以外の何ものでもないように思われる。

ヨハネ騎士団がロードス島に築いた旧市街は、中世の趣を色濃く残し、騎士団長の宮殿や騎士の館、城壁が往時の姿を今に伝えている。

夕刻、クレタ島に向け出航。

朝、クレタ島、イラクリオンに到着。エーゲ海の最南端に位置するギリシア最大の島クレタは、ヨーロッパ最古の文明発祥地として、また十六世紀に多くの宗教画を遺したエル・グレコやギリシアを代表する作家カザンツァキスの生誕地として知られる。カザンツァキスを知らない人も、アンソニー・クイン主演の映画「その男ゾルバ」といえば思い出す人も多いはず。

アテネという名前は、多くの外国人にとって、ギリシアそのものと同一視されることが多いが、アテネがこの国の歴史の中でギリシアの中心になったのは最近のことである。ギリシアの伝統の源、そして、ここから分かれていったヨーロッパ文明の源は、東南のはずれにあるクレタ島である。伝説によれば、B.C.二〇〇〇年頃から〝ミノス〟の様式をもつ支配者一族がこの広大な帝国を治めてきた。その繁栄はクノッソス、フェストスなどの宮殿の壮麗さにその痕跡をとどめている。ミノア家が統治した時代は、B.C.一四〇〇年頃に何か自然の災害にあってその終末を迎えた。後世のアテネのプロパガンディストたちはこれをアテネ王の息子テセウスのせいにした。テセウスは半人半獣のミノタウロスを殺して迷宮に閉じ込め、ミノスに貢物をする義務を廃止した人物である。歴史は伝説に変わる。迷宮はクノッソス宮殿の廊下と地下道の記憶の詩的表現、ミノタウロスの概念はイラクリオン博物館にあるフレスコ画の牛のダンスにみることができる。

宮殿の装飾に携わった画家や陶芸家たちの洗練された高度な技術と芸術性。フレスコ画に残された独特のデザインに、先ず感じるのは何といっても海である。クレタ島を初めて知ったのはギリシア神話の迷宮伝説からで、やや遅れてオペラの「ナクソス島のアリアドネ」。しかし、初めてのクレタ島の印象は予想を大きく超えていた。

クレタ島に最初に住み始めたのは、アジア系の民族と見られるクレタ（ミノア）人といわれている（紀元前七〇〇〇～六〇〇〇年頃）。紀元前三〇〇〇年頃にはすでに文明の兆しがあらわれ、前十八～十五世紀には、クノッソス、フェストス、マリアに華麗な宮殿が建てられて、クレタ（ミノア）文明が花開く。建築、壁画、文学、貿易、果樹栽培など、当時の世界最高水準の文明をもっていたという。クノッソス宮殿は、クレタ島にある青銅器時代最大の遺跡である。儀式や政治の中心であり、複数の宮殿の規格、構造が基本的に同一であることから、何者かが主導したことが推測される。また、これらの宮殿の成立によって、ミノア文化の支配層と被支配層の二分化が始まったとも考えられている。中央には長方形の広場（中庭）、その周囲に各種機能を担うブロックが配置されていた。ミノア文明の影響は海外にまで及び、キクラデス、ドデカニサ諸島、キプロス、ギリシア本土、シリア、パレスティナ、エジプトまで影響下にあった。

宮殿への正式な入口は西側と定められていたが、他にも南東と北と東に入口があった。中央に広大な中庭、劇場や古文書保管所、作業場、レセプション・ルームなども備えていたという。市街地を横切る王の道は、宮殿から舗装された道路が郊外に向かって複数方向に延び、粘土で作られたパイプによる水の供給・排水システムも整備され、郊外の泉から生活用水を市街地と宮殿に送っていた。

しかし、栄華を誇っていたクレタ文明は、前一四〇〇年頃から次々に火災に遭い、破壊され廃墟となっていく。原因は、サントリーニ島で起きた火山の大噴火とそれに伴う地震と津波、ミケーネ人たちの攻撃などと考えられている。最終的には、鉄器時代にドーリア人の侵入によってクノッソスは完全に滅亡したという。支配権は、クレタからペロポネソス北東のミュケナイの王へと移った。


遺跡の入口に発掘修復したアーサー・エヴァンズ卿の胸像がある。エヴァンズ卿は迷宮神話に惹かれ発掘を思い立ったといわれるが、当時の最新技術であったコンクリートなどを用いて修復・復元したため、世界遺産として認められなかった。近くに地味な石組があり、行列の回廊という宮殿への通路がある。女性に献上する貢物を手に一列に並ぶ人々の壁画があったらしい。

左に曲がると赤い柱が見える。上が太く下が細い。回り込むと壁画があり、捧げものを持って並ぶ男性たちの姿が一部あらわれる。当時のミノア人男性であろうか、身長百五十から百六十センチ、腰が引き締まって細く、髪は黒くて縮毛である。長髪で足にはアンクレット、肌は赤銅色。女性の肌は白く塗られている。オリジナルとレプリカを比較すると、オリジナルの方が色使いも鮮やかで、壺の模様や男性の腰布の模様が細かく描かれている。献上行列のすぐそばに倉庫や大きな壺が大量に並ぶ。宮殿に寄贈された豊富な物資が大きな壺に保存され、専門の書記が記録し、各地に再分配するという経済の仕組みがあったという。

抽象的な彫刻のようなものが見える。牛の角と題するモニュメント。クレタ島には牛にかかわるものが多い。まずはエウロパを誘惑するために牡牛に姿を変えたゼウス。その息子であるミノスがポセイドンから贈られた牡牛。生贄を捧げなかったミノスに対するポセイドンの復讐によって、王妃パシパエが牡牛と交わり怪物ミノタウロスを生む。さらに「牛飛びの壁画」あるいは「牛の上のアクロバット」などと名づけられた壁画が展示され、躍動感あふれる平和で開放的なミノア文明が感じられる。

聖なる「牛の角」の先に「百合の王子」があらわれた。美しい若者が百合と孔雀の冠を被り、百合の首飾りをしている。裸の上半身、たくましい筋肉、くびれた腰、そしてカールした長い黒髪、これらは、代表的なクレタの貴族を表している。左手に縄。牡牛を引いて牛飛びの儀式に出るところか、あるいはグリフィンを引いているのか。オリジナルは立体的な浮彫だ。

その先は広い中庭である。広大といってもいいくらいの広さで、周囲の建物も人も小さく見える。まず中庭を造り、周りに宮殿の建物が増えていったのだろうか。ここは重要な場所であったと思われる。牛飛びの儀式でも行われたのか。真ん中に真四角の大きな石（立方体）が置かれている。

不思議なことにミノア文明の宮殿にはまったく城壁がない。

中庭から宮殿の西翼部分に行く。ミノス王がミノタウロスを閉じ込めていたという迷宮。クノッソス宮殿に入るゲートを通り抜けると西宮庭に出る。中央宮庭という中庭をもつ重層構造の巨大な建物である。西翼部分は三階建てで、一階部分に玉座前の控えの間がある。宗教や政治を行う中心部と考えられ、控えの間から奥の部屋を覗くと玉座がある。真ん中に石造の椅子があり、エヴァンズ卿はこれを玉座と名づけ、祭祀王が座ると考えた。玉座の両側に向かい合う形でグリフィンが描かれている。美しい壁画である。グリフィンとは、宮殿内で見つかった架空の動物で、頭が鷲、胴がライオン、尾が蛇の姿をしている。鷲は天空の神を、ライオンは地上を支配する神を、蛇は地下冥界の神を象徴する。

部屋には、玉座を囲むようにベンチ、玉座の前には円形の水盤があり、左脇には一段低いプールがある。祭祀王が玉座に、司祭たちはベンチに腰を下ろして清めの儀式をしたのであろうか。奥の扉の向こうに小部屋がある。

それにしても、この部屋の色調は、外で見た巨大な柱の、どちらかといえば、けばけばしい赤や黒の色調とはまったく異なり、むしろ落ち着いたもので、内と外の色調の違いに違和感を覚える。この部屋のグリフィンとたおやかな植物の美しい壁画は、何かしら東洋的な雰囲気を湛えている。図柄や色調からいって和服の模様にでもなりそうな、とりわけ、錆び朱の背景と壁面下方に彩色された水色の色調などは意想外の効果を発揮している。オリエントの影響であろうか。グリフィンの頭部は日本画の鳳凰に似ていなくもない。

玉座の間の左側の階段を上ると、壁画のレプリカの部屋がある。二階部分は宗教的な儀式を行った場所らしく、やはり真ん中に台座のような、石を積み重ねたものがあり、周囲が樹木に囲まれている。階下に降りて左に進むと宝物庫があり、宝物庫では蛇の女神像が発見された。向かって右の女神像は両手に一匹ずつ蛇を握り、左の女神は両腕に蛇を巻きつけている。二つの像は両の乳房を完全に露出させた珍しいもの。

ミノア文明が栄えていた時代、牡牛は聖なるもので、蛇の女神は豊穣をもたらす大地母神であったことは確からしいが、まだギリシア神話はできていない。ディオニュソス神の女信徒マイナスは古くから蛇を手に巻きつけた姿で描かれているとか。

ギリシア神話の、迷宮のミノタウロス退治とテセウス、アリアドネの糸はよく知られるが、テセウスとクレタを出たアリアドネの運命については、アテネに帰還する途中ナクソス島に置き去りにされ、その後ディオニュソスの妻になったとか、ディオニュソス神の示唆によりアルテミスに殺されたという神話も伝わる。

中庭をはさんで東側・東翼は王の一族が生活をした場所という。西翼が三階建てであったのに対して五階の部分もある。中庭に面した場所は倉庫になっていて、大きな甕と石床に四角く切り取った穴がある。金庫として使われていたらしい。壁は石積みで入り口付近には煤がついている。火災の跡であろうか。また倉庫跡周辺は行き止まりになっているところが多い。迷宮と呼ばれる所以であろう。

倉庫を奥に進むと、太く赤い柱が数本立っていて、柱頭と基部が黒く塗られている。扉には鍵がかかっていて入れなかったが隙間から壁画が見えた。後で考えるとそれは王妃の部屋であったように思われる。少し戻って中庭の東の階段を下ると王の間に出る。道はかなり分かりにくく、黒く太い柱が三本、こちらは柱頭と基部に赤をあしらっている。その左奥が王妃の間で、王の間と比べると明るく、イルカが色鮮やかに描かれた壁画がある。右端の柱に小さな女性像、「踊り子」と名づけられ、ゆるくカールした髪を垂らした横顔が描かれる。王妃の間の左隣には王妃の浴室、さらにその奥にトイレ、浴槽の中には魚の絵。「世界最古の風呂」とされるテラコッタ製のバスタブ。トイレは修復中で、オリジナルはイラクリオン考古学博物館で見るしかないが、ドア付きの個室タイプで水洗トイレまで備え付けられていることに驚く。排水溝や上水道の粘土管といった給排水設備とともに、高度な文明が感じられる。

王の間に戻り先に進むと、双斧の間。ミノア文明のシンボル双刃の斧を飾った場所である。北の入口に出た。遺跡の北には海があり、かつては港もあった。港から宮殿に来るときは北の入口から入ったはずだ。三階の位置に見張り台がある。ここにも赤く太い柱が三本、その奥に牡牛の壁画。金の角を持つ赤い牛とオリーヴの樹が描かれ、牡牛は、角を突き出し敵に向かおうとしている。

北の入口を出ると、西に劇場がある。劇場というよりはむしろ儀式を行う場で、石を敷きつめた広場とそれを取り巻く階段がある。この劇場の近くから王の道が続く。一枚一枚がかなり大きな石板で、何枚もの石板が敷き詰められ両側には石垣と樹木が並ぶ。

クレタ島を出た船は、五時間ほどでサントリーニ島に着いた。キクラデス諸島の中で最も南にある火山島である。この島は、円形であったのが、現在のような三日月型になるまでに火山の爆発が何度もあり、特に紀元前一五〇〇年頃に起こった史上最大ともいわれる噴火で島の中心部が沈み、今のような形になったという。タツノオトシゴのようにも見えるサントリーニ島と外円の位置にティラシア島、そして円の中心に当たるところにネア・カメニ、パレア・カメニの二つの小さな島がある。紀元前三〇〇〇年頃、クレタ島より移り住んだクレタ（ミノア）人によってもたらされたクレタ文明は、そのときの大噴火によって一瞬にして歴史の舞台から姿を消した。もっとも近い噴火は一九五六年で、フィラやイアの町のほとんどが崩壊した。サントリーニ島の景観が他の島と違った印象を与えるのはそのせいかも知れない。船が島に近づくにつれ、赤茶けた断崖が壁のように立ちふさがり、断崖の上には雪をかぶったような白い屋根や水色の屋根が見えてくる。私たちの船はイアに着岸した。イアは島の北端に位置する小さな町。白い壁に青い屋根の教会や民家が段をなして建っている。教会の前の広場がスクエアでそこからメイン通りが延びる。右に進むと道の両側にはみやげ物店、アートショップ、カフェなどが続く。トイレを探す。一つしかなく、しかも男女共用のトイレの前には長い行列ができている。

夕陽が沈むころになると、ヴュー・ポイントを目指してたくさんの観光客が集まってくる。確かに、紺碧の海に沈む夕陽は、白い屋根に映えてこの上なく美しい。人々の間に潜り込んで、夕陽を眺めた。

あわただしい船旅の終わり、夜は下船の準備で慌しく過ごす。

朝七時、ピレウス港入港、下船。何年か前、タクシーを待たせて駆け上がったアクロポリスの丘や慌ただしくまわったパルテノン神殿を今度は余裕をもって観ることができる。

アクロポリス（高い町）は、海抜一五六メートルの岩の多い丘で、町の中央に聳えている。入口は西側のみ、ここは、大昔から要塞や宗教の中心地として用いられてきた。主な崇拝の対象となったのはアテナの女神（守護神）であり、アテナに捧げる神殿がこのアクロポリスの丘に建てられた。最も注目すべき建物は、パルテノン、エレクティオン、プロピュライア、ニケの神殿で、これらはB.C.五世紀の後半ペリクレスの時代に造られたもの。二十数世紀を経て今眼前にある遺跡に、古代ギリシアの栄華を感じずにいられない。

プロピュライア。この門はアクロポリスの主玄関として機能。B.C.四三七年に建築家ムネシクレスによって設計され建設が始まったが、ペロポネソス戦争のため、四二三年に中断された。中央の柱廊、二つのドーリア式列柱、南北に二つの翼、東側内部の六本の柱で支えられていたが、一六四〇年、格納されていたトルコ軍の火薬が落雷により爆発し、そのとき大破した。

右の高台に小さいが優雅な神殿アテナ・ニケ（翼のない勝利の女神）がある。

エレクティオン。ここは、最も神聖とされる古代アテネの〝遺跡〟通称ミュケナイの宮殿があったところで、ケクロプスの墓と神殿、ポセイドンの三叉の鉾の跡、アテナの聖なるオリーヴの木が見られ、南側ポーチには六人の美しい少女の柱像が立っている。エレクティオンの最も興味深い部分でキャリアティデスと呼ばれる。四人が前に立ち二人が後ろに立って、ちょうど柱のように屋根を支えている。柱頭はバスケットのようにデザインされ、各々重心を片足にかけることによって、安らぎと安定感を保っているという。西から二番目の像だけはコピーである。一八〇一年、エルギン卿によってロンドンに持ち去られたとか。

アクロポリス博物館。アクロポリスで発掘された彫像やフリーズがあり、「沈思のアテナ」や「騎士」が観られる。

パルテノンは、アクロポリスの最も高いところにあり、古代ギリシア建築の中でも最も注目を浴びる遺跡である。ギリシア史で黄金時代と呼ばれたペリクレス時代のシンボルとして、美学的にも完璧といえるこの神殿は、アテナ・パルテノスに捧げられた。B.C.四四七〜四三八年の建築にもかかわらず、この神殿の前に立つとき、なお称賛と畏敬の念を懐く。柱頭と屋根の間のメトポには神話や古代歴史の場面をテーマにしたレリーフがはめこまれ、破風には大きな彫刻像がおかれていたという。それらの一部は、アクロポリス博物館や大英博物館に保存されているが、他はほとんど残っていない。また、前門から見るパルテノン神殿は裏側で、正門は東である。この丘の東は高い絶壁であるため西に門が作られ、神殿に安置されていた女神アテナの立像も東を向いて立っていたという。

アクロポリスの南斜面には、B.C.六世紀頃よりディオニュソスの神殿とともにアテネ人たちの劇場があった。アイスキュロス、ソポクレース、エウリーピデース、アリストファネスらの劇が最初に演じられたのは、ギリシア神話の酒と演劇の神ディオニュソスの名を持つこの劇場であったが、今は遺跡として残されているだけである。半円形の舞台後方に残る彫像とレリーフは、ディオニュソスの生涯をテーマとする見事な芸術作品だ。

エレクティオンの南にオデオンの音楽堂がある。A.D.一六一年にイロドス・アティカスによって建てられ、現在でも夏には劇場並びにコンサートホールとして使用される。千九百年の歳月が風化させた石造の建物を背景に、オーケストラを半円形に取り囲む、扇形の客席。喧騒と熱気が溢れる真夏の夜のコンサートを想像してみた。夜陰の中にぽっかりと浮かぶパンテオンと音楽堂。

ブニックスの丘に行く。岩を切り拓いたこの演壇から、ソロン、ペリクレス、デモステネスをはじめ多くのデマゴーグス達が、アテネの人々に演説をしたのだ。それは民主制のはじまりでもあった。ペリクレスは、自由と平等のデモクラシー絶頂期の英雄的な政治家として語られるが、極めて寡黙で、自己規律に厳しかったという。アテナイの民主制は、こうした寡黙でカリスマ性のある人柄によって支えられたのである。しかし彼が死んだあと、その「自由」を過度に尊重する政策の悪影響が現れ始めたという。自由と平等の快楽の中にペリクレスのデモクラシーが崩壊する兆しはすでに現れていた。この状況は現代と少しも変わらない。

午後はゼウスの神殿、国立考古学博物館などへ。空港からのバスでアテネに入ると、ゼウス神殿とともに最初に目に入る遺跡がハドリアノス凱旋門である。門の東側には「この町はハドリアヌスのもの」と書かれていた。

ゼウス神殿は、ハドリアヌス門のすぐ南にある。アテネの僭主ペイシトラトスが最初の巨大な柱を建ててから七百年後にハドリアヌス皇帝がこの神殿を完成した。かつては百四本ものコリント式の柱が並び、美しく威厳ある姿であったという。今やそのうちの十五本しか残っていない。青い空に屹立する柱列に、いにしえの姿を偲ぶ。

国立考古学博物館で、黄金のマスクやハドリアヌス皇帝が愛したアンティノウスの胸像を観た頃から腰痛がひどくなり、入口のソファで休む。

翌日は、終日、自由行動。タクシーで国立図書館、アテナ大学、アカデミーへ。パネピスティミウ通りに面して北から国立図書館、アテネ大学、アカデミーの順に並ぶ。アカデミーの破風には、女神アテナの誕生の様子が彫られ、イオニア式円柱の上にはアテナとアポロンの像がある。入口の像は向かって右にプラトン、左にはソクラテス。

スニオン岬に行きたいというと、山川さんが手配してくれた。ワゴン車をチャーターして、夕刻五時に出発、片道二時間で夕日を見た後、海鮮料理のレストランで食事、また二時間かけてホテルに帰るというプランである。四、五人いればいいと思っていたら、いつのまにか十四人も集まっていた。

アテネから東南へ約六十七キロの岬には、ポセイドンの神殿があり、昔、船乗りたちはこの海の神に生贄を捧げ、航海の無事を祈ったという。

アテナイの王アイゲウスの息子テーセウスは、クレタ島のミノタウロス退治に出かけ、首尾よくミノタウロスを退治したときは、白い帆を上げて帰還すると約束したが、誤って黒い帆を上げた。アイゲウスはテーセウスの死を嘆き、絶望のあまり海に身を投げた。こうしてアイゲウスの名はエーゲ海の語源となった。

また、イギリスの詩人バイロンは、ギリシアがトルコ支配に反旗を翻したとき、ギリシアの義勇軍に参加し、個人の財産を投じて駆けつけた一人である。ポセイドン神殿の柱にはバイロンの名も刻まれている。下方にはアテナ・スニオスの神殿。

アテネを出発したとき、空は灰色に曇り、途中の海岸線を通るときも、空は一面黒雲に覆われていたのに、まさに夕日が水平線に沈みかける直前に雲が切れ、雲間から真っ赤な陽光が射し始めた。何という幸運であろうか。若者たちが多い。香港から来たという二人の青年と話す。〝抗日〟などと口走りそうにない陽気な彼らに調子よく〝You are rich.〟などと話しかけ、カメラのシャッターを押してもらった。みんなも同じようにする。私たちは最後の光が漆黒の闇に溶けるまで、いつまでも夕陽に向かって立ち尽くしていた。

夕食は、新鮮な海老に蛸、帆立貝などと野菜。ドレッシングをかけるだけのシンプルなもの、デザートはフルーツ。疲れを忘れて今日一日の僥幸に感謝。

翌日午前、専用バスでもう一つの古代ギリシア、古代アゴラ遺跡へ。別名テセイオンの神殿として知られるヘファイストスの神殿は、ギリシアの神殿の中でも最も原形をとどめているものである。ヘファイストスは鍛冶を司る神でヴィーナスの夫。パルテノンと時期を同じくして建てられ、アクロポリスの西北の麓にあるアゴラを見下ろす高地にある。また正面にはアタロスのローマ時代のストアが残っている。神殿の下は小灌木に覆われ、春になると野の花が一斉に咲き乱れる。パパルナや名も知らぬ黄色い花が点在する。花の写真を撮っていると何か蠢くものがあった。目を凝らすと小さな亀である。旅の間中ずっと、自分を亀に譬えのろのろと歩いてきたが、よもや本物の亀が現れるとは思わなかった。人が来ても逃げもせず、人慣れしているのか、亀は、私の姿など眼中になく、何事もなかったように同じ速度で歩み続けた。

ギリシアの遺跡の中でただ一つ、完全に復元された建築物はアタロスの柱廊である。博物館としては古代アゴラで発掘されたもののほとんどがここで見られる。現代ギリシア語で「市場」を指すアゴラは、古代ではもっと広く政治、宗教、文化にかかわる施設が集まっている場所という意味を持っていた。古代ギリシアの多くの男性たちは、ここで買い物をするだけでなく(買い物は男性の役目であったらしい)、政治を論じたり、雄弁家の言葉に耳を傾けて情報交換をする場として利用していた、という。ソクラテスやプラトン、アリストファネスやヘロドトスもいたのだろう。亀の旅は終った。

（２０１５・４）

あとがき

身のまわりの整理をしなければ、と思うようになった。まずは長い間に溜まった雑文の整理である。最善の方法はすべてを灰にすることであるが、薦められて書いたエッセーなど多少愛着のある文章もあり、朝日出版社の藤野さんに相談すると、本にしてくれるという。随想誌『日高野』に書いたものやここ数年間の旅の記録を、エッセーや紀行文としてまとめることになった。「余暇こそが人間らしさを回復する自由の砦」というが、その貴重な余暇を何に費やしてきたかが一目瞭然である。

小学校を出て大学に入るまでの時期に、幸運にも、人文地理や世界史担当の、熱意溢れる先生がたに巡り合えたおかげで、西洋世界に興味を持つようになった。難解で複雑に絡み合ったヨーロッパ文化に近づき、その片鱗に触れてみたいという気持ちから、暇さえあれば街々を歩き回った。旅の目的地はほとんどヨーロッパである。娘が二年間ボルティモアに滞在していたときも、アメリカには足を向けなかった。

ヨーロッパのどこに行っても、ユダヤ社会やギリシア都市国家に起源をもつ「自由」という概念にぶつかる。そして、西洋で生まれた自由の概念には血と涙にまみれた厳しい歴史があったことを知った。フランスはもちろん、ハンガリーもチェコもポルトガルもすべての国に「自由」を求める闘いの歴史があった。

古代ユダヤ社会での自由は、紀元前十七世紀にエジプトで奴隷になったユダヤ人が、解放を求める叫びの中から生まれた、命を賭した大義である。

また、ギリシア人の自由の思想にも同じように歴史がある。東方の専制との戦いは「自由」への戦いであった。「自由」という概念は、基本的に西洋に起源をもつことを痛感した。

顧みて日本ではどうであったのか。日本でもそれなりの危機はあったであろうが、ユダヤ社会やギリシア都市国家のような「自由」が求められることはなかったのではないだろうか。猪木武徳氏の『自由の思想史』からは多くのことを教えられた。

福沢諭吉は、「日本になぜ宗教戦争がなかったのか」を問い、西洋では権力が、教会、王権、貴族、市民と多元的に存在したのに対して、日本の権力は一元的であり、〈権力の偏重〉が著しい点が特徴であると指摘している。そのため、宗教も政治に取り入り、権力と一体化することに執心したために、日本には宗教戦争は起こらなかった。学問も治者の学問となることに努め、権威主義が蔓延し、宗教も専制を助けることになった。

〈権威主義〉が浸透し、その結果、宗教も学問もすべて政府のなかに籠絡されるようになり、「人々は、自ら階級の間の隔壁を取り除こうとせずに、自分が自分の階級から抜け出すことを立身出世や栄達と考え礼賛してきた」（『自由の思想史』）という。内実を見ず、肩書や看板で物事の価値を判断することが多い。『自由の思想史』を読んで、テーマのなかった原稿が自分の中で繋がった気がする。「自由」を求めて闘った人々の痛みと哀しみに強い共感を懐くこと。

編集については近藤千明さんに担当していただいた。ここに記して感謝する。

二〇一七年　寒露の朝

山中　知子

著者略歴

山中知子（やまなか ともこ）
大阪大学文学部仏文学科修士課程修了、博士（文学）
十七世紀フランス劇文学、比較文学専攻
追手門学院大学文学部名誉教授
著訳書：『黄金伝説』第四巻（共訳、人文書院）
R・ブルノフ／R・ウエレ『小説の世界』（共訳、駿河台出版社）
『フランス文学／男と女と』（共著、勁草書房）
『フランス学を学ぶ人のために』（共著、世界思想社）
『ラシーヌ、二つの顔』（人文書院）
『異文化アラベスク—神話と伝説』（人文書院）他

ISBN978-4-255-01038-0 C0095

飛天《ひてん》の舞《まい》

二〇一八年二月二〇日　初版第一刷発行

著　者　山中知子
発行者　原　雅久
発行所　株式会社朝日出版社
〒一〇一-〇〇六五
千代田区西神田三-三-五
電話　〇三-三二六三-三三二一
DTP　株式会社フォレスト
印刷　図書印刷株式会社